여름,
어디선가
시체가

여름,
어디선가
시체가

박연선 장편소설

놀

내가 가진 가장 좋은 것이었던 할머니,
당신에게

차
례

01

여
름

,

슬프거나 말거나
턱이 빠지도록 호박쌈 한입

"해가 똥꾸녕을 쳐들 때까지 자빠졌구먼."

오해할까 봐 말해두는데 아직 9시도 안 됐다. 12시쯤 이런 말 들으면 억울하지나 않지. 밖에서는 우당탕탕, 아주 살림을 부순다. 나 깨우려고 일부러 저러는 거다. 저러다 뭐 하나 깨지면 할머니 본인만 손해지.

아침잠을 위한 투쟁은 오늘로 사흘째다. 첫째 날, 눈도 못 뜨고 밥상 앞에 끌려나온 손녀딸에게 손수 숟가락을 쥐여주며,

"사람이 때 되면 자고, 때 되면 일어나고 그러는 거여. 어여

정신 차리고 밥 먹어. 응?"

다정도 하셨더랬다. 아무리 손녀딸이라도 일 년에 두어 번 보는 사이, 할머니도 처음부터 막 나오긴 힘들었던 거다.

둘째 날은 슬슬 본색을 드러냈다. 문짝이 부서져라 열어젖히고는,

"아직도 자냐? 등짝이 장판에 눌러붙겠다!"

팔십 노인네는 초저녁잠이 깨잠이고 스물한 살 꽃처녀는 아침잠이 꿀잠이라고, 당신이 9시가 되자마자 곯아떨어질 때 내가 벌써 자냐고 딴지 걸었나? 찍소리도 안 했다. 깊은 잠 주무시라고 텔레비전 볼륨도 줄여줬다. 근데 나한테 왜 이러냐고, 진짜.

라이프스타일의 다양성에 대해 말해봤자 삶은 호박에 이빨도 안 들어갈 소리 같다.

"할머니, 나 저혈압이래. 고혈압보다 무서운 병. 아침 일찍 일어나면 어지럽고 토하고……. 그래서 아침에 일찍 못 일어나는 거야."

물론 의료계의 공식 입장은 아니다.

"그게 다 안 먹어서 그런 거여. 새 모이만큼 먹으니 힘이 난다니?"

할머니 지가 아주 의사다.

그리고 오늘, 셋째 날.

"해가 똥구녕을 쳐들 때까지 자빠졌구먼. 게을러터져갖고는."

급기야 폭력 행사다. 등짝을 후려치는데, 맞은 등짝이 얼얼하다. 팔순 노인네가 힘이 장사다. 아침밥보다는 아침잠이 절실한 손녀딸을 기어코 밥상 앞에 앉히더니, 호박쌈에 된장 쓱쓱 발라 턱이 빠지도록 욱여넣는 거다. 아침부터 입맛도 좋으시지. 하긴 할머니 저는 날이 밝기도 전에 일어나 밭 한 고랑 매고 들어왔으니 밥맛이 절로 날 거다.

"맨날 천날 자빠져 뒹굴대니 밥맛이 생긴다니?"

밥맛 나게 나보고 배추밭 매러 가잔다.

"죽으면 썩을 몸, 어지간히도 애낀다."

그러는 할머니는 너무 쓴다. 과소비다.

보라! 라이프 사이클부터 삶의 철학까지 홍간난 여사와 나는 공유할 만한 것이 요만큼도 없다. 손톱만큼도 없다. 내 몸뚱아리의 유전자 4분의 1을 저 홍간난 여사에게 물려받았다 하더라도, 정서적 거리감은 백만 광년인 여든 살 시골 노파와 스물한 살 도시 처녀가 시한부 동거를 하게 됐으니……. 아니다. 동거 따위가 아니라 유배다.

첩첩산중 적막강산의 귀양살이!

이곳 충청남도 운산군 산내면 두왕리로 말하자면, 88올림픽 때도 전화가 개통되지 않았다는 한반도의 오지다. 케이블은커녕 공중파도 바람의 방향 따라 전파가 잡혔다 끊겼다 하는 문명의 사각지대, 버스와 도보의 대장정을 거쳐야만 커피 한 잔 마실 수 있는 곳, 그것도 스타벅스 원두커피가 아니라 미스 김이 타주는 설탕 셋, 프림 둘, 읍내 다방 커피다. 스마트폰은 시계 이상의 의미가 없고, 컴퓨터? 인터넷? 게임? 영화관? 그만, 제발 그만!

아! 타임슬립한 것도 아니고, 진짜…… 나는 왜 이곳에 버려진 걸까? 어디서부터 잘못된 걸까? 내가 뭘 잘못한 거지?

……

이런, 아침잠 때문이잖아.

아는 사람은 안다. 9시 뉴스 전에 하는 일일드라마가 있다. 사랑하는 여자가 알고 보니 의붓엄마의 숨겨놓은 딸이고, 그 여자의 입양된 남동생은 알고 보니 어렸을 때 잃어버린 친동생이었다는. 알고 보면 기함할 일투성이에다 알고 볼 일이 너무 많은 드라마. 어쨌거나 주인공네 회사가 나쁜 놈에게 속아 도산 위기에 처했더란다. 여자주인공 아빠가 뒷목 잡고 쓰러지는데, 그때 충청남도 운산군 산내면 두왕리의 열혈 시청자 강두용 옹께서도 같이 쓰러지셨다. 내비게이션에도 안 나오는 첩첩산중 산골짝에 구급차가 도착했을 때 할아버지 심장은 멈춰 있었다고 한다. 향년 83세.

돌연사라면 돌연사지만 3년 전 고혈압으로 쓰러지셨을 때 예행연습이랄까, 마음의 준비를 했던 데다가 큰아버지가 들어 놓은 상조보험도 있고, 20여 년 전 윤달에 수의도 만들어났단 다. 떡을 세 가지 하느냐, 두 가지 하느냐가 가장 큰 문제였을 만큼 순조로운 장례식이었다. 뭐 문제가 생겼다고 해도 삼수 생 손녀딸이 어쩔 수 있는 건 없었겠지만.

그러고 보니 할아버지를 땅에 묻고 돌아온 저녁에도 할머 니는 호박쌈을 참 맛있게 드셨다. 할머니뿐만이 아니었다. 상 주들이 어찌나 식욕이 좋던지.

"열무김치가 맞춤으로 익었네."

큰고모는 밥 한 공기를 추가했다. 그럴 리는 없겠지만, 나중 에 큰고모 강민자 씨께서 자서전 같은 걸 쓰게 되면 이렇게 회 상할지도 모르겠다. '아버지를 산에 묻고 돌아온 날 저녁, 밥 을 두 그릇이나 비웠습니다' 말하다 보니, 우리 큰고모가 엄청 불효자식처럼 보이는데, 장례식 내내 제일 서럽게 운 게 큰고 모였다. 큰고모 우는 것 보고 동네 사람들도 그랬다.

"딸이 있어야 초상집 같아."

아무튼 장례식 마지막 날, 이른 저녁 식사가 끝나고 어른들 이 안방에서 부조금을 정산하던 때였다. 나는 대청마루에 누 워 집에 가면 제일 먼저 뭘 할까 생각하고 있었더랬다. 일단 샤워부터 하고, 찐한 아이스커피 더블샷과 시럽을 듬뿍 바른

와플을 먹어볼까. 크림파스타도 먹고 싶고, 던킨도너츠의 허니후리터도 먹고 싶고, 눈꽃빙수에……, '아! 산다는 건 식욕이구나' 철학을 하는데,

"언제부터 출근이냐?"

안방에서 들리는 큰아빠 목소리.

"내일 오후엔 나가봐야지."

아빠의 대답.

"아버지는 참…… 수요일쯤 돌아가셨으면 좀 좋아. 초상 치르고, 주말엔 좀 쉬고…….."

막내고모다. 어제까지만 해도 주말이 끼어 문상객이 편하겠다면서,

"우리 아버지 죽을 때도 남들 생각하셨네."

눈물을 찔끔거려 놓고는. 문득 큰아빠 웃음소리가 들렸다.

"아니, 그게 계속 같은 말 하게 되잖어. 문상객들은, 얼마나 애통하십니까. 우리는, 먼 길에 고맙습니다. 하도 듣다보니까 이 말이 인이 박혀갖고는, 아버지 친구분이신 것 같은데 내가 먼저 그랬어. 얼마나 애통하십니까."

와하하하…… 우리 아빠가 제일 크게 웃었다.

큰고모부가 느릿느릿 한마디를 보탰다.

"아주 틀린 말은 아니네. 친구가 죽었으니 애통하긴 할 테지."

재차 와하하, 큰고모는 박수까지 치며 웃었다. 역시나 그럴 리는 없겠지만 강민자 씨께서 자서전을 쓴다면 '아버지를 산에 묻고 돌아온 날 우리는 박장대소했습니다'라고 추가해야 할지도.

"뭐가 그렇게 우습다니?"

저녁 먹자마자 꼬르르 잠들었던 할머니가 아들딸 박장대소에 깨어난 거다. 아들, 딸, 며느리들 딱 걸린 셈.

큰엄마는 큰아빠에게 '왜 그런 소린 해갖고' 핀잔의 아이빔을 쏴대고, 우리 엄마는 슬그머니 아빠 뒤로 숨었다. 우리 아빠 와이셔츠 사이즈는 XXL. 더없이 훌륭한 은폐물이다.

"안 주무셨어요?"

슬그머니 화제를 돌리는 우리 아빠.

할머니는 잠이 깬 건지 만 건지 한참을 멀거니 앉아 있다가 갑자기 정신을 차리는가 싶더니 뭔가를 찾기 시작했다.

"엄마?"

막내고모가 부르는데도 대답은 안 하고,

"노상 여기 있더니 어디 갔다니?"

아들딸들은 서로를 쳐다봤다.

큰고모가 할머니를 붙잡았다.

"엄마, 뭘 찾는데? 뭐, 누구? 여기 다 있잖아. 기수, 남수 여기 있고, 오 서방 여기 있고, 민자, 민실이 다 있어. 남 서방? 남

서방은 사랑방에서 자. 걱정 마, 다 있어."

큰고모가 한 사람 한 사람 가리키며 호명했다. 자기 이름이 불리었을 때 우리 아빠는 손까지 들었다.

그런데도 할머니는 찾는 걸 멈추지 않았다. 자꾸만 주저앉히려는 큰고모를 뿌리치더니,

"저리 좀 가봐. 여기 어디 있을 텐디……."

이불을 들썩거리고, 큰아빠를 밀어냈다. 그 뒤에 누가 숨어 있기라도 한 것처럼.

"오빠, 우리 엄마 왜 저래?"

막내고모는 겁을 먹었나 보다.

여기서 잠깐, 할머니 홍간난 여사의 일생을 돌아보자. 우리 홍간난 여사는 열여덟 살에 스물한 살의 산골 청년에게 시집 왔다고 한다. 데이트는커녕, 사진 한 장 봤는데 첫날밤에 실물이랑 비교했더니 너무 다르더란다. 얼굴 말고도 중매 선 이가 거짓말을 너무 많이 했다나. 산골짝에 살아도 논도 있고 밭도 있어서 먹고사는 건 어렵지 않다고 했는데, 어렵지 않기는 개뿔. 먹는 날보다 굶는 날이 더 많은 세월을 보냈다고 한다.

"요즘 세월이면 살았다니? 살림 탕탕 뽀사버리고 도망갔지."

서러운 세월을 살면서 2남 2녀를 낳고 키웠다. 세 살 때 이름 모를 열병으로 잃었다는 딸 하나까지 더하면 2남 3녀. 자

그마치 62년이다. 사진 한 장 보고 시집와 장장 62년을 함께 한 배우자를 갑자기 잃은 거다. 62년 동반자의 부재! 그렇게 쉽게 받아들여질 리가……

"여기 있구먼."

자꾸만 끌어안으려는 큰고모를 뿌리치고 할머니가 찾아낸 건 폭 4센티, 길이 15센티 남짓의 검은색 직사각형 물건. 꾹 누르면 텔레비전이 켜지는 정식 명칭 '리모트 컨트롤러' 통칭 '리모컨' 되시겠다.

벽에 걸린 시계는 정확히 8시 25분. TV에서는 일일연속극 타이틀 음악이 나오고 있었다. 옛날에 독일 사람들은 칸트를 보고 시간을 알았다던데, 철학 쪽으로는 몰라도 시간 쪽으로라면 우리 홍간난 여사도 만만치 않은 셈이다. 할머니는 누가 빼앗아갈까 봐 리모컨을 틀어쥐고 텔레비전을 뚫어져라 쳐다보는데, 어른들은 그런 할머니를 뚫어져라 쳐다봤다.

"어떠신 거 같냐?"

눈으로는 할머니를 응시하면서 큰아빠가 동생들에게 물었다.

"어떻게 보면 괜찮은 거 같기도 하고."

역시 눈으로는 할머니를 관찰하면서 말하는 아빠.

"괜찮은 게 이상한 거지. 지금 괜찮다는 게 말이 돼?"

할머니의 굽은 등을 쓸어내리는 큰고모.

"나이든 양반들은 한쪽이 죽으면 금방 잘못된다던데. 내 친

구 아버지도 부인 죽고 나서 석 달인가 있다가 그냥 돌아가셨
어."

느릿느릿 말하는 큰고모부.

"저런 저…… 뚫린 입이라고 저놈의 주둥아리를 그냥."

이건 텔레비전에게 화를 내는 할머니.

할머니의 정신적 충격에 대한 의논은 한동안 소강상태를
보이더니 갑자기 큰고모가 할머니를 끌어안는 거다.

"불쌍한 우리 엄마, 내일부터 혼자 밥 먹고, 혼자 잠자
고…… 4남매 키우면 뭐해? 다 저 살 궁리만 하는걸."

큰엄마는 슬그머니 외면했다. 큰며느리 입장인지라 듣기 거
북한 것이다. 큰며느리만큼은 아니어도 같은 며느리 입장인
우리 엄마도 XXL 아빠 등 뒤에서 고개를 숙였다. 좀 전까지
지나치게 발랄했던 초상집은 순식간에 그럴듯한 분위기가 됐
다. 할머니 등을 끌어안고 큰고모가 울기 시작했다. 눈물도 많
고, 웃음도 많고, 밥도 많이 먹는 큰고모다. 할머니가 꿈틀대는
가 싶더니 텔레비전 볼륨이 커졌다. 바로 옆에서 울어대는 통
에 텔레비전 소리가 잘 안 들렸나 보다.

나? 나야 뭐, 할머니가 혼자 밥을 먹든 둘이 먹든 그건 어른
들의 문제였고, 밤하늘에 별은 총총하고 밤바람은 솔솔 불고
졸음은 쏟아지고……. 그러고 보니 장례식 내내 잠을 못 잤다.

윗방에는 사촌언니와 올케언니가 자고 있었다. 그 옆에 누

웠더니 새 우는 소리가 들렸다. 저 새가 부엉새냐 소쩍새냐, 그러다가 깜빡 잠이 들었다.

두서없는 꿈을 몇 가지 꿨다. 부고를 듣고 시골에 온 첫날, 안방에 누워 있는 할아버지를 보며 '내가 본 첫 시체구나'라고 생각했다가, 스스로도 깜짝 '놀라 죽은 지 얼마나 됐다고 시체라니, 참 야박하구나' 하고 반성하는 꿈. 관이 땅속으로 들어가고 첫 흙을 뿌리래서 뿌리는데 '할아버지가 진짜 죽었구나' 그제야 실감나서 눈물이 찔끔 나는 꿈. 엉엉 소처럼 울던 아빠가 갑자기 목덜미를 탁 쳐서 모기를 잡는 꿈. 호박쌈을 욱여넣던 할머니가 느닷없이 '검은콩 한 되, 찹쌀 한 말' 하는 꿈. 장면이 바뀌고, 개울가에서 옷을 훌훌 벗으며 강물에 들어가는 꿈. 꿈속에서도 '이러다가 누가 보면 큰일인데' 걱정은 되고, 물소리를 들어서 그런지 오줌은 더 마렵고…… '천연 수세식 변소잖아. 뭐 어때?' 하며 오줌을 누려는 순간 잠에서 깼다.

뒷문으로 들어온 햇빛이 방 한가운데까지 쏟아지고 있었다. 목덜미가 땀으로 끈적끈적했다. 위이잉~ 냉장고 돌아가는 소리도 들렸다. 뭔지는 모르겠지만 이상하다고 생각하며 급한 대로 화장실부터 갔다. 오줌을 누다가 문득 깨달았다. 세상에, 냉장고 돌아가는 소리가 들렸어. 스무 명 가까이 북적대느라 전화벨 소리도 안 들리던 집인데, 냉장고 소리라니……

집 안이 절간처럼 조용했다. 방방마다 확인했다. 아무도 없었다.

혹시나 해서 바깥마당에 나가봤다. 차가 없었다. 한 대도 없었다.

"이제 일어났구먼."

마당 앞, 부추밭에서 홍간난 여사가 허리를 폈다.

그림자가 발밑으로 숨는 한낮이었다. 얼핏 보면 시베리안 허스키를 닮았지만, 다시 보면 그저 똥개인 시골집 '공'이가 감나무 짧은 그늘 아래 배 깔고 누운 채로 꼬리를 두어 번 흔들었다. 앞으로 잘 지내보자는 제스처?

눈앞이 핑 돌았다. 어지럼증이 나서 방으로 들어오는데 눈앞에 까만 별이 날아다녔다. 갑자기 햇빛을 봐서가 아니었다. 맹세코 정신적 충격 때문이었다. 전화기 옆에 메모지 한 장, 그것도 달력을 찢어 만든 성의 없는 메모지가 있었다.

'무순아, 잠시만 할머니 잘 부탁한다.'

그 옆에 5만 원짜리 10장. 진짜 열받는 건 '할머니 잘 부탁한다' 뒤에 붙은 하트 뿅뿅! 하트가 말이 돼, 하트가? 첩첩산중 산골짝에 딸을 버려두고 가면서 하트가 그려집디까? 아빠!

아! 이것이 내 유배의 전말이다. 나 깰까 봐 살금살금 도망간 부모형제 얘기는 하고 싶지도 않다. 그저 내 탓이다. 스무 명의 대부대가 엑소더스를 하는데도 숙면을 취한 내 탓이다. 평소처럼 10시에만 일어났어도…… 아니, 마지막 순간 홍간난 여사가 콩 한 되, 찹쌀 한 말씩 나눠줄 때 깨기만 했어도. 제기랄, 내가 삼수생만 아니었어도. 아, 그만두자. 그렇게 거슬러 올라가며 후회하다 보면 중고등학교 때 공부 열심히 안 해서 한번에 대학 못 간 것도 후회되고, 그 전에 아들로 태어났더라면 이랬을까, 딸로 태어난 죄 같기도 하고, 그러다 보면 애초에 환웅한테 속아 쑥과 마늘을 먹어댄 곰이 제일 잘못한 거고…… 그저 내 탓이다. 가슴을 쿵쿵 치며 내 탓이오, 내 탓이오, 다 내 아침잠 탓이로소이다.

아무리 그래도 하트라니, 하트 뿅뿅이라니. 사흘이 지났는데도 그 하트 생각만 하면 콧김이 뜨거워진다.

아는 사람은 안다. 일찍 일어나면 하루가 무척 길다. 일찍 일어나는 새는 벌레를 잡을지 몰라도 일찍 일어난 강무순은 할 게 없다. 나는 아침잠은 많아도 낮잠은 안 잔다. 홍간난 여사는 점심 먹고 꼬박꼬박 낮잠을 잔다. 그러면서도 나보고 게으르다지.

오늘 하루는 또 뭘 하고 보내나? 어제는 하도 심심해서 오후 5시쯤 공이를 끌고 산책을 갔더랬다. 산그늘이 져서 걸을 만했다. 운동도 되고, 시간도 보내고 유배기간 동안 매일 해도 괜찮겠다 싶었다. 산책이라는 걸 처음 해보는지 공이란 놈은 이리 뛰고 저리 뛰고 아주 난리였다. 내가 저를 끌고 가는 건지 제가 나를 끌고 가는 건지 아무튼 그러고 있는데, 논에서 밭에서 일하던 사람들이 죄다 쳐다보는 거다. 일손까지 멈추고 대놓고 단체관람이다. 10분쯤 걸어 삼거리까지 갔다.

삼거리로 말하자면 두왕리 최고의 번화가로, 한 시간에 한 대 납셔주시는 그야말로 귀하신 버스의 정거장이 있는 곳이다. 삼거리 세 모퉁이에는 각각 마을회관, 대문 없는 파란지붕집, 그리고 절대 부흥할 것 같지 않은 부흥슈퍼가 있다. 혹시라도 구멍가게란 게 어느 정도 규모인가 궁금한 이가 있다면 부흥슈퍼를 참고하기 바란다.

어쨌거나 부흥슈퍼 주인은 D컵은 훌쩍 넘을 것 같은 글래머 노파다. 그런데 노브라다. 그런데 하나도 안 야하다. 가슴만큼 배가 나와서 그런가. 아무튼 부흥슈퍼 앞 소파에 앉아 있던 글래머 노파는 공이를 끌고 온 나를 쳐다보느라 부채질까지 멈췄다. 서울 아가씨 처음 보나? 추리닝 입고 나와도 이 정도니 제대로 걸치고 나왔다간 아주 난리나겠구먼, 그러고 있는데 글래머 노파가 묻는 거다.

"개는 왜 끌구 다닌댜?"

그날 저녁, 밭에서 돌아온 홍간난 여사가 발 씻으며,

"말만 한 처녀가 개 끌고 다닌다고 미친년인 게라고 소문났더라."

이거 원, 문화적 차이가 거의 파리지앵과 아프리카 마사이족만큼이다. 그러니 오늘 또 개 끌고 산책 나갔다가는 신고 들어갈지도 모른다.

아는 사람은 안다. 아무것도 안 하면 시간은 한없이 더디 간다. 그 얘기는 뭐든 하고 있으면 시간이 빨리 간다는 말인데…….

홍간난 여사는 마당가에 강낭콩을 심어놓았다. 넝쿨이 뻗어 올라간대서 넝쿨강낭콩. 그러고 보면 옛날 사람들은 이름 참 단순하게 짓는다. 섭섭하다고 해서 섭섭이, 막내라고 해서 막둥이.

하여간 넝쿨강낭콩 옆에는 대나무를 꽂아 넝쿨이 타고 올라가도록 해놓았다. 대나무를 칭칭 감고 올라간 걸 보면 넝쿨손이 움직이긴 움직인다는 소린데, 좋다! 넝쿨손이 대나무를 휘감는 현장을 포착하리라.

어라? 그러고 보니 나랑 비슷한 실험을 한 사람이 있었던 것 같은데……. 왜, 완두콩을 교배해서 우성과 열성의 법칙을 알아냈다는 사람 말이다. 멘델인가 하는 사람. 내가 하려는 실험과는 좀 다를지도 모르겠지만 어쨌거나 멘델, 그 양반도 할 일이 되게 없었나 보다.

넝쿨손에게도 지능이 있는 걸까? 어째 꼼짝도 안 한다. 누군가 지켜보는 걸 알고 움직임을 멈춘 느낌? 넝쿨손뿐만 아니라 동네 전체가 꼼짝도 안 한다. 지나가는 사람도 없고, 지나가는 차도 없고, 바람만 가끔 나뭇가지를 흔들 뿐. 동네 사람들은 죄다 뭐하냐고? 벼 속에, 콩 속에 숨어서 일한다. 확인해 보고 싶다면 개 끌고 지나가면 된다. 논에서 밭에서 새카맣게 탄 노인들이 학처럼 고개를 들 테니까.

딴생각을 하다 봤더니 넝쿨손이 살짝 구부러진 것도 같다.

유배 첫날, 항의 전화를 했더니 자애로우신 우리 어머니.

"수험생? 네가? 비 온다고 학원 빠지고, 우울하다고 학원 안 가는 네가? 월화수목 미니시리즈부터 주말드라마까지 다 챙겨보는 네가? 넌 그냥 게을러빠진 백수야. 알어? 무석이 공부하는 거 방해하지 말고, 데리러 갈 때까지 국으로 있어."

사실 시골에 버려진 건 이번이 두 번째다. 첫 번째는 여섯 살 여름이었다. 그때 일은 기억한다기보다는 들어서 아는데, 세 살 터울의 동생 무석이는 심장에 구멍이 난 채로 태어났다. 그 구멍을 막는 수술을 해야 하는데 여섯 살 누나에게 손이 어찌나 많이 가는지, 시골에 버려졌다는 사연 되시겠다. 그때도 내가 자고 있는 틈을 타서 엄마 아빠가 살짝 도망갔단다.

혹시 내가 아침에 일찍 못 일어나는 거, 그때의 트라우마 때문인가? 자고 일어나면 버려지니까 아예 안 일어나려는 심리.

그냥 해본 소리다. 대성통곡을 한 것은 그때 잠시뿐, 홍간난 여사의 증언에 의하면,

"온 동네를 어찌나 뽈뽈대고 돌아댕기는지 밥 때마다 너 찾으러 댕기는 게 일이었어."

여섯 살 강무순은 완벽한 적응력을 보였단다. 산으로 들로 싸돌아댕기면서 잠자리도 잡고, 삐비도 뽑아 먹고, 새카맣게 타서 허물도 벗겨지고.

"애 적에는 궁뎅이를 방바닥에 붙이지를 않더니, 지금은 왜 저 모양인가 몰라."

홍간난 여사도 모르고 나도 모르겠다. 그때 너무 에너지를 써버려서 지금은 방전된 건지도.

넝쿨강낭콩의 넝쿨손에 대한 고찰은 중단이다. 팔이 저려서 안 되겠다. 중간 실험 결과를 발표하자면, 되게 심심하다고 해서 아무나 멘델이 되는 건 아니라는 것. 멘델은 멘델이고 강무순은 강무순이란 결론 되시겠다.

과학적 고찰은 됐고, 전원생활 하면 역시 가드닝gardening이다. 홍간난 여사는 밭만 맬 줄 알지 정원을 가꿀 줄은 모른다. 마당 한쪽에 꽃밭이라는 게 있긴 있는데, 완전 제멋대로다. 콩밭에 쏟는 정성 절반만 쏟아도 저 정도는 아닐 텐데. 하긴 마당가에 코스모스도 아니고 개나리도 아니고 넝쿨강낭콩 심는 노인네한테 뭘 바라.

꽃을 색깔별로 옮겨 심어볼까? 아예 카드섹션처럼 모양을 만들어봐? 사랑방 어딘가에 꽃씨 봉투가 있었던 것도 같은데…… 먼저 잡초부터 뽑아야겠다.

하다 보니 꽤 재밌다. 이래서 홍간난 여사가 눈만 뜨면 풀

뽑으러 가나 보다. 밤마다 '삭신이야. 팔다리야' 하면서 그 힘
든 걸 왜 하나 싶었는데.

뿌리 깊은 잡초가 있다. 뿌리 깊은 나무는 바람에 아니 움직
이고, 뿌리 깊은 잡초는 죽어라 안 뽑힌다. 그렇다고 물러설쏘
냐? 호미질을 쾅쾅 하는데 지렁이가 꿈틀댄다. 두 마린 줄 알
았는데, 으악! 한 마리가 두 토막 난 거다. 세상에나. 내 손에,
내 호미질에 한 생명이 토막 났다. 어찌나 격렬하게 꿈틀대는
지 소리 없는 비명이 들리는 것 같다. 그것은 소리 없는 아우
성. 공감각적 은유던가? 이럴 때가 아니다. 버둥거리는 지렁이
를 흙으로 덮었다. 내 얼굴을 기억했다가 복수하러 올까 봐 두
렵다. 한동안 속이 울렁거린다. 미안한 마음도 조금.

가드닝은 안 되겠다. 좀 더 평화롭고 좀 더 안전한 뭐 없나?
예를 들면…… 봉숭아 꽃물 들이기 같은 거. 첫눈이 올 때까지
손톱 끝에 봉숭아물이 남아 있으면 첫사랑이 이뤄진다는데,
그건 좀 곤란하다. 내 첫사랑은 3년 전에 결혼했다. 아, 국어
선생님!

알려나 모르겠다. 봉숭아물을 들일 때는 꽃잎만 사용하는
게 아니다. 이파리도 넣어야 색깔이 곱게 든다. 초록색 이파리
를 넣었는데 왜 빨간색 물이 더 고운지는 모르겠다만. 봉숭아
이파리를 따는데 뭔가 물컹, 한다. 콧물을 만지는 느낌? 이런
젠장, 이파리 뒤에 집 없는 달팽이가 붙어 있다. 잠시도 방심

할 수가 없다. 전원생활이란 게 이렇게 다이내믹한 줄 몰랐다. 집 없는 달팽이가 침을 질질 흘리며 기어간다. 제 딴에는 필사의 도주겠지.

집 없는 달팽이 전설을 아는가?

홍간난 여사의 전설 따라 삼천리에 의하면, 옛날에 게으른 여편네가 있었단다. 어찌나 게으른지 길쌈도 안 하고 빨래도 안 해서, 점점 입을 옷이 없어졌더란다. 나중엔 벌거벗고 살았단다. 그러던 차에 동네잔치가 열렸는데, 이 여편네는 게으른 주제에 잔치 구경은 되게 가고 싶었던 모양이다. 남편을 졸랐단다. 커다란 항아리에 들어가 있을 테니 항아리를 가져다가 잔치가 열리는 마당 한 귀퉁이에 놔달랬다나. 남편은 시키는 대로 했단다. 항아리 속 여편네는 조용하면 고개를 빼고 구경하다가 누가 오면 쏙 들어가기를 반복했는데, 동네 사람들이 눈치챘단다. 게으른 여편네가 얄밉기도 하고, 재미삼아 항아리를 툭툭 쳤는데 그만 항아리가 깨졌단다. 벌거벗은 여편네는 하도 창피해서 그 자리에서 죽고 말았는데, 그 여편네가 죽어서 된 게 집 없는 달팽이라고.

게으른 여편네, 게으른 것도 정도껏 해야지. 비위 약한 사람에게 두고두고 민폐다.

"게으르기가 꼭 너 같았던 거여."

홍간난 여사는 이렇게 말씀하셨지만 어딜, 내가 그 정도는 아니다.

비누칠을 박박, 손가락 지문이 벗겨지도록 닦고 두 번 닦고, 세 번 닦고 냄새까지 맡아보는데 오토바이 소리가 들린다.

우편배달부가 반갑기는 난생 처음이다. 헬멧을 쓴 우편배달부가 대문기둥에 매달린 편지함에 우편물을 넣다가, 고운님 마중 나온 새색시처럼 뛰어나온 나를 쳐다본다. 키는 180센티미터쯤? 삐쩍 마른 데다가 하필 빨간색 헬멧을 썼다. 꼭 성냥개비 같다. 그것도 케이크 상자 안에 들어있는 대★자 성냥개비. 헬멧 밑으로 주름이 자글자글했다. 육십쯤 됐으려나? 아직 현역인 걸 보면 그보다는 어릴지도.

"어떻게 되시나?"

밑도 끝도 없는 우편배달부의 질문. '뭐가요?'라고 되물으려다가 겨우 알아차렸다.

"손녀데요."

"아……." 우편배달부는 고개를 끄덕거리더니

"할머니가 걱정돼서 남았구먼."

혼자 수긍한다. 진실과는 다소 거리가 있지만 그런 걸로 해두지, 뭐.

유배 생활 3일 동안 처음 이야기를 나눈 이성이 대자 성냥개비 우편배달부라니. 되는 년은 이런 때 박해일이 우편배달부로 오더구만.

"뭔 전기세가 이렇게 나왔다니? 이게 다 너 때문이여."

우편배달부가 가져온 전기세 고지서를 읽어달래서 읽어줬더니 홍간난 여사가 말도 안 되는 핀잔을 한다. 홍 여사님, 그건 지난달 전기 사용료거든요.

"할머니는 어떠시냐?"

밤 9시 반쯤 큰아빠에게서 전화가 왔다. 어제는 큰고모, 그전날에는 작은고모. 번호표 뽑아놓고 번갈아 전화하는 건지도 모르겠다. 내용도 똑같다.

"할머니는 어떠시냐?"

그렇게 걱정되면 자기들이 내려와 있든가.

"삼시 끼니는 잘 챙겨 드시고?"

할아버지 산에 묻고 돌아온 날 저녁, 고봉밥 드시는 거 다 같이 봤잖아요.

"잠은 잘 주무시고?"

할머니 코 고는 소리를 직접 들려드린다.

"혹시 엉뚱한 소리를 한다거나⋯⋯."

60년 배우자를 잃고 정신줄 놓았을까 봐 다들 걱정인가 본데, 이런 말 하긴 뭐하지만 할아버지가 뇌출혈이 아니라 변사체로 발견됐다면 나는 홍간난 여사를 의심했을지도 모른다. 아무리 늙었어도 과부는 과분데 씩씩해도 너무 씩씩하다.

"무순이 네가 효녀다."

통신 끝!

알려나 모르겠다. 공영방송은 새벽 2시 넘으면 끝난다. 36개 채널이 24시간 내내 현란하게 돌아가는 문명의 땅에 살 땐 그런 거 몰랐다. 오늘은 다큐멘터리 〈공교육 이대로 좋은가〉의 마지막 방송이었는데, 공교육이든 사교육이든 얼마든지 봐줄 테니까 제발 끝나지만 말아라 했는데 결국 끝나고 말았다. 무지개 색깔의 화면 조정시간이 끝나면 샌드존이 나올 것이다. 꺼진 TV 모니터에 우울한 얼굴이 비친다. 그 얼굴은 나다. 아아! 나의 tvN! 나의 Mtv! 나의 하나tv여!

수다라도 떨면 외로움이 가실 텐데…… 말했다시피 핸드폰은 시계와 다름없다. 친구년들은 낯선 집전화번호가 뜨면 받지도 않는다.

사방이 조용하니 시계 초침소리가 커진다. 시간 참 더럽게 안 간다. 낮시간도 느리지만 밤시간은 정말 느려졌다. 그 여자, 황진이의 심정이 이해간다. 동짓달 기나긴 밤이 얼마나 지겨웠으면 뚝 떼어내고 싶었을까? 황진이는 뚝 떼어놓았다가 임 오는 밤에 요긴하게 쓰기라도 하지. 나야 남녀상열지사를 나눌 임도 없고, 시간이 부족해서 뭘 못하는 사람도 아니니까 필요한 사람한테 줘버렸으면 좋겠다. 하루가 25시간이면 좋겠다는 사람들에게 시간 기부를!

마당으로 나갔더니 공이가 미친 듯이 꼬리를 흔든다. 공이여! 똥개여! 네가 아무리 반긴대도 나는 널 데리고 산책은 갈 수 없단다.

달은 밝고 별은 총총한데 어디선가 산짐승 우는 소리가 들린다. 이렇게 우는 짐승이 뭐더라? 고라니라고 했나, 여우라고 했나? 황진이만 한 재능은 없더라도 뭔가 한 수 나올 것 같은 분위기인데 모기 때문에 망했다. 방충망 뒤로 후퇴하고 봤더니 그사이 두 방이나 물렸다. 모기가 물어 부은 살갗에 손톱자국을 내다가 생각났다. 그렇다. 라디오가 있었지! 내가 왜 이 생각을 못했지? 라디오는 24시간 방송이다. 잠시도 쉬지 않는다. 사랑방에서 라디오를 본 것 같은데…….

망했다. 라디오인 줄 알았는데 마사지 기계다. 그나마도 고장 났다. 이거 참. 큰일이다. 시간이라는 건 의식하면 할수록 더디 간다. 아무것도 안 하고 시간 보내기가 이렇게 어려운 거였다니. 게으름만큼은 남부럽지 않다고 자부했는데! 사실 나, 꽤나 부지런한 축에 속하는지도 모른다. 내 몸속에 홍간난 여사의 피가 흐르긴 흐르나 보다.

사랑방 윗목에 앉은뱅이책상이 있다. 할아버지가 쓰던 건가 본데, 책이 대여섯 권 놓여 있었다. 보자. 읽을거리로 『선진 영농』이 나을까, 『장기묘수풀이』가 나을까…… 어라, 엉뚱한 책이 있다. 이곳이 도서관이라면 틀림없이 사서가 서가를 착각했다고밖에 볼 수 없는 의외의 책. 제목하여 『할 수 있어요』와

『꼭꼭 숨어라』.

할아버지 고 강두용 옹의 취향은 아니다. 첫 장 안쪽에 원래 소유자의 사인이 있었는데, 꼭꼭 눌러 쓴 그 이름 '강무순'. 첫 번째 유배시절의 유실물이었을 거다.

『할 수 있어요』는 볼이 터질 것 같은, 기저귀도 못 뗀 세 살쯤된 꼬마가 주인공이다. 그 꼬맹이, 어찌나 자립적인지 뭐든 제가 하겠다고 고집 피운다. 양말도 혼자 신는다, 단추도 혼자 잠근다, 모자도 혼자 쓰겠다…… 결국 양말도 짝짝이, 단추는 하나씩 밀려 잠그고, 모자는 앞뒤가 바뀌었다. 실수를 모른 채 환하게 웃는 녀석에게 한마디 해주고 싶다. 웃을 수 있을 때 실컷 웃어둬. 긍정의 마인드가 통하는 건 기저귀 떼기 전까지란다.

『꼭꼭 숨어라』는 정체성에 관한 내용이다. 첫 장에 문제가 나오고 다음 장에 정답이 나오는 구성이다. 얼룩벽 속에 숨어 있는 동물은 얼룩말이고, 하얀 눈 속에 숨어 있는 건 토끼며, 열대우림 넝쿨 사이에 숨어 있는 건 누가 봐도 뱀일 텐데, 정답 페이지에 다른 게 숨어 있었다. 용수철을 뜯어낸 면이 너덜너덜한, 반으로 접힌 도화지다. 그림인 줄 알았는데 지도란다. 책의 소유자를 밝힌 필체와 똑같은 꼭꼭 누름체로 '보물지도'라고 정체성을 밝혀놓았다.

정말이지 과감한 화풍이다. 원근법이나 입체감은 일절 무시했다. 나무와 산이 같은 크기인 데다가 정면을 그린 건지 측면을 그린 건지 짐작 불가능한 피카소풍의 검은색 집이 한 채. 화가도 집을 그리다가 신경질이 났는지 색칠이 난폭하다. 그래도 여기까진 집이구나, 나무구나 알겠는데 도저히 해독불능인 물건이 하나 있다. 그림 중앙에 제일 크게 자리 잡은 빨간색 물체. 빗자루를 거꾸로 세워놓은 것 같기도 하고, 포크 두 개를 나란히 세워놓은 것 같기도 한데, 지도에 의하면 그 밑에 막대한 보물이 숨겨져 있단다. '다임개술'이라는 암호와 함께.

다임개술이라……. 빨간색 포크를 말하는 건가? 아니면 보물이 묻힌 장소?

필적 감정을 통해 확인된 바 여섯 살 강무순이 그린 게 분명한데, 스물한 살 강무순은 도통 짐작도 못하겠다. 위아래를 바꿔 보기도 하고, 뒷장에 힌트가 있나 뒤집어 보기도 하고, 혹시 이중 종이인가 비벼도 봤다. 보물지도의 미덕이 관계자 외 해독 불가능이라면 이 지도는 완벽하다. 너무 완벽해서 관계자가 읽어도 해독할 수 없다는 게 함정이다.

그래도 보물지도다. 우헤헤, 보물지도란 말이다.

따각! 곡괭이 끝에 뭔가 걸렸다. 정신없이 흙을 긁어내는데 과연 보물상자다. 어쩌면 이렇게 보물상자스러운 보물상자란 말인가? 온몸으로 '나는요, 보물상자예요' 하고 말하는 것 같다. 영화 소품으로 써도 좋을 정도다. 그런데 자물쇠는 디지털이다. 많이 본 자물쇠 모양인데, 하다가 깨달았다. 우리 아파트 자물쇠랑 똑같다. 이런 우연이…… 비밀번호도 똑같다. 1023. 10월 23일. 무석이 생일. 두근두근한다. 히죽히죽 웃음도 나온다. 보물이다, 보물! 뚜껑을 여는 순간 상자 안에서 눈을 뜰 수 없을 만큼 찬란한 빛이……?

"해가 똥꾸녕을 쳐들겄다."

열어젖힌 문 사이로 햇빛이 무참하게 쏟아져 들어왔다. 뒹굴뒹굴, 햇빛을 피해 구석으로 피난 간다. 햇빛을 쏘이면 까맣게 타버리는 나는야 드라큘라의 후예.

"너같이 게을러터진 건 보다보다 처음 본다. 게으른 건 병이여. 병 중에서도 큰 병이여. 못생긴 며느리는 참어도 게으른 며느리는 못 참는 거여. 옛날 같으면 소박을 맞어도 열두 번은 맞었어."

"시집을 가야 소박을 맞든가 하지……."

"어째 젊은 게 그 모양이라니. 내가 너만 했을 때는 깜깜할 때 일어나서 물 한 동이 길어다 놓고 보리방아 찧어서 밥 안치구…… 아이구, 서러운 세월."

"그렇게 억울하면 지금이라도 나랑 같이 게으르든가……."

"뭐래는 거여? 들리지도 않게 궁시렁궁시렁…… 남들 잘 때 안 자니까 남들 일어날 때 못 일어나는 거 아녀? 한밤중에 불

은 환하게 켜놓고. 전기세 아깝게……! 어라, 그래도 안 일어
난다니?"

판판이 손찌검이다. 발딱 일어날 만큼 엉덩이가 얼얼해서
봤더니 빗자루로 맞았다. 우씨, 도구를 사용한 폭행은 가중처
벌인데……. 그러게 처음 맞았을 때 지랄을 떨었어야 했다. 매
맞는 아내든, 매 맞는 손녀든 첫 번째 대응이 중요한 거다.

"이게 뭐라니?"

폭력 노파, 홍간난 여사가 보물지도를 발로 툭 건드리더니,

"종갓집 아녀? 종갓집은 왜 그려났다니?"

주마등

01

오늘 아침에 눈 떴을 때는 상상도 못했다. 오늘 죽을 거라고는.

정말이지 특별할 것 없는 하루였다. 어제와 비슷한 시간에 일어나 어제 먹던 반찬으로 밥을 먹고, 늘 만나던 사람들을 만나고, 평소처럼 일을 하고. 아무리 생각해도 어제와 그제와 똑같은 하루였다.

그럴 리가 없다. 오늘이 다른 날과 같았을 리가 없다. 뭔가 있을 것이다. 어제와 다른 무엇. 방금 전에 일어난 일을 예감케 하는 어떤 징조 같은 것……

아, 점심 때 문득 '내가 몇 살이지?' 하는 생각을 했다. 갑작스럽게 떠오른 생각은 갑작스럽게 사라졌다. 뭔가를 예감한 건 아니었을까?

그러고 보니 꿈을 꿨다. 어젯밤 꿈인지 그저께 꿈인지는 잘 모르겠다.

논두렁을 걸어가는데, 논두렁은 좁고 비가 온 다음이라 잔뜩 젖어 있어서 자꾸만 발이 미끄러졌다. 신발이 젖고, 양말이 젖고, 나중에는 네발짐승처럼 기어가다가 잠에서 깼다. 참, 개꿈도 다 있다 그랬는데, 혹시 이 꿈에 무슨 의미가 있는 건 아닐까?

하지만 알아차릴 수 없는 예감이라니. 일이 터지고 나서야 깨닫는 징조라니.

별 볼 일 없는 인생이지만 그래도 이렇게 평범하게 시작된 날, 어떤 예감도 없이 죽을 거라고는 상상도 못했다.

02

여
름
,

부채질은 하다가 그만두면
더 더운 법이지

언덕에서 내려다본 종갓집은 사극 세트 같다. 마당쇠는 마당 쓸고 삼월이는 마루 닦고 있을 것 같은 양반집. 저게 아흔아홉 칸짜린지는 모르겠다만 집 안에 집이 있고, 그 집 안에 또 집이 있다. 안방마님, 대감마님, 별당아씨가 죄다 독채 생활을 하시나 보다.

두왕리 정보통, 홍간난 여사에 의하면

"나 시집올 때까지만 해도 이 근방 논밭이 죄다 경산 유씨 거였어."

홍간난 여사 시집올 때면 호랑이가 줄담배 피우던 시절?

"어디 논밭뿐이간? 산도 죄다 종갓집 거였지. 종가 땅을 안 밟고는 산내면을 지날 수가 없었다니께. 죽동면, 송인면 땅도 거진 반은 종갓집 거였구."

산내면이 얼마나 큰지도 모르겠고 죽동면, 송인면은 또 어디 붙어 있는 건지 모르겠다만, 아무튼 말도 못하게 부자였나 보다. 토지개혁이다 뭐다 해서 살림이 팍신 줄었단다. 하지만 부자가 망해도 삼 년은 간다고.

"지금도 이 근방에서 자세 좀 헌다 하는 이들은 다 경산 유씨여. 이장 유건승이, 조합장 유정문이, 지난번 군수도 유 뭐시기, 경찰서장도 유가…… 두왕리 사람도 절반이 유가 아니냐?"

그 대단한 경산 유씨의 중심이 종손이고 그 종손이 기거하시는 데가 언덕 아래 저, 사극 세트 같은 경산 유씨 종가라는 건데……. 삼복더위에 언덕인지 산인지 넘어오느라 죽을 지경이다. 다리는 후들거리고, 목은 마르고. 이게 다 '바보 용龍' 때문이다. 보물찾기 원래 코스는 이 길이 아니었다.

"종갓집 가는 길? 기억 안 난다니? 애 적에 자주 댕겼잖어."

여섯 살 때 장기 두러 가는 할아버지 따라 종갓집을 드나들었단다. 15년 전 일을 기억하라니, 홍간난 여사도 참.

"삼거리서 큰길 따라 쭉 가, 버스 댕기는 길 말여. 아니, 학교 쪽 말고 다리 있는 쪽으로. 다리를 건너서…… 얼마나 더

간다고 해야 헌다니? 아무튼지 밥 뜸 들것다 싶은 만큼 걸어 가면 왼쪽으로 집 하나가 있어. 지붕이 빨간 집 말여."

"에에? 종갓집 지붕이 빨간색이야? 모냥 빠지게."

"거기가 무슨 종가라니. 거긴 종가 아녀. 거기도 유씨긴 헌디……, 아무튼 그 집을 돌아서 쭉 올라가면 거기가 종가여, 찾기 쉬워. 그 근처엔 집이 종가 하나뿐이니께."

할머니 집에서 대략 30분쯤 걸린단다.

이렇게 하여 아침 숟가락 놓자마자 홍간난 여사는 콩밭 매러 나가고, 나는 보물 찾아 나서게 됐는데……. 무공해 청정지역 두왕리의 직사광선은 쳐다만 봐도 어질어질하고, 모자만으로는 서울 아가씨 고운 피부를 지킬 수 없기에 검정 우산 들어줬다. 비도 안 오는데 우산 쓰고 다닌다고 미친년이 확실하다고 또 소문날지 모르겠다만, 미친년이 대수랴. 내 피부는 소중하다.

두왕리는 세 개의 마을로 이뤄졌는데, 홍간난 여사가 사는 곳은 아홉모랑이다. 산모퉁이가 아홉 개라서 그런 이름이 붙었단다. 삼거리부터 셈해서 세 번째 모퉁이에 홍간난 여사 집이 있다. 첫 번째 모퉁이에는 교회가 있다. 초록색 뾰족지붕을 가진 '선한 뜻 교회'.

첫 번째 유배시절에 대한 기억은 거의 없는데도 교회에 대한 기억은 드문드문 남아 있다. 여섯 살 강무순은 아침만 먹으면 아홉모랑이길을 내달려 탱자나무 사잇길을 지나 교회를 찾았더란다. 종교적 열의가 있었던 게 아니라 또래가 있었다. 나보다 두 살 많은 목사님 딸. 이름이 뭐였더라. 뭔가 기독교적인 이름이었는데……. '언니야, 놀자' 소리쳐 부르고는 교회 마당에서 고무줄도 뛰고, 무궁화꽃이 피었습니다도 하고, 땅따먹기도 하고……. 마당을 파헤쳐놔도 사모님은 혼내지 않았다. '우리 무순 애기씨가 흙강아지가 됐네' 하며 얼굴이랑 손을 뽀드득뽀드득 소리가 나도록 닦아주고는 간식을 내주셨다. 사모님이 만든 팬케이크 진짜 맛있었는데…….

어라, 다 잊은 줄 알았는데 추억이 방울방울하는구만. 내친 김에 추억여행 좀 떠나볼까 하는 생각이 잠깐. 하지만 목사님들도 전근을 다닌다 하니, 팬케이크를 구워주던 사모님도, 기독교식 이름을 가진 그 언니도 다른 데로 가버렸을 것이다. 교회로 이어지는 진입로엔 15년 전처럼 아직도 탱자나무가 있다.

교회를 지나면 아홉모랑이길은 버스 다니는 큰길과 만나 삼거리를 이룬다. 큰길이라지만 고작 왕복 2차선이다. 하긴 논두렁, 밭두렁에 비하면 큰길이긴 하다. 말했다시피 삼거리는 두왕리 최고의 번화가이자 중심가다.

홍간난 여사가 알려준 대로 버스 다니는 큰길을 따라 다리 쪽으로 올라가려고 하는데, 호두나무 밑에 젊은 남자가 등을 보인 채 쪼그려 앉은 게 보였다. 이제 와 생각하니 처음 봤을 때부터 범상치 않음을 느꼈던 것 같다. 엉덩이 골을 절반이나 드러내고도 아랑곳 않는 대범함이라니……. 뭐라 꼭 집어 말할 수는 없지만 온몸에서 풍기는 독특한 아우라도 그렇고.

파란 바탕에 하얀색 줄무늬 티셔츠와 군청색 반바지를 입었는데, 초등학생이 입었다면 나름 상큼하다 할 수도 있겠다. 헤어스타일도 그렇다. 초등학생이 빡빡머리라면 '고녀석 개구쟁이겠어' 느낌이지만, 문제는 그 쪼그려 앉은 남자의 덩치다. 뒤룩뒤룩 살이 찐 그 남자는 누가 봐도 성인이었다. 게다가 그 숨막히는 타이트함이라니. 한 치수 작게 입는 게 유행이라지만, 맹세코 그건 한 치수 작은 게 아니었다. 서너 치수 작았다. 쳐다보는 내가 갑갑할 정도로 겁나게 타이트했다. 게다가 남자의 허리춤에 매달린 그것, 꼬질꼬질하게 때가 탄 색동 복주머니를 보는 순간 나는 예감했다. 이 남자! 평범하지 않다.

내 집요한 시선을 느낀 걸까? 남자가 앉은 채로 돌아보는 거다. 남자의 얼굴을 보는 순간 내 선입견은 확신으로 굳어졌다. 그런데 어쩐 일인지 남자 역시 나에게서 눈을 떼지 못하는 거다. 맑은 날 검정 우산 쓰고 다니는 나에게 혹시 동질감을 느꼈나?

아무튼 그때 삼거리에는 서로를 응시하는 범상치 않은 남녀가 있을 뿐, 텅 비어 있었다. 부흥슈퍼 글래머 노파는 가게 문 열어놓고 어딜 갔는지 안 보였다. 먼저 시선을 돌린 건 내

쪽이었다. 말하자면 기싸움에서 진 거다. 남자에게서 최대한 떨어져 기척을 죽이고 걷는데, 얼굴은 빨갛게 달아오르고 입술은 바짝바짝 마르고 심장은 쿵쾅거리고…… 젠장할, 그 모습을 누가 봤다면 사랑에 빠진 줄 알았겠네.

그때였다. 남자가 말을 걸었다. 패션만큼이나 대범한 말투!

"야, 공기 집자!"

헐! 쭈그리고 앉아서 뭐하나 했더니, 그 남자 공기 집고 있었던 거다. 두왕리에서 놀고먹는 건 나뿐인 줄 알았는데. 기상 시간만 봐도 알겠지만 나는 개인의 취향을 존중하자는 쪽이다. 인생은 꼴리는 대로 살아가는 거고, 누군가 '제 취미는 작두 위에서 탭댄스추기예요' 한다 해도 '아, 그러시구나, 열심히 하세요' 하겠지만…… 아무리 그래도 서른은 훌쩍 넘어 보이는 남자가 공기놀이라니. 그렇다. 그 남자는 어느 동네에든 한 명은 꼭 있다는 동네 바보였던 거다.

"나랑 공기 집자."

남자의 거듭된 권유. 나는 전력을 다해 고개를 좌우로 흔들었다. 그러자 남자는 비대한 몸을 일으키더니 나에게 다가오는 거다.

"에에이, 그러지 말고 공기 집자."

나의 거부를 내숭이라고 생각한 걸까? 아무튼 남자가 다가올수록 나는 뒷걸음질 칠 수밖에 없었는데, 서로의 눈을 응시하며 남자는 다가오고, 여자는 뒷걸음질 치는 이 광경! 역시 누가 봤다면 사랑의 밀당쯤으로 오해했으려나. 어쨌거나 남자가 나를 향해 손을 내밀며 '히잉' 하고 이상한 소리를 내는 순간, 나는 결단했다. 도망치기로. 맹세코 내 생애 최고의 스피드였다. 고등학교 때 체력장에서 100미터 달리기 할 때보다 더 필사적이었다. 어제의 집 없는 달팽이가 생각났다. 숨이 턱에 차도록 도망쳤을 집 없는 달팽이!

"일영이를 봤구먼."

점심 먹으러 들어온 홍간난 여사가 공기 집던 남자의 신원을 확인해줬다.

"일영이가 뭐가 무섭다니. 그냥 바보여."

바보가 제일 무섭다. 왜? 말이 안 통하니까.

홍간난 여사에 의하면 두왕리 공식 바보 황일영은 삼거리를 주 서식지로 활동하며, 사시사철 공기 삼매경에 빠져 산단다. 이거 원, 보물찾기는 다 글렀다. 황금양털은 불 뿜는 용이 지키고, 두왕리 보물은 바보 용이 지키는 셈이다.

보물을 찾으면 절반을 줄 테니 같이 가자고 했더니 우리의 홍간난 여사,

"철모르는 소리 말구 나랑 같이 콩밭이나 매자."

피차 더운밥 먹고 쉰 소리를 주고받은 다음, 홍간난 여사가 플랜 B를 제시했다.

"삼거리 말고 말우지고개를 넘어가도 되긴 되여."

"말우지고개는 또 어딘데?"

"집 앞에서 삼거리 짝 말구 반대짝으로 가다 보면 말우지고개가 나와. 거기를 넘어가면 종갓집인디……. 그렇게 가면 한참 걸려."

1박 2일이 걸린대도 안전제일이다. 바보 용에게 잡혀 공기놀이의 노예가 되느니.

이것이 한여름 등산을 하게 된 사건의 전말 되시겠다. 하긴 명색이 보물찾긴데 산 하나 정도는 넘어줘야 뽀다구가 난다.

참, 오다가 뱀도 봤다. 푸른 바탕에 붉은 무늬……. 붉은 바탕에 푸른 무닌가? 어쨌거나 독사로 보이는 뱀이 스윽 하고 내 앞을 가로질러 가는 거다. 안 놀랐냐고? 바보 용한테 놀란 거에 비하면, 뭐.

인디아나 존스도 성배를 찾기 전에 뱀을 봤다지, 아마. 뱀의 양에 있어서는 좀 꿀리지만 징조가 좋다. 사진을 못 찍은 게 아쉽다. 다시 문명의 땅에 돌아가면 내 블로그에 '보물찾기' 챕터를 만들어 올릴 생각이다. 아, 그렇다. 나의 블로그 〈게으르고 게으르니〉! 주인장 없어서 인적이 끊겼겠구나.

인적이 없기론 아홉모랑이만 할까? 두왕리에서 두 번째로 큰 길인데도 풀이 무성하다. 하긴 아빠 차 타고 시골에 올 때 삼거리까지는 이길 저길 척척 알려주던 내비아가씨가 아홉모랑이길만 들어서면 '경로를 이탈했다'고 붉으락푸르락 발을 동동 구르는 길인데 뭘 바라. 엄마는 맞은편에서 차 오면 어떻게 비켜주냐고 걱정하곤 했는데, 체험해본 결과 아홉모랑이길에서 차 두 대가 만날 확률은……, 음. 뭔가 적절한 비유를 하고 싶은데 생각이 나질 않는다. 아무튼 엄청 적다. 원래는 아홉모랑이길이 큰길이었는데, 삼거리에 버스길이 생기면서부터는 동네 사람만 아는 길이 돼버렸단다. 홍간난 여사, 엊그제 일처럼 말하기에 최근의 일인 줄 알았더니 새마을운동 때 얘기였다.

어쨌거나 길 한가운데 거미가 줄을 쳐놨다면 말 다했지, 뭐. 거미 사진은 찍었다. 모처럼 스마트폰이 시계 이상의 기능을 발휘했다. 카우보이 모자 대신 밀짚모자 눌러쓰고 한 방! 검정 우산은 집에 두고 왔다. 삼거리 바보 용이 그 우산 때문에 나를 자기랑 같은 부류라고 생각한 것 같아서.

거미도 보고, 뱀도 보고, 갈수록 보물찾기다워지는데 고갯길을 못 찾아 한참 헤맸다. 홍간난 여사 말에 의하면 아홉모랑이 중 일곱 번째 모퉁이에 고갯길이 있다는데, 모퉁이의 규격이 애매해서 좀 전의 그 둔덕을 모퉁이로 쳐야 되나 말아야 되나, 돌아갈까 어쩔까 그러고 있는데 앞쪽에 차 앞머리가 보이는 거다. 뒤꽁무니는 나무에 가렸다. 그렇다면……?

예상이 맞았다. 차는 고갯길 초입에 세워놓은 거다. 조금 전

혼란의 둔덕은 그냥 둔덕이었을 뿐, 아홉 개의 모퉁이 중 하나는 아니었던 거고. 하느님이 역사하셨다. 거미가 줄을 친 인적 없는 길에 느닷없이 차 한 대를 보내사 이 몸을 언덕으로 인도하시나니. 이래저래 보물을 찾을 운명인 거다.

까맣게 썬팅된 차창을 거울삼아 매무새를 가다듬고 또다시 인증샷. 포스팅 제목은 '일곱 번째 모퉁이는 보물로 이어진다' 정도가 좋겠다.

고갯길 초입은 양쪽 모두 콩밭이다. 여기뿐 아니라 두왕리 밭은 거의 다 콩밭이다. 두왕리 '두'자도 콩 두豆!

우리 아빠 애창곡이 생각난다. '콩밭 매는 아낙네야. 베적삼이 흠뻑 젖는다.'

참, 그 얘길 안 했구나. 할아버지가 쓰러지셨다는 연락이 왔을 때, 고인의 둘째 아들 강남수 씨는 노래방에 있었다. 자재부 전체 회식.

"하필이면 오늘 같은 날……."

엄마는 마늘 냄새, 삼겹살 냄새를 찐하게 풍기며 도착한 아빠를 타박했다. 타박보다는 탄식이려나. 우리 아빠 참 안됐다. 할아버지 돌아가시던 날을 생각할 때마다 그때 부른 노래도 같이 생각날 텐데. 그게 '콩밭 매는 아낙네의 베적삼'에 관한 거라면 그나마 다행이지만 같은 트로트라도 '난 이제 지쳤어요, 땡벌'이라든가 '당신을 향한 나의 마음은 무조건 무조건이야'라면 그것 참……. 아무리 효자면 뭐해? 인생은 누가 뭐래도 타이밍이다.

땀도 식힐 겸 언덕 위에 서서 내려다본 결과, 경산 유씨 종갓집이 비어 있다는 것도 확인됐다. 마당쇠도 없고, 삼월이도 없다.

경산 유씨 종택宗宅은 17세기 말에 지어졌다가 1910년에 재건축되었단다. 기호지방의 양반 문화를 엿볼 수 있는 대표적인 양반 가옥으로 'ㅁ'자 구조다. 특히 각 문턱의 기능과 아름다움이 두드러진다고 한다. 문화재청장이 세워놓은 표지판에서 읽은 거니까 확실한 거다. 문화재청장이 표지판까지 세워둔 집이라 이거지……. 사진 한 장.

문화재청장의 말씀 중 제일 중요한 부분은 요거다. '종택은 주변에 다른 집을 두지 않는 게 관습이라서 고택孤宅이라고도 한다.' 할렐루야! 보물 찾는 데 이 사람 저 사람 지나다니고 쳐다보면 그것도 곤란한데, 일이 척척 되어간다.

보물지도를 꺼내 비교해봤다. 붉은 포크 두 개를 꽂아놓은 것 같은 미스터리한 물건은 홍살문이었다. 홍살문도 사진 한 장. 그나저나 홍간난 여사의 혜안이 놀라울 따름이다. 해체와 재구성의 난해무쌍한 이 그림을 보고 어떻게 종갓집인 줄 알았을까? 늙으면 애가 된다는데 같은 눈높이라서 알아본 건가?

자, 생각해보자. 여섯 살 강무순은 할아버지를 따라 경산 유씨 종갓집에 놀러왔다. 할아버지들은 장기를 두고, 여섯 살 꼬맹이는 말도 못하게 심심했겠지. 잠깐 딴 얘기지만, 우리 할아버지가 이런 집 할아버지와 장기친구라니, 뭔가 으쓱한 기분이다.

다시 본론으로 돌아가서 여섯 살 강무순은 손버릇이 안 좋았던 게다. 고려청자, 조선백자, 금가락지, 옥비녀 뭐 그런 것들을 슬쩍해서 땅에 파묻고 이름 붙이기를 다임개술이라. 우혜혜.

깜짝아, 언덕에서 오토바이가 나타났다. '이게 무슨 고개야. 말우지 산이라고 해야지'라고 열냈는데, 오토바이가 넘어다닐 정도면 언덕이 맞나 보다. 문제는 강무순의 저질 체력이었던 거고. 방금 전 목에서 피리 소리가 나도록 힘겹게 넘어온 길을 탈탈거리며 내려온 건 우편배달부의 오토바이였다. 나는 보란 듯이 스마트폰을 들고 관광객 흉내를 냈다.

"강 씨네 손녀구면."

성냥개비 우편배달부, 기억력 끝내준다. 한 번 봤을 뿐인데 알아보다니. 하긴 이 고인물 같은 두왕리에 새 얼굴이 나타나는 일은 흔치 않을 테고, 나타난 새 얼굴이 미모의 서울아가씨라면, 뭐⋯⋯.

방해꾼이 사라지기를 기다리며 여기저기 사진을 찍어대는데 종갓집 대문 기둥에 달린 우편함에 우편물을 집어넣은 우편배달부.

"언덕 위에 재실도 볼만헐 겨."

종갓집 뒤편 언덕을 가리켜 관광 포인트를 알려주고는 홍살문 옆을 지나 사라졌다. 그런 게 있었나? 아까 올 때는 왜 못 봤지? 뭐, 있거나 없거나 상관없다. 우히히. 보물이란 말이다, 보물!

지도에 의하면 홍살문 오른쪽 다리 밑에 막대한 양의 보물이 묻혀 있단다. 홍살문 다리를 중심으로 넓게 파들어갔다. 땅이 딱딱해서 호미질이 어렵다. 이럴 줄 알았으면 곡괭이를 가져오는 건데. 여섯 살 강무순을 너무 얕잡아봤다. 무순아, 여섯 살 꼬맹이 강무순아! 뭐하자고 이렇게 깊이 묻었니? 다시 파낼 때를 고려했어야지.

가만, 여섯 살 꼬맹이가 이렇게 깊이 묻었을 리가 없다. 혹시 누군가 새치기해 갔나? 오른쪽이 아니라 왼쪽인가? 여섯 살 강무순의 지적 수준이 어느 정도였을까? 오른쪽 왼쪽을 구별했을까? 구별했더라도 보는 방향의 차이에 따라 반대가 된다는 걸 알고 있었을까? 하나를 의심하다 보니 열까지가 혼란스러운데……. 그때였다.

따각! 호미 끝에 뭔가 걸렸다. 호미를 통해 느껴지는 이 칠판을 긁는 듯한 소름끼치는 느낌. 돌멩이는 아니다. 통통통! 쇠붙이로 상자를 두드릴 때 나는 소리다. 크흑, 돌이켜보면 고

난에 찬 반나절이었다. 바보 용과 뱀과 거미줄을 뚫고 히말라야 같은 언덕을 넘어 여기까지 온 보람이 있구나! 행여 보물상자가 상할세라 마지막에는 호미를 버리고 손으로 흙을 긁어냈다.

보물상자는 음……. 약상자다. 달리 우겨볼 도리가 없는 게 상자 뚜껑에 '아로나민 골드'라고 한글로 큼지막하게 적혀 있다. 고려청자가 들어가기엔 턱도 없는 크기. 그렇다면 금가락지나 옥비녀다.

당장 확인하고 싶은데 아래쪽에서 누군가 올라온다. 서둘러 상자를 꺼낸 뒤 구덩이를 메우고, 말우지 고개로 퇴각했다. 언덕 중간쯤에서 내려다봤더니 방해꾼은 경산 유씨 종갓집으로 막 들어가는 중이었다.

올 때는 못 봤는데 언덕 꼭대기에 표지판이 있었다. 왼쪽 소나무밭을 지나면 경산 유씨 재실이 나온단다. 재실이 뭐냐면 제사 지낼 때 사용하는 건물이란다. 우리 집은 제사 지낼 때 안방에서 병풍치고 지내는데.

"그 집이나 우리 집이나 똑같은 양반이여."

홍간난 여사는 큰소리쳤지만, 아주 똑같지는 않은 게다.

말우지 언덕을 내려오는데, 올라갈 땐 못 본 게 또 하나 나타났다. 산이 끝나고 콩밭이 시작되는 지점에 젊은 여자가 쭈그리고 앉아 있었다. 콩밭 매러 온 여자는 절대 아니다. 붉은

빛이 도는 짧은 커트머리와 하얀 목덜미에서 문명의 냄새가 폴폴 났다.

뜻밖의 장소에서 뜻밖의 인물을 만나면 긴장된다. 두왕리 산 속에서 몸뻬 입은 할머니를 만나면 그러려니 하겠지만, 하얀 티셔츠에 게스 청바지를 입은 젊은 여자라니. 저 여자도 공기 집나? 바보 용을 만났을 때만큼이나 긴장해서 지나가는데, 기척을 느꼈는지 여자가 돌아봤다. 얼굴 절반을 가린 선글라스! 그 선글라스에 밀짚모자를 쓴 내가 비치는데 이 와중에도 부끄럽다. 되게 촌스럽다.

여자는 토하던 중이었나 보다. 왜 그런 느낌을 받았지? 아마 입을 닦아 내는 동작 때문인 것 같다. 긴장하면 감각이 예민해지나 보다. 별것들이 다 눈에 들어온다. 여자의 새끼손가락이 되게 짧다.

그나저나 참 애매하다. 산길에서 토하는 여자를 만나면 어떡해야 하나? 모르는 척 그냥 가자니 인정머리 없어 보인다.

"괜찮으세요?"

기껏 친절을 베풀었건만 그 여자, 대답커녕 벌떡 일어나더니 그냥 가버린다. 되게 무안하다. 쌀쌀맞은 도시 여편네 같으니라고. 밀짚모자 썼다고 무시하는 거야? 나도 서울 살거든. 이 밀짚모자는 할아버지 거라고. 나도 서울 우리 집에 선글라스 있어. 게스 청바지도 있고. 다리가 짧아서 그다지 어울리지는 않지만……. 그치만 뭐, 저는 새끼손가락이 짧잖아. 아, 열받어! 괜히 말 걸었어.

토하던 여자는 고갯길 입구에 세워놓은 썬팅이 까맣게 된 소나타를 타고 가버렸다. 혹시 술먹고 토한 거 아냐? 음주운전으로 확 신고해버릴까 보다.

시골집은 조용했다. 감나무 밑에서 공이가 꼬리를 흔들며 콩콩 짖을 뿐. 할머니는 아직 밭에 있나 보다. 보물 찾아 떠나기 전 홍간난 여사는 뒤주 속을 뒤지며,

"콩이구 깨구 죄다 눅져서 어떡헌다니."

걱정을 한바탕하더니, 안마당 가득 들깨를 널어놓았다.

먼저 차가운 물로 세수를 하고 목덜미와 겨드랑이도 닦았다. 목욕재계다, 목욕재계. 더워서가 아니다. 보물의 신이여. 정성을 갸륵히 여기사…….

눈앞의 보물상자 뚜껑에는 접착테이프가 겹겹이 붙어 있다. 여섯 살 솜씨치고는 꼼꼼하다. 꼼꼼하면 꼼꼼할수록 내용물에 대한 기대가 커진다.

보물이라. '나의 보물은 우리 아이들이에요'라고 했다는 아줌마가 있다. 무슨 파티였을 거다. 놀고 마시는 자리에서 다른 아줌마들이, 지금으로 따지면 샤넬 핸드백이나 티파니 반지 같은 걸 자랑하고 있는데 분위기 깨는 말을 한 잘난 아줌마.

알고는 있다. 진정한 보물은 마음속에 있고 파랑새는 자기 집 새장에 있다는 걸. 그렇다고는 해도, 물어보고 싶다. 여섯 살 무순아, 너에게 보물은 당최 어떤 의미였던 거냐?

자칭 보물상자에서 출토된 건 글자가 지워진 오각형의 배지 하나, 젖니 하나, 목각 인형 하나. 아무리 어려도 그렇지, 무순아. 보물상자라고 이름 붙였으면 그에 어울리는 걸 넣어놨어야지. 이런 거 넣어놓고 보물상자라고 하면 사기란다. 젖니가 뭐냐, 젖니가? 할머니 금가락지, 할아버지 호박단추. 그게 그렇게 어렵더냐? 빠진 이빨은 지붕 위에 던졌어야지. 그래야 까치가 물어가고 새 이빨이 난다고 아무도 안 알려주던? 기필코 이빨을 넣어야겠으면 코끼리 이빨이라도 넣어놓든가.

분명히 내 이빨일 텐데도 징그럽다. 뼈와 비슷해서 그런가. 꼴보기 싫다. 대문 밖으로 던져버렸다. 까치가 물어가든 말든, 나도 새 이빨 따위 필요없으니까.

하늘이 우중충하다. 검은 구름이 막 몰려든다. 비가 오려고 그러나? 온몸이 끈적거렸다. 선풍기 바람을 중으로 키워놓고 그 앞에 누웠다.

배지는 금칠이 벗겨진 지 오래고, 그나마 보물에 가까운 건 목각 인형일 텐데……. 핸드메이드다. 제목을 붙이자면 '자전거와 소년'쯤 될까? 소년이 자전거 핸들을 잡고 서 있는 모양. 조각도로 일일이 깎아서 만든 건데, 공이 많이 들어간 물건이다. 직선이야 그냥 깎아내면 그만이라지만, 자전거 바퀴나 소년의 얼굴 등 둥근 부분의 칼자국이 되게 섬세하다. 강무순의 미술적 재능이야 보물지도에서 이미 탄로 났고, 아무리 봐도 여섯 살 꼬마가 만든 물건은 아닌데……. 그렇다고 홍간난 여사나 강두용 할아버지가 만든 물건은 더더욱 아닐 테고. 바라던 바대로 여섯 살 강무순은 보물상자 속에 남의 물건을 집어넣긴 한 거다. 그게 고려청자도 아니고, 금비녀도 아니라는 게 함정!

바보 용도, 뱀도 그저 우연이었던 거다. 거미도, 토하던 여자도 아무 이유 없이 그냥 거기 있었던 거고. 이게 뭐야. 저주는 잔뜩 받았는데 피라미드 안은 텅 빈 거하고 뭐가 달라? 복선을 깔았으면 반전이 있어야 하고, 개고생을 했으면 보물이 나와야지. 아아, 그야말로 다임개술이로다!

졸음이 쏟아진다. 낮잠은 안 잔다고 했는데……. 보물찾기가 고됐던 거다. 잠이 드는 순간의 이미지는 꿀과 같다. 찐득한 꿀을 한 숟가락 펐을 때, 꿀이 줄줄 흐르다가 점점 가늘어지고, 나중에는 똑똑 방울져 떨어지다가 마침내 끊기는 것, 정신은 그렇게 아득해지는데…….

"네가 사람이냐?"

벼락같은 소리에 정신을 차려보니, 홍간난 여사가 마당에 서서 씩씩댄다. 그사이 비가 왔나 보다. 마당이 젖어 있다.

"아무리 게을러터졌어도 그렇지, 비가 오는데 그냥 자빠져 있는 년이 어딨다니?"

내가 뭘……. 우산 안 가져다 줬다고 화났나?

홍간난 여사가 맨손으로 뭔가를 쓸어 담는다. 그러고 보니 빗물에 쓸려 뭔가 떠내려가는데, 깨알만큼 작은 저것은…… 어라! 진짜 깨다.

"이걸 어떡헌다. 이 아까운 걸……. 쓰레받기 가져와!"

쥐어박는 말투가 기분 나쁘지만, 쓰레받기 대령했다. 홍간난 여사는 쓰레받기에 들깨를 쓸어 담았다. 이런 말 하긴 뭐하지만 이미 늦은 것 같은데……. 그냥 서 있기 뭐해서 깨를 한 알 한 알 줍고 있는데,

"에이, 씨부랄 거!"

홍간난 여사가 쓰레받기를 패대기쳤다. 쓰레받기가 깨지면서 플라스틱 조각이 눈앞으로 날아가는 바람에 식겁했다.

"염장을 질러라, 이년아. 그걸 하나하나 줍고 있게. 비 쏟아질 땐 처자빠져 있다가 이제 와서 깨를 줍고 자빠졌네. 게을러터진 년."

이년 저년이야 팔십 넘은 할머니가 하면 욕도 아니라지만.

"이 아까운 걸, 들깨 한 말 하려면 얼마나 애를 써야 하는지 네까짓 게 알기나 아냐? 이 썩을 년아."

모른다. 내가 왜 그걸 알아야 하는데?

"저리 비켜, 이년아."

나를 밀쳐낸다. 언어폭력에 이은 물리적 폭력.

"빌어먹을 것들. 왜 저런 건 떼놓고 가서 내 속을 썩이는지, 원."

"누군 뭐 있고 싶어서 있는 줄 알어?"

참다못해 한마디 했더니,

"있기 싫으면 가. 누가 말려?"

"알았어. 갈게. 가면 될 거 아냐!"

짐이라고 싸고 말고 할 것도 없다. 옷 몇 가지 배낭에 구겨 넣고 나왔더니, 할망구가 코웃음을 친다.

"아이구, 무서워라. 무서워 죽겠네. 어디서 유세를 떨고 자빠졌어. 망할 년이……"

"네네. 안녕히 계세요. 두 번 다시 보지 맙시다."

"두 번 다시 오기만 해봐라."

망할 할망구, 한마디도 안 진다. 분노를 가득 담아 대문짝을 걷어찼다.

비온 뒤라 개구리들이 신났다. 사방팔방으로 점프하고 난리다. 개구리 한 마리가 내 종아리를 들이받고 널브러지는데, 다른 때 같으면 기겁을 했겠지만 지금은 그까짓 거 싶다. 삼거리 바보 용도 상관없다. 공기 집자고 하면 버스 올 때까지 놀아주지, 뭐. 깨달았다. 분노는 공포를 제압한다.

무식한 할망구, 말끝마다 이년 저년. 나는 뭐 욕을 못해서 안 하는 줄 알아? 욕이라면 나도 남부럽지 않다고. 나이 대접을 해줬더니 말이야. 망할 할망구. 그러면 안 되지. 내가 누구 땜에 시골에 남았는데? 인터넷도 안 되고 핸드폰도 안 터지는 이 깡깡 시골에. 50만 원? 그까짓 50만 원, 없어도 그만이다. 영원히 안녕입니다요. 다신 볼일 없을 겁니다. 굿바이 포에버. 사요나라. 아, 열받어. 아침마다 두들겨 깨우기나 하고. 깨를 널고 가면 널고 간다고 말을 하든가. 그리고 그 깨가 내 깨야? 자기 깨지…….

다행이다. 삼거리는 비어 있다. 바보 용의 공기놀이는 우천으로 취소된 것이다.

한 시간에 한 대꼴이라는 버스는 배차시간이 어떻게 되나? 방금 전에 지나갔으면 한 시간을 기다려야 한다는 소린데……. 시간표를 찾아봤는데 없다. 보통은 버스 정거장 옆에 붙여놓지 않나? 뭐, 상관없다. 한 시간이고 두 시간이고 기다려주마. 때 되면 오겠지.

깜짝아! 아무도 없는 줄 알았는데 삼거리 한모퉁이, 대문 없는 집 담벼락 앞에 아줌마가 쭈그리고 앉아 있다. 꼼짝도 안하고 있어서 담벼락의 얼룩인 줄 알았다. 방금 전 바람에 옷자락이 펄럭이지 않았다면 끝끝내 얼룩인 줄 알았을 거다. 닌자가 따로 없다. 닌자 중에서도 상급 닌자, 물아일체物我一體의 경지다. 무엇이 아줌마고 무엇이 담벼락인가. 바보 용도 그렇고, 토하던 여자도 그렇고 두왕리 사람들은 쭈그려 앉는 걸 엄청 좋아한다. 난 저렇게 조금만 앉아 있어도 다리가 저리던데.

닌자 아줌마는 무릎을 감싸 안은 팔뚝 위에 턱을 얹어 놓았는데, 시골 아줌마치고는 특이하게 파마기 없는 커트머리다. 반백의 커트머리! 팔십이 넘은 홍간난 할망구도 까마귀처럼 염색을 하는데…….

아, 누군지 생각났다. 저 아줌마, 왕따 아줌마다. 할아버지 장례식 때 동네 사람들이 모두 일을 도우러 왔는데, 사흘 동안 겪어보면 누가 동네 실세구나, 누가 누구랑 사이가 안 좋구나 대충은 알게 된다. 저 닌자 아줌마는 누구랑도 친하지 않았다. 늘 사람들로부터 한 걸음 떨어져 있는 느낌이었는데, 장례식 이틀째 밤이었던 걸로 기억한다. 문상객들이 뜸한 시간이었고, 동네 아줌마들이 상 하나를 차지하고 밥도 먹고 술도 한잔 하는 분위기였다. 닌자 아줌마가 부엌에 혼자 앉아 있기에— 그러고 보니 그때도 쪼그려 앉아 있었다—평상 밑에 다들 모여 있다고 말씀드렸더니, 고개만 끄덕끄덕할 뿐 움직일 생각을 안 하는 거다. 그때 다른 아줌마가 들어와 밥을 퍼가는데 닌자 아줌마를 못 본 척했다. 진짜 못 본 게 아니라 보고도 못 본 척 고개를 돌리는 그런 거 말이다. 그때 깨달았다. 시골에도 왕따가 있구나.

어쨌거나 현지인이 기다리는 걸 보면 버스 시간이 가까운 거겠지.

잠깐 동안이지만 비가 많이 왔나 보다. 물 흘러가는 소리가 요란하다. 전에 아빠한테 들은 적이 있다. 비만 오면 여기저기 밭둑이 무너져서 그거 치우느라고 어떨 땐 학교도 못 갔다고. 저 기세로 물이 흐른다면 어디가 무너진대도 이상할 것 없겠다. 하물며 시골집 안마당의 들깨쯤이야.

닌자 아줌마는 뭘 저렇게 보는 걸까? 땅바닥엔 아무것도 없는데……. 삼거리 한복판엔 차바퀴가 만들어낸 웅덩이가 있고, 그 옆에 개구리가 하얀 배를 내민 채 그야말로 개구리처럼 뻗어 있다. 죽은 개구리를 보는 건가? 아니다. 그보다는 좀 더 먼 곳을 보고 있다. 길이 사라지는 산모퉁이를 지나 더 먼 곳…….

차 소리가 난다. 버스가 오나 보다. 어느 쪽에서 타야 되나? 참고하려고 아줌마를 봤는데 꼼짝도 안 한다. 버스가 아니라 트럭이었다. 학교 쪽에서 나타난 트럭이 개구리 시체를 깔아 뭉갠 뒤 다리 쪽으로 사라졌다. 속이 메슥거린다. 차마 개구리의 상태를 확인할 수 없어 트럭이 사라진 쪽을 보고 있는데,

"엄마, 배고파."

대문 없는 집에서 공기 집는 남자가 나왔다. 닌자 아줌마가 부스스 일어나더니 안으로 들어가버렸다. 바보 용의 눈에 띌

세라, 이번엔 내가 기척을 죽였다. 분노가 식으면서 공포가 되살아났나 보다. 역시 물아일체의 경지는 아무나 하는 게 아니다. 바보 용이 나를 향해 히잉 하고 웃더니 엄마를 따라갔다. 나로선 천만다행이다.

근데 닌자 아줌마는 버스를 기다린 것도 아니면서 30분 넘게 뭘 쳐다보고 있었던 걸까? 뭘 기다리고 있었던 걸까? 뭐, 상관없다. 그사이 30분은 지나갔고, 그렇다면 늦어도 30분 뒤엔 버스가 올 테니까.

부흥슈퍼 처마 밑에 달린 가로등에 불이 들어왔다. 불빛을 향해 날파리들이 달려든다. 드문드문 산 아래 집들도 불을 켠다. 불을 켜니까 오히려 어둠이 실감난다. 스마트폰으로 확인한 시간은 6시 55분. 날이 흐려서 일찍 어두워지나 보다. 하늘이 어두워지면서 산의 실루엣이 사라지는 걸 보고 있는데…….

"……겼어."

간 떨어지는 줄 알았다. 언제 등장했는지 거만하게 몸을 뒤로 젖힌 아저씨가 바로 뒤에 서 있는 거다. 삼거리에 나밖에 없으니까 분명 나한테 말을 한 건데 뭐라고 했는지 못 들었다. 아무튼 이상할 정도로 허리를 뒤로 젖힌 아저씨는 양팔을 휘두르며 내 옆을 지나 부흥슈퍼 안으로 들어갔다. 그 아저씨, 허리에 자석띠를 둘렀다. 왜 지하철 같은 데서 '허리 아픈 어머님 아버님께 하나 사드리라'는 효도상품 말이다. 잠시 후 소

주 한 병을 들고 부흥슈퍼에서 나온 아저씨는,

"버스 끊겼다구."

한마디 던지더니 대문 없는 집으로 들어가버렸다. 저 집 사람들하고 나하고는 살이 끼었나 보다. 모든 식구가 등장할 때마다 깜짝깜짝 놀래키니, 원……

어쨌거나 삼거리엔 다시 나 혼자 남았다. 오지 않는 버스를 기다리는 강무순! 너무 어이없으면 웃음이 나온다는 말이 맞나 보다. 하하, 7시도 안 됐는데 차가 끊겼단다. 참, 대애애애애단한 동네다.

히치하이킹? 소달구지라도 지나가기만 하면 잡아타겠다. 아니면 걸어갈까? 버스로 30분이니 걸어가면 얼마나 걸리려나? 두 시간? 세 시간? 길 모르는 건 그렇다 쳐도 오늘은 날이 흐려서 달도 안 떴다. 가로등 불빛을 벗어나면 그야말로 암흑 그 자체. 칠흑 같은 어둠이란 게 바로 이런 거겠지.

다리에 힘이 풀린다. 소나기 때문에 부흥슈퍼 앞 소파는 젖어 있고, 닌자 아줌마처럼 쭈그리고 앉았다. 그냥 이대로 첫차를 기다려? 막차가 일찍 끝났다고 첫차가 일찍 오리라는 보장이 없다.

다시 들어가? 아니다. 그건 도저히 못하겠다. 대문을 걷어차고 나왔는데 다시 기어들어간다니, 상상만 해도 쪽팔린다.

모기가 달려든다. 부흥슈퍼에서 텔레비전 소리가 흘러나온다. 조금 있으면 홍간난 할망구가 죽고 못 사는 드라마가 시작될 거다. 망할 할망구, 텔레비전 보며 하하호호 하겠구만. 그까짓 게 뭐가 재밌다고. 하도 재미있게 보기에 유배 첫날 옆에서 슬쩍 봤다. 잠깐 봤는데도 지난 내용은 물론, 앞으로 어떻게 될 건지도 죄다 알 것 같았다. 내가 영특한 건지 드라마가 빤한 건지. 아무튼 그걸 보는 홍간난 할망구의 리액션은 혼자 보기 아까울 정도였다.

"저런 망할년."

욕은 기본이고

"아녀, 그년이 나쁜 년이라니께."

텔레비전이랑 대화를 시도했다.

망할 할망구, 지금이라도 데리러 오면 못 이기는 척 들어가 줄 텐데…….

짐승 우는 소리가 들렸다. 지난 밤에도 들었던 그 울음소리다. 고라니는 아닌 것 같고, 여우인가? 가지가지한다. 하긴 7시도 되기 전에 막차가 끊기는 마을인데 여우도 울고 그러겠지. 저 여우가 구미호래도 믿겠다. 야생동물 보호협회 같은 데 신고하면 포상금 주려나.

그 여우 참 구슬프게도 운다.

알려나 모르겠다. 구미호는 사람 무덤을 파헤쳐 해골을 뒤집어쓰고 재주를 넘는단다. 그렇게 죽은 사람으로 변해서 그 집에 찾아가서는 "아무개야, 아무개야" 부르는데 그 소리에 대답하면 그 사람은 얼마 안 가 죽는다고. 그래서 한밤중에 누가 부를 때는 세 번 이상 들은 다음에 대답해야 한단다.

미쳤다! 어쩌자고 무서운 생각을 시작했을까? 밝고 환하고 긍정적인 생각만 해도 모자란 판에. 큰일이다. 어둠은 짙어지고, 여우는 울고, 모기는 달려들고, 조금 있으면 부흥슈퍼 사장님도 잠이 들 테고……. 상상만으로도 숨이 막힌다. 젠장! 돌아오는 걸음걸음이 젠장이다. 젠장!

대문을 들어서는데, 홍간난 할망구는 보란 듯이 대청마루에 앉아 저녁을 먹는 중이다. 오늘은 머위쌈을 욱여넣는데, 눈꼬리가 씰룩거린다. 웃고 싶은 걸 참는 게 분명하다. 음흉한 할망구, 막차가 지나갔다는 걸 알고 있었던 거다. 그러니까 갈 테면 가라고 큰소리를 친 거겠지.

"간다더니?"

"내일 첫차로 갈 거야."

"그때 일어나기나 허면."

망할 할망구. 한마디도 안 진다.

"밥 먹어."

"안 먹어."

"싫으면 먹지 마라. 애호박 넣고 된장 지졌더니 장이 아주 달다."

"많이 먹고 짜구나라."

발뒤꿈치에 분노를 실어 쿵쾅거리며 사랑방으로 들어갔다. 어쩔 수 없이 하루 더 묵게 됐지만, 각방이다. 부부싸움 뒤 각방 쓰는 사람들 심정을 알겠다.

할아버지 목침을 베고 누웠다. 아, 배고프다.

배고픔을 잊기 위해 다른 생각을 해본다. 오늘 하루, 사건사고가 참 많았다. 바보 용을 만나고, 등산을 하고, 싸가지없는 선글라스 여자도 만나고……. 다른 생각을 해도 배고프다. 지금 우는 저 새가 소쩍샌가 보다. 솥이 작아 배고픈 소쩍새여! 오늘에서야 네 심정을 알겠구나. 소쩍새여! 얼마나 배고팠니? 소쩍새여! 네 밥부터 푸지 그랬니?

일일드라마가 끝나고, 곧바로 안방 불이 꺼졌다. 전기밥솥에 밥이 딱 한 그릇 정도 남아 있다. 애호박 넣고 지진 된장찌개가 달긴 달다.

씻으면서 봤더니 엉덩이까지 흙이 묻어 있었다. 여우 울음소리에 쫓겨 퇴각할 때 정신없이 뛰어오느라 흙이 튀는 줄도 몰랐다. 가방에서 갈아입을 옷을 꺼내는데, 보물상자가 딸려나왔다. 젖니는 대문 밖으로 집어던졌고, 남아 있는 배지와 목각 인형이 달그락거린다.

문밖이 환했다. 스마트폰으로 확인한 결과, 10시 13분! 할망구는 마당 한쪽 수돗가에서 열무를 씻는다. 웬일이래? 아직까지 '해와 똥구녕' 소리를 안 하고?

"첫차는 아까 전에 갔다."

열무다발을 획획 흔들어 물기를 털어내는 홍간난 할망구는 입을 삐쭉대더니,

"부애 나면 뭔 소리를 못 헌다니."

혼잣말인지 들으라고 하는 말인지……. 사과를 하려면 정식으로 하든가.

"소금을 어디다 뒀더라."

엉뚱한 데만 찾기에 답답해서 마루 끝에 있는 소금 바구니를 손가락으로 알려줬다. 그렇다고 내가 할망구를 용서한 건 아니다. 할망구는 열무 켜켜이 소금을 뿌렸다. 방금 뽑아온 열무가 참 보기 좋다.

"뭘로 좀 덮어놔야 허는디."

마침 고무 다라에 딱 맞을 것 같은 쟁반이 눈에 띄기에 갖다줬다. 그렇다고 내가 할망구를 용서한 건 아니다. 쌍욕까지 들은 나로서는 그렇게 쉽게…….

"수박 먹을텨?"

대청마루에 나란히 앉아 수박을 먹었다.

"이게 뭐라니?"

홍간난 여사는 '자전거와 소년'을 이렇게도 보고 저렇게도

보다가,

"이런 거 갖고 있으면 동티 나." 하고는 호미를 들고 나가버렸다. 안마당에 떨어지는 햇빛이 눈부셨다. 오늘 하루도 되게 더우려나 보다.

동티라? 어제 그 사단도 동티 중의 하나일까?

"너 가질래?"

공이한테 내밀었더니 냄새 한 번 맡아보고 외면했다. 저도 싫은가 보다.

어제에 이어 아홉모랭이길에는 사람이 없다. 뱀도 없다. 거미는 그 길에 또 줄을 쳐놨다. 막대기로 거미줄을 물리쳤다. 거미가 기겁을 하고 달아난다. 어떤 길이든 첫 번째보다 두 번째가 더 가깝게 느껴진다. 생각보다 일찍 말우지 고개를 넘었다. 경산 유씨 종택은 오늘도 조용하다.

어젯밤 잠들기 전에 문득 생각났다. 보물상자를 묻은 건 여섯 살 강무순 혼자였을까? 여섯 살짜리가 그렇게 깊숙이 땅을 팔 수 있었을까? 여섯 살짜리가 보물상자 뚜껑에 접착테이프를 꼼꼼히 붙일 수 있을까? 가장 큰 문제는 목각 인형이다.

스물한 살 강무순은 확신한다. 그건 여섯 살 강무순의 물건이 아니고, 여섯 살 강무순이 탐낼 만한 물건도 아니다. 그렇다면 보물상자를 묻을 때 누군가 있었던 거다. 보물상자에 테이핑을 하고, 땅을 판 누군가가. '자전거와 소년'은 그 누군가의 것일 테고.

어쨌거나 목각 인형과 배지는 다시 묻기로 결정했다. 흙에게서 나온 것은 흙에게로, 카이사르의 것은 카이사르에게로. 이 더위에 무슨 똥개 훈련인가 싶다만, 갖고 있을 수도 없고 버리자니 되게 찜찜하다. 홍간난 여사 말마따나 동티가 무서워서 그런 건 아니다. 나야 고등교육까지 배운 사람으로서, 더구나 남들보다 길게 공부하는 삼수생으로서 미신 따위 무섭진 않다. 어젯밤에 구미호한테 쫓겨온 거? 그건 뭐…….

'자전거와 소년'이 공산품이었다면 이 고생 안 한다. 미련 없이 버렸을 거다. 아궁이에 집어넣으면 그만이다. 근데 핸드메이드란 말이지. 일일이 깎고 다듬고 사포질을 해서 만든 수제품! 온갖 정성 들여 만든 목각 인형을 어째서 여섯 살짜리와 함께 보물상자에 넣었는지는 모르겠다. 버리긴 아깝고 갖고 있자니 찜찜한 그런 것이었으려나? 구구절절 눈물의 사연이 있나? 단순한 이벤트였을지도 모른다. 어찌됐든 15년 동안 안 찾아간 걸 보면 앞으로도 안 찾아갈 가능성이 크다. 그건 뭐 '자전거와 소년'의 운명인 거지. 천년 지나 만년 지나 고대 유물로 발견될지도 모르는 거고.

이것저것 생각하다 보면 지금 나는 무엇을 위해 땅을 파고 있는 건가, 헛고생 작렬이구나 싶다만……. 어쨌거나 자전거와 소년이여! 우리의 인연은 여기까지란다.

"뭐하는 거예요?"

이런, 방심했다.

"어제도 거기서 땅 팠죠?"

어제의 그 방해꾼인가 보다.

"뭘 묻는 거예요?"

목소리가 갈라진다. 종갓집 대문에 삐딱하게 선 소년에게 변성기가 왔나 보다. 소년이 슬리퍼를 찍찍 끌고 다가온다. 사극 세트에서 산다고 한복에 고무신 신을 거란 생각은 안 했지만, 그래도 반바지에 슬리퍼는 좀 그렇지 않나 생각하며 얼굴을 보는 순간, 세상에!

"교회 다녀요?"

나는 무신론자인데, 맙소사!

"아니면 무당?"

무신론자라니까. 그래도 널 보고 있노라면 신이든 악마든 뭐든 믿을 수 있을 것 같구나. 우와!

"뭐 하냐구요."

글쎄……. 내가 뭘 하고 있었을까? 너를 보는 순간 내 이름도 잊었단다. 인간 지우개 같으니라고.

"경찰에 신고할 거예요."

"잠깐만……."

일단 불러세우고,

"너……."

말을 시작하긴 했는데 뭐라고 얘기해야 할지 모르겠다.

소년이 미간을 좁히며 다음 말을 기다린다.

"되게 잘생겼다."

소년이, 정정한다. 미소년이 주춤 물러서며 눈을 가늘게 뜬다. 의심할 여지 없는 경계의 눈초리!

"있잖아. 저기……. 나는 수상한 사람이 아니고 아홉모랑이 강 씨 있잖아. 얼마 전에 할아버지 돌아가신. 그 집 손년데……."

나의 신원과 보물상자와 다임개술, 그리고 '자전거와 소년'의 매장에 대한 경위를 더듬더듬 밝히는 동안 소년은, 아니 미소년은 목각 인형을 이리저리 살폈다. 그때를 틈타 나는 꽃돌이를 이리저리 감상했다. 정말이지 공짜로 보기 미안할 정도의 미모다.

"이걸 묻은 게 몇 년 전이라구요?"

15년 전이란 말에 꽃돌이는 심각해졌다. 뭘 생각하느라 그러는지 눈을 내리까는데, 속눈썹이 어찌나 긴지 그 그늘에서 햇빛도 피하겠다.

"따라와요."

지옥이라도 따라가주마.

기능적이고 아름답다고 문화재청장이 특별히 칭찬한 대문

턱을 넘어 기호지방의 대표적 양반 가옥 안으로 들어갔다. '허연 허벅지를 다 내놓은 사리마다* 같은 핫팬츠가 살짝 마음에 걸리지만, 도런님도 반바지에 슬리퍼 끌고 다니는데, 뭐.

자, 경산 유씨 종택이다. 사극이나 한국민속촌 같은 데서 본 걸 상상하면 된다. 조금 다른 게 있다면 사람의 손에 길들여졌다는 느낌이 강하다. 이게 바로 손때라는 거겠지. 댓돌 위의 마루라든가 그 옆의 기둥이 반질반질하다. 또 하나 덧붙인다면, 사람이 없어서 그런지는 몰라도 마당이 생각보다 넓다. 이집 마당쇠는 고생 좀 했겠는데 싶다.

대문 왼쪽에 행랑채라고 할까? 머슴들이 쓰는 방이 있었다. 정면에 보이는 건 대감마님이 글 읽는 방 사랑채겠고. 머슴방에도 사랑채에도 자물쇠가 달려 있다. 사랑채에 'T'자로 누각이 붙어 있다. 오늘같이 더운 날 저기서 뒹굴면 딱이겠다. 나무판에 한문으로 써놓은 게 저 누각의 이름인 듯하다. 어찌나 흘려 썼는지 한 글자도 못 읽겠다. 뭐, 또박또박 썼대도 마찬가지겠지만. 누각 기둥 옆에 언뜻 빨간 게 반짝인다. 기호지방의 대표적 양반 가옥은 색감도 남다르구나, 감탄하다보니 소화기다.

언덕 위에서 봤다시피 종갓집은 대문 안에 또 문이 있다. 도

---

* 팬티라는 뜻. 일본어 사루마타さるまた에서 유래

런님이 두 번째 문으로 들어가신다.

이곳이 주 생활공간인가 보다. 한옥 마루에 텔레비전과 소파가 의외로 잘 어울렸다. 대들보에 달린 전등도 멋스럽다. 기둥마다 한문으로 뭐라뭐라 써놓았는데, 역시 한 글자도 못 읽겠지만 되게 있어 보인다. 하얀 창호지에 꽃 모양의 문살, 문고리, 하다못해 벽에 걸어놓은 빗자루마저도 인테리어 소품 같다. 댓돌 위에 저 보라색 슬리퍼는 이야……, 우리 홍간난 여사 거랑 똑같잖아.

이상한 데서 감탄하는 동안 도련님은 또 안쪽 문으로 들어간다.

반대쪽에 더 이상 문이 없는 걸로 봐서 여기가 집의 가장 안쪽인가 보다. 여길 뭐라고 하더라. 별채? 아무튼 시집가기 전 별당아씨가 삼월이랑 지내던 그런 곳이겠지. 바깥 구경을 하려면 문을 세 개나 지나야 하는 곳. 갇혀 사는 딸을 위해 별채의 정원은 특히 더 아름답게 만들었다는 이야기를 어디선가 들은 것 같다.

마당 한가운데 작은 연못이 있고, 그 안에 하얀색, 빨간색 연꽃이 몇 송이 있다. 연못가에는 바위를 쌓았다. 연못 주변에 풀과 나무가 들쭉날쭉 아무렇게나 서 있는 것 같은데, 그게 또 멋스럽다. 하긴 이 집에 있으면 소화기마저도 지중해풍으로 보이는데, 뭐. 연보라색 꽃이 다글다글 붙어 있는 저것은 나도 아는 꽃이다. 이름이 뭐였더라. 함박꽃?

함박꽃 냄새를 맡아보는데, 끼익 귀에 거슬리는 소리가 들린다. 도련님이 대문 옆에 있는 두 쪽짜리 나무문을 여는 소리다. 창고다. 바닥은 흙으로 되어 있고, 입구를 제외한 벽마다 이중으로 선반을 달았는데, 물건들이 빼곡하다. 찻상인지 밥상인지 조그만 상이 압도적으로 많다. 창문이 없는 창고는 어둡고 서늘해서 음침한 느낌이다. 질투 심한 안방마님이 대감마님의 눈에 든 삼월이를 가둬두고 '네 이년' 호통치기 딱 좋은 그런 분위기다.

도련님은 가장 구석진 곳, 가장 안쪽에 있는 상자를 들고 나왔다. 상자 안에는 붓, 물감, 스케치북이 들어 있었는데 그것들을 꺼낼 때마다 먼지가 폴폴 날린다. 한두 달 쌓인 먼지는 아닌 듯싶다.

"왜? 뭔데?"

물어봐도 우리 꽃 같은 도련님은 어찌나 과묵하신지 대답 따위 안 하신다. 쳇! 잘생긴 놈들이란. 신문으로 싼 캔버스가 나오기에 그림인가 싶어 들여다보려는데,

"만지지 마요."

톡 채간다. 그래놓고는 제 딴에도 좀 미안했는지 툴툴대듯 말한다.

"엄마 거예요."

엄마 거라서 뭐? 보면 닮냐? 쏴붙여주고 싶다만, 저 얼굴에 대고 화를 내는 건 절대 불가능이다.

"너네 엄마 화가야?"

"전에는……."

"지금은?"

씹혔다.

상자 맨 밑바닥에 스케치북이 깔려 있다. 좀 전에 봤던 전문가용이 아니라 학생용이다. 도련님이 찾던 게 그거였나 보다. 스케치북을 넘기는데 정물화, 풍경화가 휙휙 지나간다. 그리고 나타났다. 자전거와 소년이…….

4B연필로 그린 스케치다. 앞모습, 뒷모습, 자전거를 타고 있는 모습, 자전거 옆에 기대선 모습. 다음 장에도, 그다음 장에도 자전거와 소년이 여러 가지 포즈로 등장했다.

"너네 엄마가 그린 거야?"

꽃돌이가 고개를 가로 젓는다.

"그럼 누가 그린 건데?"

대답이 없다. 말하기 싫으면 관둬라. 계속해서 스케치북을 넘겼다.

"유선희가 그린 거예요."

"유선희가 누군데?"

즉각적으로 나를 보는 꽃돌이. '정말 몰라?' 그런 눈빛이다.

"왜? 유명한 사람이야?"

"……이 집 딸이요."

"이 집 딸이 왜?"

한발 물러서는 도련님. 나를 빤히 쳐다본다. 내가 자기를 속인다고 생각하나? 도련님, 쇤네는 말입니다요. 모르는 걸 아는 척한 적은 있어도, 아는 걸 모른다고 한 적은 없답니다.

"이 집 딸이 누군데?" 하고 되묻는데 밖에서 '창희야' 부르는 소리가 들린다.

꽃돌이가 급해졌다.

"여기서 나가요."

아까 꺼낸 미술용품들을 마구잡이로 상자 안에 욱여넣더니,

"빨리 나가라니까."

윽박지른다. 꽃돌이 저는 상자를 안고 다시 창고 안으로 들어갔다.

갑자기 왜 저러는지 영문은 모르겠다만 나가라시니 나가는 수밖에. 쭈뼛거리며 안채로 나오는데, 반대쪽에서 들어오는 아주머니와 눈이 마주쳤다. 경산 유씨 충자공파 17대 종부 되시겠다. 어떻게 아냐고? 할아버지 장례식 때 봤다. 아줌마든 아저씨든 늙었든 젊었든 죄다 새카맣게 탔는데, 혼자만 하얀 얼굴을 하고 있었다. 그때도 개량 한복 차림이었다. 회색 개량 한복. 오늘은 하얀색 저고리와 파란색 치마를 입고 있었는데,

참 잘 어울린다. 한복도 그렇고 쪽을 진 것처럼 하나로 묶어올린 머리 모양도 그렇고.

안방마님은 나를 보더니 고개를 갸웃하신다.

"안녕하세요."

일단 배꼽인사로 문안부터 여쭙고, 본인 소개를 해야겠지.

"저는……. 저기 아홉모랑이 강 씨네 손년데……, 그 얼마 전에 죽은……."

망했다. '죽은'이 뭐냐? '죽은'이. 그것도 '기호지방의 대표적인 양반 가옥'에서. 급히 '돌아가신'으로 정정했지만 무식은 이미 엎질러졌다.

"할머니는 좀 어떠세요?"

"에…… 뭐, 그냥……."

"너무 급작스럽게 슬픈 일을 당해서 상심이 크실 거예요."

딱히 그런 것 같지는 않지만, 그저 두 손을 모아 배꼽 언저리에 올려놓고 목뼈가 허락하는 대로 고개를 숙였다.

우리 엄마 같으면 당장 '무슨 일로 왔나' 물어올 텐데, 종갓집 안방마님은 역시 다르다. 미소를 지을 뿐이다. 어서 이실직고하라는 양반식 제스처.

"에, 저는…… 그러니까……."

이실직고를 하고 싶어도, 아는 게 없다. 도련님이 들어오래서 들어왔고, 나가래서 나간 것밖에는…….

"엄마."

뒤에서 나타나는 도련님. 이게 다 꽃돌이, 저놈 때문이다. 뭔 장단인지 알아야 춤을 추지.

"누나가 종택 구경 왔길래…… 구경시켜주고 있었어요."

그렇구나. 나는 종택 구경을 온 거였구나.

"집이 너무…… 그러니까, 좋아 보여서……. 크고 한옥인 데 다가……."

뭐라고 말은 해야 할 것 같아서 지껄이긴 하는데 의미도 없고, 재미도 없고, 누가 좀 말려줬으면 좋겠다 싶을 때, 대감마님 등장이오! 경산 유씨 충자공파 17대 종손이 납셨다. 도련님은 어머니를 맞이할 때와는 달리 고개만 까딱할 뿐 눈도 안 마주쳤다. 무석이를 봐도 그렇고, 아무튼 아들놈들이란.

"아홉모랑이, 얼마 전에 돌아가신 강 씨 할아버지 댁 손 녀…… 종택 구경왔대요."

도련님 대신 안방마님이 내 소개를 하고,

"천천히 구경해요."

대감마님은 고개를 끄덕이셨다. 안방마님도 그렇고, 대감마 님도 그렇고 모두 긴팔이다. 내 분홍색 반바지가 실제보다 한 뼘은 더 짧아진 것 같은 느낌이다. 이럴 줄 알았으면 할아버지 장례식 때 입은 상복이라도 입고 오는 건데.

"앉아요. 뭐 마실 거라도……."

안방마님이 마루를 가리킨다. 그러잖아도 목은 바짝바짝 타고 '냉커피 한 잔 주세요' 했으면 소원이 없겠다만, 이 차림으로 마루에 앉았다가는 진짜 풍기가 문란해질 것 같다. 정중히 거절하려는데, 도련님이 선수를 쳤다.

"아니요. 누나 갈 거예요. 막 가려던 참이었어요."

손만 안 댔다뿐이지 아주 등을 떠민다. 부랴부랴 하직 인사를 올리고 가능한 한 조신하게 퇴장한다. 불쑥 시작된 종갓집 관광은 마무리도 불쑥이라 뭔가 허둥지둥이다. 대문을 나서는 순간 마음을 너무 놔버렸는지 '기능과 아름다움에 있어 특별한' 문턱에 발이 걸리고 말았다. 두 팔을 바람개비처럼 돌려 가까스로 균형을 잡았다. 날쌘 나였기에 망정이지 하마터면 경산 유씨 종가 일족 앞에서 널브러지는 참사를 당할 뻔했다.

주
마
등

02

죽음이라……

　내가 처음 겪은 죽음은 일곱 살 때였다. 열다섯 살 큰누나가 뇌염 모기에 물려 죽었다.

　누나는 바쁜 엄마 대신 나를 돌봐줬다. 머리를 감겨주고 밥을 차려주고 잠을 재워줬다. 하얀 얼굴에 볼이 통통한 누나였다. 마지막으로 본 누나는 뼈 위에 살갗을 발라놓은 것 같았다. 뼈다귀처럼 앙상한 손을 내게 뻗었다. 나는 그 손을 잡을 수가 없었다. 그 손을 잡으면 죽음으로 끌려들어갈 것 같았다.

　그 전까지는 나도 죽을 거라는 걸 믿지 않았다. 세상 모든 사람이 죽어도 나는 안 죽을 것만 같았다. 누나의 죽음은 나를 깨우쳤다. 언젠가 나도 죽으리라. 분명히 죽는 날이 오리라. 그 생각을 하면 숨이 가빠졌다. 공포스러웠다.

　나이가 들면서 죽음은 차츰 익숙해졌다. 부모님을 비롯해 몇 명의 죽음은 직접 목격하기도 하고, 장례식장에 가는 횟수가 늘어갔다. 죽음은 특별한 일이 아니었다. 어린 시절 공포 속에서 막연하게 상상했던 나의 죽음을 진심으로 믿게 되었다. 그런데도 막상 오늘 죽는다고 생각하니 느닷없기는 마찬가지다. 무엇보다도 이런 식의 죽음일 거라고는 생각 못했다. 나는…… 살해당한다.

03

여
름
,

하필이면 그 자리냐?
등 한가운데 땀띠여

"유선희가 누구랴?"

그래놓고는 곧바로,

"이이, 선희! 선희는 왜?"

되레 나한테 묻는 홍간난 여사.

오늘 있었던 일을 말해줬더니,

"그게 선희 거였구먼."

혼잣말처럼 중얼거렸다. 숟가락질하는 것도 잊은 채 멍하니
있다가,

"그게 선희 거였어."

작은 소리로 다시 한 번 중얼거리더니 크게 한숨을 쉬었다.

그러니까 유선희가 누구냐고? 누군데 꽃돌이도 그렇고 홍여사도 그렇고, 유선희 얘기만 나오면 얼굴에 우울의 빗금칠을 하는 건데?

"그럼 안 그렇겄니. 살았는지 죽었는지도 모르는데……."

"왜? 어디 갔는데?"

"갑자기 없어졌어."

"에에? 언제?"

"그게 언제라니……. 갑진이 할머니 백수 잔치하던 해니께, 그게 언제라니."

손가락셈을 하던 홍간난 여사.

"너 여기 와 있을 때여."

"나 여섯 살 때?"   .

여섯 살 때면 15년 전이다.

"선희만 없어졌간? 그날 한날한시에 딸내미들 네 명이 한꺼번에 없어졌어야."

세상에, 이렇게 일 없고, 조용하고, 재미없는 두왕리에 그렇게 흥미진진한 사건이 숨어 있었다니. 게다가 그 사건의 한복판에 내가 있었다니.

"그날은 반꿩일이었어."

반만 공휴일, 즉 토요일이란 얘기다.

"갑진이 할머니라고 있었어. 그때까지만 해도 복받은 노인네라고들 그랬지. 아들 셋, 딸 둘 낳아서 한 명 잃어버리지도 않고, 다 시집 장가 보내 손자 손녀도 보구. 또 큰며느리가 좀 효성스러웠간? 한여름에도 시어머니 밥은 삼시 세끼 꼭 새로 해서 뜨거운 밥을 올리는데, 갑진이 할머니도 그러고 다른 사람들도 그랬어. 요즘 세상에 전기밥통에 밥 넣어놓으면 새 밥이랑 똑같은디 뭘 끼니마다 매번 새로 허냐고……."

사방팔방으로 뻗어나가는 홍간난 여사의 이야기를 간추려보면 이렇다. 갑진 할머니라는 노인네가 있었다. 15년 전 생일잔치를 하게 됐는데, 백수 생일이라서 좀 특별하게 하기로 했단다.

"온천욕을 가기로 헌 거여. 해수온천욕이라고, 당진 어딘가 바닷물로 온천을 만들었는디 신경통에도 좋고, 피부병도 낫게 해준다고……. 8월이닌께 좀 바쁠 때냐? 콩밭도 매야 하고, 고추도 따야 허구, 들깨 모종에 배추 파종에……."

할 일은 무지하게 많았지만, 마을 어른들 대부분이 관광버스를 타고 온천 목욕을 갔단다. 말하자면 동네가 텅 비다시피했다는 것.

"하루 신나게 놀고 먹고, 때도 밀구, 어둑어둑해서 왔는디 그 사단이 난 거여. 한마을에서 지지배 네 명이 한꺼번에 없어졌으니 이게 뭔 조화라니? 경찰이 출동허고, 온 동네 사람들이 지팽이로 땅을 꼭꼭 찔러가며 이 산 저 산 이 잡듯이 뒤지고……."

온천욕을 하고 왔는데, 유선희를 비롯한 네 명의 소녀가 사라진 거다. 이 일대는 물론 전국이 발칵 뒤집어져서 몇 달을 찾았는데도 소용이 없었단다.

"그러니 생각해봐라. 그게 귀신이 곡헐 노릇이지. 봤다는 사람이 있나, 들었다는 사람이 있나? 말은 또 좀 많았다니. 다들 지지배들인디. 누가 잡어 갔다, 어디로 팔아먹었다. 아니다, 지들이 자진해서 집을 나간 거다……. 나중에는 무당까지 나서 갖고. 테레비 나오는 용헌 무당이라는디, 방울을 요래요래 흔들면서……."

경찰은 물론 무당까지 나서서 찾아봤지만 이렇다할 단서조차 못 잡았단다.

"벌써 15년이나 지났구먼. 세월이 참……. 그것들이 살았을라나? 살았다고는 못헐 겨."

그래놓고는 곧바로,

"살어 있으면 걔들이 지금 몇 살이라니……."

손가락을 꼽는 거다.

"유선희 말고 누가 또 없어졌는데?"

"다른 애들? 미숙이, 부영이……."

"한 사람씩 말해봐. 미숙이는 누구야?"

"유미숙이라고……. 왜 종갓집 갈라치면 다리 건너서 오른쪽으로 빨간 지붕집이 하나 있다고 그랬잖어. 그 집 딸이 미숙이었어. 무남독녀 외동딸. 귀헌 딸이지. 그 집도 종가랑 일가는 일간디……. 미숙이 할아버지가 스자여, 스자."

"스자가 뭔데?"

"스자도 물러? 첩의 아들 말여."

자기 발음 생각은 안 하고 타박하는 홍간난 여사.

"쓸데없는 얘긴 됐구, 미숙이랑 유선희랑 친했어?"

"친하기는……."

"왜? 집도 가깝구 일가라며?"

"일가는 일간디……. 미숙이 개가 행실이 좀 그렸어."

홍간난 여사, 누가 듣는다고 목소리를 낮춘다.

"머리는 뽀골뽀골하게 지져갖고는, 쥐잡은 것처럼 구찌베니를 처바르고……. 학생년이 말이여. 엉덩이 커지기 전부터 사내놈들이랑 몰려다닌다는 소문도 있구. 그게 그 일이 일어나기 전에도 사내놈들이랑 어울려 댕기다가 선생님한테 걸렸대나, 경철헌테 잡혔대나. 정학을 맞네 퇴학을 맞네 그러던 때였어."

"이뻤어?"

"생긴 거야 그만허면 이쁘단 소릴 들을 만했지. 즈이 엄마

닮아서 눈도 크고, 살결도 뽀얗구…… 그래도 생긴 거는 선희 만 못했어."

"유선희가 그렇게 이뻤어?"

"이쁘다 뿐이냐."

하긴 종부도 그렇고, 꽃돌이도 그렇고…… 종가는 미모로 한가닥 하는 집안인 거다.

"선희 걔가 얼굴만 이뻤간? 행동거지허며 걸음걸이허며 말 한마디를 해도 그렇게 얌전할 수가 없었으니께. 양반 쌍놈 없 어진 지 오래라고 해도 씨가 어디 간다니? 선희는 어느 쪽으 로 봐도 참 양반집 딸이다 싶었어. 길가다가 만나믄, 다른 애 들은 휙 지나가면서 고개만 까딱허잖냐? 선희는 꼬옥 멈춰 서 서 '안녕하세요, 할머니' '어디 가세요, 할머니' 인사를 허는 디……."

성대모사까지 한다.

"가리마가 어찌나 희던지 지금도 그 생각이 나네. 선희 걔 는 암만 생각해도 아까워. 그렇게 없어질 애는 아닌디."

"뭐야? 다른 애들은 없어져도 된다는 말이야?"

"말이 그렇다는 거지. 생판 남인 나도 마음이 이런디. 무남 독녀 외동딸을 잃어버린 종손 종부 심정이 어떻겠냐? 살어도 산 게 아니고 죽어도 죽은 게 아니구…… 없어진 지지배들 넷 중에 둘이나 무남독녀 외동딸이여. 어째 손 귀한 집 애들만 골라서 없어졌느냐, 그때는 그것도 말이 됐었어."

"에에? 유선희가 무남독녀면 꽃돌이는?"

"꽃돌이가 누군디?"

"그 집 아들 있던데?"

외동딸의 실종을 계기로 종손 종부가 분발해 아들을 낳았나?

"창희? 창희는 데려다 키운 애여. 종갓집이 대가 끊길 수는 없으니께."

늦둥이가 아니라 양자란다. 사는 데가 사극이라 그런가, 생각도 사극이다.

"그럼 어떡헌다니. 노종손이 죽기 전에 차종손 세우는 걸 봐야겄다, 차종손 없으면 눈을 못감겄다 그러는디……. 그때만 해도 지금이랑 같었간? 나이든 사람들은 선희보고 애기씨 애기씨 그러던 땐디."

"할머니도 애기씨라고 그랬어?"

"내가 왜?"

홍간난 여사 펄쩍 뛴다.

"나야 상관있다니? 같은 양반끼린디……. 에이, 이놈의 파리새끼들 드럽게도 빨빨거려쌌네."

밥상을 넘보는 파리를 호통치는 홍간난 노마님.

"유선희랑 유미숙이랑, 또?"

"그리고 또…… 부영이가 없어졌지. 삼거리 황부영이."

반쯤 남은 밥에 찬물을 붓는 홍간난 여사.

"선희랑 부영이는 같은 학교, 같은 반이었어. 산내중학교……."

"유미숙은? 다른 반이었어?"

"뭔 소리라니? 미숙이는 고등학생이었어. 2학년인가 3학년인가. 선희랑 부영이는 중학생."

"난 또. 다 동갑인 줄 알았지."

"아녀. 다 제각각이여. 나머지 하나는 애기였어. 국민학생."

"그래? 유선희랑 걔는 친했어? 부영이라는 애."

"친허기는……. 학교에서는 어떤지 몰러도, 동네서는 둘이 어울리는 걸 못 봤으니께. 경찰들이야 둘이 가깝게 지내다가 서로 짬서 집을 나간 거다, 그러기도 했지만서두…"

"왜 안 친했는데?"

"어슷비슷해야 친구가 되는 거지, 아무랑이나 친구가 된다니?"

홍간난 여사, 물에 만 밥을 한 숟가락 떠서 열무김치를 올려놓는다.

"부영이 걔는 한마디로 불쌍한 애였어. 착해빠져갖고는……. 어째 그렇게 복이란 복은 하나도 타고난 게 없는지. 집구석은 찢어지게 가난혀, 애비는 허리병신에, 남동생은 배냇병신에, 언니라고 있는 건…… 그건 애저녁에 인간 되긴 틀린 년이구, 아무튼 그 집 어매만 아등바등 살라고 애를 써 쌌는디…….”

허리병신에 배냇병신이라…….

“삼거리 대문 없는 집? 그 집이 부영이네야?”

“그려, 이제까지 뭐 들었다니?”

아, 그럼 그 닌자 아줌마가 황부영 엄마구나.

“어디까지 얘기했다니. 너 때문이 까먹었잖어.”

괜히 타박이다.

“아무튼지간에 언젠가, 부영이 개가 저기 국민핵교 다닐 땐디. 3학년인가 4학년인가 그랬어. 요렇게 두 손으로 뭐를 바치고 오지 않겄니? 식빵에다가 계란을 발러서 구운 거여. 학교에서 만든 거라. 내가 물어봤어 ‘그걸 왜 안 먹고 들고 가니?’ 그러니께 ‘엄마한테 맛뵐려구요’ 그러는 거여. 부영이가 그런 애여. 저라고 그게 얼마나 먹고 싶었겄니. 다른 애들 다 먹을 때 군침만 꿀떡꿀떡 삼키고 참었을 거 아니냐. 지 엄마랑 먹겄다고.”

“효녀였구나.”

“효녀였지, 그럼. 부영이 개가 지 엄마를 얼마나 끔찍이 생각했다구. 쪼꼬맸을 때부터 그랬어. 애들이 없어졌을 때 처음에는 ‘이건 자진해서 집을 나간 거다’ 그랬어, 경찰이. 그러믄서 이유를 설명헐 거 아니냐? 미숙이는 남자 따라갔다, 선희는 아들딸 차별허는 집안이 깝깝해서 그랬다, 삼거리 부영이는 가정불화다 그러는디, 그건 아닐 말여. 부영이 개가 지 엄마를 얼매나 위했는디. 지 엄마 혼자 고생허는 게 안타깝다고 요만 했을 때부터 밥허고 빨래허고……. 그런 애가 엄마 놔두고 집을 나간다니? 아닐 말이지. 그건 이 동네 입 달린 사람이면 죄다 허는 얘기였어. 다른 애는 몰러도 부영이는 아니라고."

오직 한 사람, 자기 고생을 알아주던 딸이 사라지고 나서 황부영 엄마는 사람이 변했단다. 사람들이랑 어울리지도 않고 웃지도 않고, 소처럼 일만 한단다.

"어떨 때 보면 저이가 죽은 사람인가 산 사람인가 그럴 때가 있어. 혼은 이미 떠났는데 껍데기만 움직이는 거 아닌가……."

하긴 들깨사변이 나던 그날, 담벼락 앞에 앉아 있던 아줌마에게는 인기척이라는 게 없었다. 내공이 뛰어나서 그런 게 아니라 혼은 없고 껍데기만 남아서 그랬던 건가.

"그러니께 부영이 엄마도 반은 정신 놓은 거여. 목사댁이나 마찬가지루."

그래놓고는 아차, 내 눈치를 보는 홍간난 여사.

"목사댁이 누군데?"

"목사댁이 목사댁이지, 누구라니?"

"목사댁이 미쳤어?"

"어째 말본새가 그렇다니?"

"그럼 뭐라 그래?"

대꾸 안 하는 홍간난 여사.

"마지막 하나는 누구야? 네 명이 없어졌다며?"

"누구긴 누구여? 목사 딸이지. 조 목사 딸 예은이 말여."

"조예은? 예수님의 은혜?"

"생각나냐?"

생각난다. 그 위에 언니 이름은 조하은, 하느님의 은혜. 오빠도 한 명 있었는데 찬양인가 구원인가, 아무튼 그런 이름이었는데…….

"예은이 언니가 없어졌어? 진짜? 미쳤다는 목사댁이 그럼 사모님이야, 진짜?"

뭔지 굉장한 느낌.

"왜 난 하나도 몰랐지? 나한테 왜 얘기 안 해줬어?"

"뭐 좋은 얘기라고 알려준다니. 그때 생각만 하면 지금도 가슴이 벌렁벌렁허구, 자다가도 깜짝깜짝 놀라고 그러는디…….”

말은 그렇게 하면서도 밥그릇의 밥풀은 독독 긁어 야무지게 입에 넣는 홍간난 여사, 나를 또 슬쩍 본다.

"진짜 생각 안 난다니? 하나도?"

안 난다. 그렇게 재밌는 사건이 어째서 기억에 없는 걸까? 신기할 정도다. 아, 여기서 재밌다는 의미는, 그러니까 굉장하다는 뜻이다. 왠지 남의 불행을 즐기는 것처럼 보일까 봐.

"그게 말여, 하마터면 그날 너도 잃어버릴 뻔했어."

"에에, 진짜?"

이야기는 점점 흥미진진해지는데, 할머니는 외면하듯 안마당을 쳐다본다. 7시를 좀 지난 시간이라 마당은 아직 환한데, 쭈글쭈글한 할머니 얼굴은 어둡다.

"그때 난 어딨었는데?"

재촉하는데도 '쭈쭈쭈' 마루 밑으로 공이를 불러 생선뼈를 던져주며 딴청이다.

"왜 나도 없어질 뻔했냐니까?"

"원래는 그날 말여, 온천가는 날. 널 떼놓고 갈라고 그랬어. 교회 딸내미들이랑 놀고 있으라고."

다시 한 번 내 눈치를 슬쩍 보는 홍간난 여사.

"생각해봐라. 안 그렇겠냐? 어른들끼리 목욕허고 밥도 먹고 술도 한잔 허구 그러는디 어린애가 끼면 아무래도 눈치가 보이니께. 그 전날까지만 해도 '할아버지 할머니는 어디 갔다 올 테니께 너는 교회언니들이랑 놀고 있어라' 그러니께 '예' 그랬는데. 아이고, 그때 생각만 하면……."

15년이 지났는데도 목이 타나 보다. 찬물을 벌컥벌컥 마시더니,

"그러더니 그날 밤 갑자기 저도 따라간다고 떼를 쓰는 거여, 니가. 말려도 안 듣고, 때려도 안 듣구 그러니 어떡헌다니, 데려가야지."

혹시 강무순한테 예지력 같은 게 있었던 건가? 위험을 예감하는.

"나중에 보니께 뭔가 단단히 착각헌 거여. 어쩐지 아침부터 쥬브를 찾구, 그 난리더라구."

"쥬브?"

"물놀이헐 때 쓰는 거 말여. 쥬브."

"아. 튜브."

"그려. 쥬브. 버스 안에서부터 그걸 허리에 끼고 앉어갖고는 사람들 왔다갔다할 때마다 걸리적거리구……. 목욕탕에 도착해서는 거짓말했다구, 해수욕장 간다면서 왜 목욕탕에 온 거냐고 대성통곡을 해 쌌는디……. 그때는 이 애물단지 집에 가서 보자 그랬다만, 그 사단이 날 줄 누가 알았다니? 아이고, 하느님, 부처님, 삼신할매님."

홍간난 여사는 종교를 넘나들며 감사의 말을 주워섬기는데, 정작 나는 감사보다는 신기한 생각이 든다. 내 평범한 삶에 그런 기적이 숨어 있었다니.

"그래서 어떻게 됐어?"

"어떻게 되기는. 애들 없어졌다는 소리 듣구, 거기에 목사 딸이 끼어 있다는 얘기를 듣고는 할아버지가 당장 전화했어. 느이 아빠헌티…… 너 데려가라고. 느이 아빠야 이쪽 사정을 모르니께 왜 그러시냐, 정 그러면 주말에 가겠다 그러는디 필요없다고 날 밝는 대로 무순이 데려가라고…… 나중이 느이 아빠가 그러더라. 네가 무슨 큰 잘못을 헌 줄 알았다고. 어이구, 그때 널 두고 갔더라면 어쩔 뻔했다니?"

"게을러터진 거 안 보고 좋지, 뭘."

"시끄러."

파리채를 휘두르는 홍간난 여사. 말과 행동이 영 딴판이다. 더구나 저 파리채, 좀 전에 파리를 때려잡은 그 파리채다.

사건이 일어난 다음 날 부랴부랴 서울로 올려보내지고, 그 후 몇 년 동안은 시골에 못 오게 했단다.

"명절이구 생일이구 일절 올 생각을 말라고 했으니께. 꼭 올 일 있으면 애들은 떼놓고 오라고 그러구. 겁난 것도 겁난 거지만 집에 올 때마다 교회 앞을 지나야는디, 목사댁이 널 보면 마음이 어쩔라나 싶기도 허구, 괜히 미안스럽기도 허구……"

저녁 먹은 설거지를 하고 돌아왔더니, 홍간난 여사는 그새 잠이 들었다. 팔베개를 하고 누운 게 불편해 보여서 베개를 베어줬더니 부스스 눈을 뜬다.

"안 자?"

"자기는…….."

"근데 왜 누워 있어?"

"네가 옛날 얘기 꺼내서 그려. 골치가 더럭더럭 아프다."
그러면서 다시 눈을 감는다.

마루 밑에 누워 있는 공이를 발로 툭툭 건드렸더니 꼬리를
흔들며 까분다.

엄마아빠가 두왕리가 어쩌구 시골이 어쩌구 소곤대던 기억
이 난다. 나만 들어오면 이야기를 뚝 끊어버리고, 무슨 일이냐
고 물어도 어물어물 그러기에 뭔가 내가 들어서는 안 되는 일
인가 보다 짐작은 했다. 치정 사건이라거나 근친상간이라거나
19금 쪽이라고 생각했는데, 그게 아니었다. 까딱 잘못했으면
불행의 당사자가 될 뻔했던 거라 이야기하는 것마저 무서웠
던 그런 거였다.

옆으로 누운 할머니 얼굴을 보면 중력이 실감난다. 볼살도
틀니도 축 처졌다. 아까 공이를 불러 생선가시를 줄 때도 그렇
고, 무표정한 노인의 얼굴은 왠지 슬퍼 보인다.

"할머니 많이 아퍼? 두통약 줄까?"

대답이 없다. 쌕쌕 숨소리가 규칙적이다. 이런, 괜히 안쓰러
워했잖아.

바깥마당 감나무 밑에서 해지는 동네를 내려다봤다. 늘 그렇듯 그림처럼 조용했다. 지나가는 사람도 없고, 떠드는 사람도 없고. 뭔 동네가 이렇게 조용하고 지루한가 했는데, 그런 큰 사건이 숨어 있었다니…… 사람도 그렇고 마을도 그렇고 겉만 봐서는 모를 일이다.

15년 동안 풀리지 않는 미제 사건이라 이거지. 경찰이랑 방송국이랑 구경꾼들까지 새카맣게 모여들었지만 신발 한 짝 못 찾았다는 미스터리. 단서도 목격자도 없다. 그도 그럴 것이 사건 당일 마을은 텅텅 비어 있었다.

어라! 나 범인을 알아버렸다.

홍간난 여사를 흔들어 깨웠다.

"왜 이런다니?"

잔뜩 으등그려붙인 얼굴로 눈을 뜨는 홍간난 여사.

"백 살 생일잔치했다는 할머니 말이야."

"갑진이 할머니가 왜?"

"생일이면 생일이지, 온천 여행을 왜 갔대? 동네 사람들을 다 끌구."

"그거야 그 집 자식들이 다들 살만허구 효성스러우니께."

"겉으로는 그런 이유를 댔겠지. 하지만 진짜 이유는 따로 있어. 마을을 텅 비게 만들고 싶었던 거야."

"그게 무슨 소리라니?"

"백 살이라는 게 포인트야. 늙으면 늙을수록 죽는 게 무섭겠지? 진시황을 봐봐. 죽지 않으려고 별짓을 다 했잖아. 옛날에 문둥이들이 어린애들 간을 빼먹은 것처럼 불사의 묘약을 만들려고……"

어찌나 순식간에 일어난 일인지 홍간난 여사가 파리채를 들어 내 허벅지를 때리고 나서야 '아, 맞았구나' 했다. 저 파리채를 없애버리든지 해야지.

"말이라고 다 말인 줄 알아? 애들 그렇게 되고 한 달도 못돼서 그 할머니 죽었어."

부작용으로?

"당신 때문에 그런 일이 생겼다고, 당신이 오래 살아서 그렇다고 굶어죽었어. 쌩으로. 그 전까지만 해도 새벽같이 일어나서 당신 요강 당신이 부시고, 그 정정하시던 양반이…… 온천탕에 가던 날만 혀도 복 많은 노인네라 날씨까지 부주헌다고, 내내 비 오다가 해가 나지 않았냐고 그런 말을 듣던 노인네니…… 애들 없어지고부터 죽기를 작정허고 굶는디. 그 소리를 듣고 내가 한번 들여다보러 갔어. 참, 사람이 어떻게 그렇게 마를 수가 있는지…… 노인네가 대꼬챙이처럼 말라비틀어져갖고는 눈도 못 뜨고, 숨만 깔딱깔딱 쉬다가 모기 소리처럼 한마디 허는디…… 얼렁 죽기나 했으면 좋겠네, 그러는디…… 어이구. 어쩌다가 동네서 그런 일이 생겨갖고는……"

97

코를 훌쩍이던 홍간난 여사, 다시 한 번 파리채를 휘두른다.

"그런 양반이 뭐? 애들을 잡아다가 간을 빼먹어?"

언제고 내가 저 파리채에 맞아죽지 싶다. 아니면 그만이지 왜 때리고 그래.

사건 당시에 나와 비슷한 생각을 한 사람이 있었나 보다. 불로장생의 묘약까지는 아니더라도 쓸데없이 온천 여행을 가는 바람에 일이 생겼다고 수군대는 사람들. 하긴 큰일이 생겼는데 원망할 사람이 필요했겠지.

한 가지 정정할 게 있다. 송갑진 할머니는 백 살이 아니란다. 아흔아홉 살. 백수 잔치는 백 살에서 한 살이 모자랄 때 하는 거란다. 일백 백자가 어떻고 흰 백자가 어떻다는데 당최 뭔 소린지, 원.

그날 밤 밤새 머리 하얀 할머니에게 쫓기는 꿈을 꿨다. 잡히면 간을 빼앗긴다. 삼거리, 아홉모랑이, 말우지고개를 넘나드는 대하활극이었다. 어쩌다 보니 콩밭에 숨었는데 머리 하얀 할머니가 '무순아, 무순아' 부르며 다가오고……. 깨고 났더니 온몸이 뻣뻣했다.

"어째 벌써 일어났다니?"

홍간난 여사가 놀랄 정도로 이른 기상이다. 8시 20분! 이러다가 아침형 인간이 될지도 모르겠다.

아침을 먹고, 교회를 찾아가봤다. 진입로의 탱자나무 밑에 탱자가 떨어져 뒹군다. 여섯 살 강무순은 익지도 않은 탱자를 따서 공처럼 갖고 놀았다. 주무르고 던지고 굴리고 그러다가 터지면 좋은 냄새가 났다. 바닥에 떨어진 초록색 탱자를 줍다가 보니 탱자나무도 마냥 무사한 건 아니었다. 초록색이어야 할 줄기가 회갈색이다. 죽은 색! 아, 사람도 떠나고 탱자나무도 죽어가는구나! 진입로를 올라가는데 자꾸만 가슴이 뭉클하고 코끝이 아릿해진다. 안다. 신파다.

교회를 보는 순간 나도 모르게 '아' 하고 실제로 탄성을 질렀다. 탱자나무가 죽어가고 있다면 교회는 이미 죽어 있었다. 추억이라는 포샵처리 때문인지 몰라도 15년 전의 이곳은 뭐든 반짝반짝했다. 지붕은 초록색으로 반짝이고, 창문은 햇빛을 받아 반짝이고, 아무 집에나 피는 봉선화와 맨드라미도 교회 화단의 것들은 더 색깔이 고왔는데, 지금은 모든 게 흐릿했다. 지붕의 페인트칠은 벗겨졌고, 유리창에는 더께가 앉고, 그나마도 몇 군데는 깨진 유리창 대신 나무판을 덧대놓았다. 날마다 동네 애들이 뛰어노느라 맨질맨질하고 반짝반짝하던 흙바닥은 푸석푸석하게 올라왔다. 옛날에는 그렇게 햇빛이 잘 들었는데…… 불행이 닥치면 햇빛도 비켜가나 보다. 마당가에 검푸르게 이끼가 자랐다. 이 마당에서 땅따먹기도 하고, 그림도 그리고, 고무줄도 뛰었는데…….

조예은, 예은이 언니. 나하고 두 살 차이밖에 안 나면서도,

"여섯 살 애기는 못하는 거야."

고무줄 할 때는 줄 잡는 것만 시키고, 소꿉놀이 할 때면 애기 역만 맡겼다. 나도 엄마나 손님 역을 하고 싶었는데. 맞다, 왕개미 똥구멍 맛을 본 것도 이 마당에서였다. 왕개미 똥구멍에서는 신맛이 난다고 혀를 대보라고 예은이 언니가 시킨 거다. 해보라고 해서 했더니, '개미 똥구멍에 뽀뽀했대요. 뽀뽀했대요'라고 놀렸다.

이런, 죽었는지 살았는지도 모르는 사람을 너무 나쁘게만 말하는 것 같다. 뭔가 훈훈한 추억도 있을 텐데⋯⋯. 아, 잠자리 시집보내기라는 것도 예은이 언니한테 배웠다. 잠자리를 잡아서 꼬리 끝을 자른다. 잠자리 꼬리는 빨대처럼 속이 비었는데, 그 속에 풀줄기를 꽂는 거다. 그러면 기다란 풀을 꼬리에 단 잠자리는 뒤뚱대며 날아가다가⋯⋯. 뭐야! 되게 엽기잖아. 그때는 좋다고 웃었는데⋯⋯.

그렇게 놀고 있으면 사모님이 불러 간식을 줬다. 사모님은 다른 시골 아줌마들이랑 달랐다. 다른 아줌마들이 기껏 인절미나 삶은 감자를 간식으로 내놓을 때 사모님은 팬케이크를 굽고, 토스트를 만들었다. 다른 아줌마들이 죄다 몸빼바지나 월남치마를 입을 때 사모님 혼자만 원피스를 입었다. 직접 만든 원피스였다. 두 딸에게도 같은 모양의 원피스를 만들어 입

했다. 모두가 아줌마인데 사모님만 사모님이었다.

예배 때면 사모님은 풍금을 쳤다. 주기도문을 다 외우는 아이에겐 초코파이를 하나씩 줬는데, 주기도문이 뭔지도 모르면서 초코파이는 되게 먹고 싶었던 여섯 살 강무순은 예배시간에 통곡을 했다.

"미리 주는 거야. 우리 무순이는 다음 주에 꼭 외워 올 테니까."

사모님이 다른 아이들 몰래 초코파이를 쥐여줬다. 다음 주는커녕 15년이 지난 지금도 나는 주기도문을 못 외운다.

유리창 너머 예배실은 더 엉망이다. 두껍게 내려앉은 먼지, 짐승의 발자국, 부서져 뒹구는 의자……. 목사님은 어떻게 된 걸까? 딸을 잃어버린 동네가 싫어져서 떠난 걸까?

어젯밤, 머리가 아프다면서 초저녁부터 잠들었던 홍간난 여사는 8시 25분이 되자마자 깨어나더니 드라마 삼매경에 빠져버렸다. 그후의 일을 물어도,

"가만 있어봐. 저 흉악헌 놈이 뭔 짓을 헐려고 저 지랄이라니."

현실이 이렇게 드라마틱한데 그깟 드라마가 보고 싶을까? 초등학생에게도 안 통할 음모를 꾸미고 해코지를 해대는 기획실장도 한심하고, 거기에 판판이 걸려드는 주인공들은 더욱 한심해서 공이랑 놀다 들어왔더니, 홍간난 여사는 그새 코를

골고 있었다. 정말이지, 철학 쪽은 몰라도 시간 쪽은 칸트와 견주어볼 만하다.

교회는 엉망인데 목사관에는 사람의 흔적이 있다. 빨랫줄에 빨래가 걸려 있다. 문은 닫혀 있지만 잠겨 있지는 않았다. 살짝 밀어봤더니 열린다. 커다란 다라에 물 받아서 팬티만 입고 놀았던 게 저 수돗가였을까? 수돗가 옆에 봉숭아꽃이 피어 있다. 그러고 보니 봉숭아물을 들일 때 이파리도 같이 넣어야 한다고 알려준 것도 사모님이구나. 밀가루 반죽을 손톱 가장자리에 바르고 봉숭아꽃잎을 올려놓으면서 사모님은

"우리 하은이, 예은이 그리고 서울 애기씨는 언제 첫사랑을 하려나?"

서울 애기씨. 사모님이 그렇게 부르면 나는 정말로 소중한 사람이 된 것 같은 기분이 들었다. 막내딸 잃어버리고 정신을 놓아버렸다는 사모님은 어디로 갔을까? 보고 싶다는 생각과 보고 싶지 않다는 생각이 반반. 사모님은 나를 보면 뭐라고 하시려나? 예은이 언니 생각이 너무 나서 안 보고 싶으시려나? 하긴 정신을 놓았다니, 내가 누군지도 모르겠구나.

지금 이 집에 사는 사람에게도 아이가 있나 보다. 마루 벽에 별자리 사진이 붙어 있다. 이 집 아이의 장래희망은 천체물리학자나 우주항공사나 뭐 그쪽인가 보다. 예은이 언니 장래희망은 '목사 부인'이었다. 사모님이랑 하은이 언니가 웃기에 나

도 따라 웃었는데, 나한테만 뭐라 그랬었다.

아, 그만해야겠다. 더 하다가는 눈물 콧물 쏟겠다.

집으로 오다가 다시 한 번 돌아봤더니 탱자나무길 입구에 처음 보는 아줌마가 이쪽을 보고 있다. 내가 교회에서 나오는 걸 봤을까? 목사님이 어디로 가셨는지 물어볼까? 하지만 낯선 사람에게 사모님과 예은이 언니 이야기를 하고 싶지 않다. 끔찍한 불행도 관계없는 사람에게는 흥밋거리 그 이상은 아닐 테니까.

홍간난 여사는 마루 끝에 앉아 삶은 머윗대 껍질을 벗기는 중이었다. 머위 물 때문인지 손가락 끝이 까맣다. 손가락 끝에 달라붙은 껍질을 입으로 떼어내면서,

"어디 아프냐?"

아프기까지 한 건 아니다. 추억 여행을 좀 과하게 한 것뿐, 그러기에 진짜 여행이든 추억 여행이든 너무 멀리 가면 돌아올 때 힘들어진다. 대청마루에 누웠더니 안마당 지붕 너머로 하늘이 보였다.

홍간난 여사, 머위 껍질을 버리러 밖으로 나가며 말했다.

"기운은 샘물이랑 똑같은 거여. 쓰면 쓸수록 솟는 거구, 안 쓰면 마르는 거구."

이제 내 게으름을 받아들일 만도 하련만.

15년 전 그날, 여섯 살 강무순이 해수욕장과 해수온천욕을

착각하지 않았다면 어떤 일이 일어났을까? 강무순도 사라졌을까? 아니면 조예은에게 아무 일도 일어나지 않았을까? 인생 참 별거 아닌 일로 결정되는구나.

"창희 학생 아녀?"

손님이 왔나 보다. 창희가 누군지 몰라도 내 손님은 아닐 거고, 이 기분으로 손님을 맞기도 그렇고 방으로 피난 가려는데 홍간난 여사를 따라 꽃돌이가 들어왔다.

"창희 학생이 여긴 웬일이랴?"

자리에 앉기도 전에 대놓고 물어보는 홍간난 여사. 같은 양반은 무슨, 경산 유씨 안방마님은 안 그러셨거든요.

"누나한테 물어볼 게 있어서요."

"무순이한테? 개한테 뭘 물어본댜?"

아주 취조를 하세요.

"수학요. 문제 풀다가 모르는 게 있어서……."

"별 소리를 다 듣겠네. 무순이가 남 가르칠 주제는 아닌디."

망할 할망구.

꽃돌이를 감나무 밑 평상으로 데려갔다. 꽃돌이가 쓰다듬어 주자 공이가 꼬리를 부러져라 흔들어댔다. 아주 좋아 죽는다. 개도 예쁜 게 좋은가 보다. 꽃돌이가 가방에서 수학문제집을 꺼낸다.

"어이, 학생! 자랑은 아니지만 이 몸은 중1 함수에서 수학하고는 이미 작별을 고했다네."

"걱정 마셔. 이건 위장용이니까."

수학문제집과 함께 꽃돌이가 꺼낸 것은 '자전거와 소년'.

"이거 어제 놓고 간 거."

"너 가져."

꽃돌이가 쳐다본다.

"할머니한테 들었어, 유선희에 대해. 그러니까 이건 네가 가
져."

목각 인형을 꽃돌이 쪽으로 밀었다.

"어제는…… 엄마 아버지는 유선희 얘기하는 거 싫어해
서……."

그럴 거라고 생각했다. 대부분의 상처는 위로가 힘이 되지
만, 정말 지독한 상처는 남들이 아는 척만 해도 고통이 된다.

샤프펜을 따각따각 눌러 샤프심을 길게 뺐다가 다시 집어
넣는 꽃돌이.

"유선희에 대해 생각나는 거 없어요?"

"없는데……."

"보물상자 같이 묻었다면서요?"

"같이 묻었다는 게 아니라…… 그런 것 같다는 추측이지.
합리적 추측."

인상을 쓰며 문제집을 내려다보는 꽃돌이. 누가 보면 되게

어려운 문제를 풀고 있구나 생각하겠지.

"왜 유선희라고 하냐? 누나라고 안 하고."

"누나는 무슨……. 아무것도 모르는데."

"가르마가 희었대."

꽃돌이가 쳐다본다.

어젯밤 홍간난 여사에게 들은 얘기를 해줬다. 길가다가도 어른을 만나면 걸음을 멈추고 인사했다는 얘기, 행동거지가 영락없는 양반의 딸이었다는 얘기, 동네 사람들이 애기씨 애기씨 했다는 얘기.

"너보고도 도련님 도련님 하냐?"

콧방귀를 뀌는 꽃돌이.

"또 뭐래요? 유선희 공부는 잘했대요?"

"그건 모르겠고, 더 궁금하면 우리 할머니한테 물어봐. 좀 전에 가스불에 냄비 올려놓은 건 잊어버려도 15년 전 얘기는 빠삭하니까. 불러줘?"

"됐어요."

"왜?"

화날 일도 없는데 왠지 화난 것 같은 얼굴을 하고 있던 꽃돌이는 잠깐 딴청을 피우더니,

"우리 엄마 아버지는 유선희 얘기 하는 거 싫어해요."

아까 한 얘기를 또 한다.

"내가 물어보는 것도 싫어하고, 다른 사람이 얘기하는 것도 싫어하고. 집에 유선희 물건은 하나도 없어요. 유선희 사진도 다 태워버렸고……. 그 스케치북도 엄마 건 줄 알고 남겨놓은 걸 내가 우연히 본 거예요. 우리 엄마 아버지는 유선희가 죽었다고 생각해요."

분위기가 무겁다. 우스갯소리도 못하겠고, 딱히 할 얘기도 없고 해서 아홉모랑이길을 내려다보고 있는데,

"이 교복…… 15년 전 우리 학교 교복이에요."

목각 인형 속 소년의 가슴을 손가락으로 쓰다듬는 꽃돌이.

"이게 교복이었어? 어떻게 알았냐?"

"학교 가서 앨범 찾아봤어요."

"너네 방학 아니냐?"

내 질문을 무시하는 꽃돌이. 제 할 말만 한다.

"이거요. 실제 모델이 있었던 거 같아요. 그죠?"

나도 저랑 똑같이 무시해주고 싶지만, 저 꽃 같은 얼굴로 대답을 기다리니까…….

"그럴지도 모르겠네."

고개까지 끄덕거리게 된다.

홍간난 여사가 껍질을 벗긴 머윗대를 들고 나왔다. 꽃돌이는 수학문제를 푸는 척하고 홍간난 여사는 머윗대를 너는 척하는데, 홍간난 여사의 작은 눈에 의심이 드글드글하다. 홍간

난 여사가 들어가기를 기다렸다가 꽃돌이가 말을 이었다.

"유선희는 누구를 생각하고 이걸 만들었을까요?"

"글쎄다."

"기껏 만들어놓고 왜 땅속에 묻었을까요?"

"글쎄……."

"이걸 묻고 나서 얼마 안 있다가 사라졌다는 건데, 뭔가 관련이 있지 않을까요?"

"그러게……."

"뭐라고 얘기 좀 해봐요."

모르는 문제만 물어봐놓고 대답을 하라신다. 도련님도 참.

"넌 그게 왜 그렇게 궁금한데?"

"그야…… 누난 안 궁금해요?"

"궁금하긴 해도…… 별수 없잖냐? 15년 전 일인 데다가 경찰이 떼로 달려들었는데도 못 푼 미스터리를 이제 와서 뭘 어쩌려고?"

너무 냉정했나? 꽃돌이가 고개를 숙인 채 코를 빠뜨리는데, 꽃돌이 애호가로서 그 모습에 어찌나 마음이 아프던지.

"단서가 하나 있긴 있어. 단선지 아닌지도 잘 모르겠다만."

꽃돌이가 고개를 든다.

"너네 집은 한문 같은 거 많이 쓸 거잖아. 다임개술이라고 들어봤냐?"

"다임개술?"

"사자성어 중에 그런 말 없어?"

꽃돌이는 '다임개술, 다임개술' 중얼거리더니.

"처음 들어보는데……."

수학도 미스터리도 정답을 찾지 못한 꽃돌이는 가방을 주섬주섬 챙기더니 떠나기 전에 중얼거렸다.

"유선희는 나 땜에 집을 나갔어요."

어젯밤 홍간난 여사의 사건 브리핑! 사건 초기, 경찰은 네 명의 소녀가 가출했다고 추정했다. 그 이유는 다음과 같았다. 유미숙은 이성교제 때문에, 황부영은 가정불화, 조예은은 방학숙제, 유선희는 양자를 들이는 문제로 부모와 갈등했다!

키 큰 소년들이 대체로 그러하듯, 꽃돌이는 어깨를 구부정하게 움츠리고 걸어갔다.

주마등

03

그대로 죽은 줄 알았는데 잠깐 기절했었나 보다.

입안이 서걱서걱하다. 혀를 움직였더니 흙이 느껴진다. 땅바닥에 얼굴을 댄 채 쓰러졌었나 보다.

돌아누웠다. 하늘이 보인다. 눈이 부신 여름 하늘이다.

바람이 분다. 잡풀이 얼굴을 스친다. 좀 전까지 누군가의 집 마당에 있었는데……. 혹시 꿈을 꾼 걸까?

배를 더듬어본다. 뜨뜻하고 척척하다. 역시 칼에 찔린 건 사실이다. 뛰쳐나온 것까진 기억나는데…….

칼에 찔리면 보통 얼마나 아픈 걸까? 옷에 묻은 피로 봐서 출혈이 상당한 것 같은데, 아픔이 느껴지지 않는다. 아픈 걸로만 따지면 종이에 손가락을 벴을 때가 더 아픈 것 같다.

일어나는데도 문제가 없다. 다만 걸을 때마다 피가 울컥울컥 쏟아진다. 왠지 눈물이 난다. 죽고 싶지 않다는 문장이 머릿속에 떠오른다. 죽고 싶지 않아. 소리내어 말해본다. 더 살아봤자 대단할 것도 없지만 죽고 싶지 않다. 특별히 하고 싶은 게 있는 것도 아니지만 죽고 싶지 않다. 이렇게 죽는 건 싫다.

머릿속에 떠오른 문장을 소리내어 말해봤다.

"죽고 싶지 않아."

목소리가 이상하다.

"살려줘요."

소리를 지를 수가 없다. 바람이 새는 것 같다.

누군가 날 발견해줬으면 좋겠다. 길은 텅 비어 있다. 논밭에도 사람이 없다. 좀 전에 누워 있던 자리에 핏자국이 보인다. 한참을 걸은 줄 알았는데…….

어지럽다. 길 한복판에 주저앉았다. 제발 누가 좀 지나갔으면 좋겠다. 하지만 이 시간에 사람이 있을 리가 없다. 하루 중 가장 뜨거운 시간, 다들 점심 먹고 대청마루나 나무 그늘에서 낮잠 잘 시간이다.

아홉모랑이길에서 바라본 두왕리는 그림처럼 멈춰 있다.

04

여
름
,

낮에 놀다 두고 온 나뭇잎 배는
어디로 갔을까?

기호지방의 양반 주거 문화를 볼 수 있는 종갓집 솟을대문 앞에 서서 10여 분째 고민 중이다. 노크를 해봐야 안채까지 들릴 것 같지 않고, 목청껏 주인을 불러야 할 텐데 '이러 오너라' 해야 하나 '주인장 계시오' 해야 하나. 할머니 집에 마실 오는 동네 사람들처럼 불쑥 들어가며 '이 집에 아무도 없나' 할 수도 없고. 그러고 보니 마당쇠가 허구한 날 빗자루 들고 마당에서 서성댄 건 마당을 쓸기 위함이 아니라 인간 초인종이었던 거다.

이거 참, 전화를 하고 올걸 그랬다.

어제저녁 홍간난 여사는 기어코 나를 노동의 현장으로 불러냈다. 옥수수를 따놓았는데 당최 허리가 아파서 들고 올 수가 없다나. 일을 시작했으면 스스로 마무리를 지어야지. 여덟 살도 아는 기본을 여든 살짜리가 모른다.

나는 외발수레를 끌고 쫓아가고, 홍간난 여사는 따놓은 옥수수를 던져넣는 중인데, 아홉모랑이를 지나가던 애기엄마가 인사를 하는 거다.

"옥수수 따시나 봐요."

삼십대 중후반, 양쪽에 하나씩 애들 손을 잡고 있다. 홍간난 여사는 멀리 떨어진 애기엄마를 부르더니 옥수수를 한 아름 안겨줬다.

"찰옥수수라 먹을 만헐 겨."

여섯 살짜리 여자애 이름은 송이, 네 살짜리 남자애 이름은 건주란다.

여자애가 먼저,

"엄마, 내가 들어줄게."

엄마가 든 옥수수를 하나 뺏어들자 남자애도,

"들어줄게."

따라한다.

쳇, 눈꼴시도록 다복한 집구석이다. 애기엄마는 홍간난 여사와 옥수수도 이제 끝물이라는 얘기, 콩꽃이 적게 피었다는 얘기, 제주도 남쪽 바다에서 미적대고 있는 태풍 얘기를 한참 하더니 아들 딸 대동하고 자리를 떴다.

세 사람이 아홉모랑이를 돌아 사라지는 걸 끝까지 지켜보던 홍간난 여사.

"생판 남이 봐도 이렇게 마음이 그런디, 참……."

한숨을 포옥 쉬는 거다.

"둘이 그렇게 자별허게 지낼 때는 몰랐을 겨. 하나는 아들 딸 놓고 알콩달콩 재미지구. 하나는 죽었는가 살았는가 기도 망도 없을지 누가 알았겠어."

방금 전 애기엄마는 유난실, 여문콩된장 부조합장 사모님으로 유선희와는 재당질간이란다.

재당질이 뭐냐고 물었더니,

"선희가 난실이보구 재당고모라고 했다구……. 어째 말귀를 못 알아듣는다니."

타박이다. 당고모도 모르겠는데 재당고모가 몇 촌이란 얘긴지……. 아무튼 먼 일가란다.

"촌수야 좀 멀어도, 나이도 한 살 차이구 집도 가깝구, 친동기간처럼 자별허게 지냈으니께."

유난실의 집은 아홉모랑이 다섯 번째 모퉁이에 있단다. 양쪽집을 오가며 노느라 유선희랑 유난실이랑 두 손 꼭 잡고 집 앞을 지나다니는 걸 많이도 봤다는데…….

"언젠가는 갑자기 비가 오는 거여. 난실이랑 선희랑 국민핵교 다닐 땐디……. 비가 갑자기 오니께 요 앞 앵두나무 밑에서 비를 긋고 있다가, 난실이가 토란잎을 하나 똑 따서 선희 머리 위에 씌워주고, 또 하나를 똑 따서 지가 쓰구 그러고 가잖겄니. 두 지지배가 토란잎을 우산처럼 쓰고 나란히 뛰어가는 걸 보면서, 그 무뚝뚝한 느이 할아버지가 하하 웃었는디……."

고릿적 얘기를 어제 본 것처럼 이야기하더니 또 중얼거리는 거다. 하나는 아들 딸 놓고 알콩달콩, 또 하나는 죽었는지 살았는지…….

바람 때문에 안테나가 돌아갔는지 그날 밤 텔레비전은 유난히 지직거렸다.

"이놈의 테레비, 왜 이 지랄이랴?"

홍간난 여사는 못된 자식 볼기치듯 텔레비전을 찰싹찰싹 두드리면서 간신히 드라마 시청을 끝냈다. 전파 수신상태가 그 모양인지라 TV 시청은 일찌감치 포기했다. 코골며 잠든 홍간난 여사 옆에 누워 천장 도배지 무늬를 감상하다가 친구년들 생각이 났다.

몹쓸년들. 니들은 내가 서울 가는 즉시 죽었다고 봐야겠어. 이 몸이 일주일 동안 연락이 안 되는데 밥이 목구멍으로 넘어가고, 두발 뻗고 잠을 처잤단 말이지. 특히 재인이 네 이년, 내가 너라면 당장 우리 집에 연락해서 내 위치를 파악한 다음 문안을 오든가, 시골집 전화번호를 물어서 안부를 여쭙든가 했을 거다. 고얀 년! 내가 저한테 베푼 은혜가 얼만데. 중학교 때부터 지금까지 사 먹인 떡볶이를 줄세우면 서울에서 부산까지는 갈 거다. 홍간난 여사 말마따나 썩을년. 지 연애질할 때마다 물심양면, 전화번호 따다주고 정보 물어다준 게 누군데. 권영태가 다니는 교회이름 알아다준 게 누구냐고. 망할년. 모태솔로 주제에 마음만은 화냥기로 가득 찬 네년의 그 숱한 짝사랑 사내놈들 얘기를 들어준 게 이 몸이 아니었더냐?

어라……. 그러고 보니 유선희와 유난실이 단짝이었다면, 유난실은 알고 있지 않을까? '자전거와 소년'의 주인공이 누군지?

이 기쁜 소식을 알리기 위해 땀 삐질삐질 흘리며 말우지고개를 넘어왔구만, 종갓집 대문 앞에서 막힌 거다. 이거 참, 역시 전화라도 하고 올걸 후회막급인데.

"뭐 해요?"

등 뒤에서 들리는 변성기 목소리.

여어, 꽃돌이! 불쾌지수 최고인 날 봐도 상큼하구나.

꽃돌이는 재실에서 공부하다 왔단다. 말우지고개 꼭대기에 있다는 제사 지낸다는 건물 말이다.

유난실 얘기를 했더니, 꽃돌이는 당장 만나러 가잔다. 종손은 종친회에서 운영한다는 재단 회의에 갔고, 종부는 일가의 경조사에 참석했단다. 아참, 혹시나 종갓집에 갈 일이 있으면 괜히 기죽지 말고 기둥을 살펴보기 바란다. 십중팔구 초인종이 있을 것이다. 젠장할, 기호지방의 대표적인 양반 가옥에 초인종이 웬 말이냐고. 그 앞에서 30분이나 고민한 나는 뭐가 되고? 문화재청장에게 확 일러줄까 보다.

여문콩된장으로 가는 길, 꽃돌이가 빨간 지붕집을 턱으로 가리킨다.

"유미숙네 집."

큰길에서 종갓집으로 이어지는 진입로의 시작점에 위치한, 종갓집과 가장 가까운 집이다. 가깝다고 해봤자 걸어서 10분도 더 걸린다. 담장이 높아서 집 안이 들여다보이지 않는다. 길 쪽으로 난 창문에는 꽃무늬 커튼이 쳐져 있다.

유미숙네 집을 지나 큰길로 이어지는 길, 도랑을 파던 남자가 이쪽을 본다. 아저씨라기엔 뭣하고 할아버지라기엔 미안한 어중간한 연배의 남자다.

"동네 다니다가 어른을 만나면 알든 모르든 인사를 해야는 거여. 획하고 지나가면 안 가르쳐서 그렇다고 내가 욕먹어."

홍간난 여사의 가르침도 있고, 나는 꾸벅 인사를 하는데 꽃돌이 녀석, 스윽 외면하는 거다. 아저씨인지 할아버지인지도 못 본 척 삽질만 해대고.

웬만큼 떨어졌을 때 물었다.

"유미숙 아빠 아니야?"

"맞아요."

"너네집이랑 친척이라며? 인사 안 해?"

대꾸 안 하는 꽃돌이.

"설마 첩의 자식이라서?"

"에. 누가 첩인데?"

꽃돌이는 유미숙네가 첩의 후손이라는 걸 몰랐단다. 그렇다면 홍길동의 딜레마도 아니고, 왜 서로 모르는 척하는 거지?

"그거야 뭐……. 그쪽에서 먼저 못 본 척하니까."

같은 불행을 겪었다고 모두 동지애가 생기는 건 아닌가 보다. 돌아봤더니, 아저씨라기엔 뭣하고 할아버지라기엔 미안한 유미숙 아빠는 도랑에서 파낸 큼지막한 돌을 둑 위에 밀어올리는 중이다. 새카맣게 탄 얼굴로 온몸을 이용해 애를 쓰는 모양이 시시포스를 연상케 했다. 바위를 지고 산꼭대기까지 올라가면 다시 굴러떨어지고, 다시 굴러떨어지고 했다는 노역勞役의 시시포스!

역시나 삼거리에는 바보 용이 나와 있다. 지난번처럼 겁나타이트한 옷을 입고, 지난번처럼 색동복주머니를 허리에 차고, 지난번처럼 엉덩이 골을 절반은 내놓은 채 공기를 집는다. 황일영이랬나? 질리지도 않나 보다. 나를 힐긋 보더니, 어라,

이번엔 모르는 척이다. 꽃돌이가 쳐다보자 황일영은 아예 돌아앉는다. 엉덩이 골이 더 잘 보인다.

"남자를 무서워해요."

꽃돌이의 설명.

"자기 아버지한테 매일 얻어터져서 그런가."

부지런히 움직이는 황일영의 팔꿈치에 피딱지가 보인다. 그렇게 오래된 상처 같지는 않다.

삼거리를 지나 버스 다니는 길로 3분쯤 걸어가면 여문콩된장이 나온다.

여문콩된장에 대해 설명을 했던가? 여문콩된장은 생활협동조합이란다. 생활협동조합이 뭐냐면, 음……. 아무튼 된장, 고추장, 간장 같은 걸 만들어 팔고, 그 밖에도 장아찌나 효소 같은 것들도 주문 판매한다. 거기 쓰이는 콩이나 깻잎, 고추 같은 것들은 마을 사람들에게서 사들이고. 젊은이는 떠나고, 남은 사람들은 늙어가고, 이러다가 동네가 사라지겠다 싶을 때 여문콩된장이 들어왔단다. 여문콩된장을 두왕리에 끌어들이고, 폐교가 된 채로 버려진 두봉초등학교를 협동조합에서 쓸 수 있도록 주선하는 등 결정적인 역할을 한 게 경산 유씨 종손이라고.

참고로 말하면, 두봉초등학교는 우리 아빠, 강남수 씨의 모교이기도 하다. 어렸을 적에 아빠를 따라서 학교 운동장에 와

본 적이 있다. 폐교가 결정되고 얼마 안 지난 때였던 걸로 기억한다. '석양에 비치는 아빠의 얼굴이 무척이나 쓸쓸해 보였습니다'라고 말하고 싶지만 기억이 안 난다. 철봉을 했던 건 생각난다. 앞으로 오르기를 했더니 무석이가 존경이 가득 담긴 눈으로 바라봤었는데…….

교문 옆 철봉은 아직 남아 있다. 주차장이 되어버린 운동장을 가로지르는데, 아줌마들 웃음소리가 와하하하 들렸다. 꽃돌이가 걸음을 멈춘다.

"갔다 와요."

"너는?"

꽃돌이는 알록달록한 옷들이 왔다갔다하는 유리창을 힐끗 보더니,

"내 얘긴 하지 말아요. 나중에 아버지가 알면 좀……."

꽃돌이는 왔던 길을 돌아 운동장가의 나무 그늘로 들어가버렸다. 좀 전까지만 해도 유난실이 어디로 사라질 것처럼 재촉해놓고서는…….

아줌마들이 와하하 웃던 교실은 '세척실'이란다. 깻잎 바구니를 들고 오는 아줌마에게 사무실을 물었더니 복도 끝을 가리킨다. '콩잎 가지러 간 사람 죽었나' 안에서 채근하는 소리가 들린다. 깻잎이 아니라 콩잎이었나 보다.

유난실은 주문받은 상품을 포장 중이었다. 접착테이프 뜯는

소리가 쫘악쫘악 요란했다. 유난실이 박스를 만들면, 눈썹 문신이 도드라진 아줌마가 박스 안에 된장, 고추장을 집어넣었다. 오래돼서 파란색을 띠는 저 눈썹 문신으로 봤을 때 두왕리 사람이 분명하다. 얼굴형을 고려하지 않은 갈매기 모양의 눈썹 문신! 장례식 때 온 아줌마들이 죄다 똑같은 눈썹을 하고 있어서 상중이라는 것도 잊은 채 하마터면 웃을 뻔했다. 눈썹 문신은 두왕리 아줌마들의 공동구매 같은 거였나 보다.

꽃돌이가 그토록 보안에 신경 쓰는 마당에 현지인이 있는 데서 말 꺼내기도 그렇고.

"누구……?"

유난실이 힐긋 쳐다보더니,

"아아, 아홉모랑이 강 씨네……."

곧바로 알아챘다.

지나가다가 구경 왔다고 어물어물, 일 끝나기를 두 손 놓고 기다리기도 뭣해서 상자 만드는 일을 돕는데,

"그렇게 붙이면 터져."

지적당했다.

포장이 끝나고 배송표를 붙이는데, 유난실이 눈썹 문신 아줌마에게 여기 일은 내가 할 테니 '장아찌 간 좀 봐달라'고 부탁했다.

"간 보는 건 우리 한 실장님이 최고잖아."

간 보기 전문가 한 실장님이 나갔다.

"나한테 할 애기 있어?"

부조합장 사모님은 손도 빠르고 눈치도 빠르다.

"똥마려운 강아지처럼 내 눈치만 보길래."

표현이 거칠다는 단점이…….

나는 가능한 한 진실에 가깝도록 그동안의 이야기를 했다. 보물상자를 발굴한 일과 그 안에 들어 있던 '자전거와 소년'에 대해. 약간의 윤색을 했는데, 예를 들면 보물상자를 묻을 때 유선희가 함께했고 '자전거와 소년'은 유선희가 직접 넣었다고 말한 부분이 그렇다. 당사자의 바람대로 꽃돌이에 대한 부분은 삭제했다.

목각 인형을 받아든 유난실은,

"세상에……."

말을 잇지 못했다.

"맞어, 선희가 이런 데 소질이 있었어. 종부님 닮아서 그림도 잘 그리고…… 세상에."

그러더니 두 손으로 얼굴을 가렸다. 휴지가 어디 있나 찾는데, 유난실은 곧바로 마음을 진정시켰다. 그사이 눈자위가 빨개졌다.

"미안. 너무 오랜만에 선희라고 소리내 말했더니…… 마음이 막 그러네."

두왕리에서 사라진 소녀들의 이름은 볼드모트와 같은 취급을 받았나 보다. 그들에 대한 이야기는커녕 이름도 말해서는 안 되는 사람.

유선희는 다섯 살 때 두왕리에 들어왔단다. 유선희 할머니, 즉 당시의 종부가 돌아가시면서 서울 살림을 하던 차종손 차종부가 종갓집으로 불려 내려온 것이다.

"선희 처음 봤을 때 얼마나 이뻤는지……. 서울 애들은 다 그렇게 이쁜 줄 알았어. 동네 애들이 선희 한번 보려고 괜히 종갓집 앞을 지나다니구…… 요즘 말로 하면 동네 아이돌인 거지."

시골에 온 지 얼마 안 된 어느 날, 종갓집 애기씨가 재실에 놀러왔단다. 그때까지만 해도 재실은 동네 애들의 놀이터. 새카맣게 탄 시골 애들이 몰려들자 어린 유선희는 긴장했고, 시골 애들은 이것저것 물어보고 만져보고, 그래도 반응을 안 하자 툭툭 건드려도 보는데, 유선희가 울기 시작했단다. 그때 동네 애들을 물리치고 유선희를 구해준 것이 유난실이었다고.

"한 살 차이라도 그때 나는 몸집도 크고 목소리도 크고 그랬으니까. 그때부터 선희가 날 졸졸 따라다니더라구."

그때부터 유난실이 공주에 있는 고등학교에 입학할 때까지 유선희와는 친구처럼 자매처럼 지냈단다.

"모르는 애들은 선희를 새침하고 재수없다고도 했는데, 그건 어쩔 수 없었을 거야. 어딜 가도 주목받는 입장이면 평범하게는 안 될 테니까. 아주 새침하거나 아주 사교적이거나 둘 중 하나지."

그런가? 한 번도 주목받는 입장에 있어보지 못한 나는 모르겠다.

유난실은 오랜만에 유선희 얘기를 해도 되는 사람을 만나 기분이 좋았던지 묻지도 않은 얘기를 주절주절하더니,

"참, 선희 사진이 몇 장 있을 텐데……."

학교 바로 옆에 있는 사택에 다녀오겠단다. 유난실 씨 참 부지런하다.

한때는 교무실이었던 사무실에는 창문이 많다. 창문 너머로 꽃돌이를 찾아봤다. 철봉 근처 어디 있을 텐데, 햇빛이 찬란한 만큼 나무 그늘은 어두워서 보이지 않는다. 햇빛을 오래 봤더니 어지럽다.

"선희랑 찍은 사진이 많이 있었는데, 다 친정에 두고 왔나 봐."

유난실이 들고 온 앨범은 겉장이 누렇다. 원래는 하얀색이었을 것이다. 유난실이 앨범을 휙휙 넘기며 유선희랑 같이 찍은 사진을 찾아냈다. 초등학교 운동회 때 사진, 한복을 입은 걸로 봐서 명절 때 찍은 듯한 사진, 종갓집 대청마루에서 수박을 먹으며 웃고 있는 어린 시절 사진. 그리고 중학교 교복을

입은 유선희.

하얀색 세일러복에 군청색 치마, 하얀색 양말과 검정 구두를 신었다. 단발머리를 하고 고개를 살짝 한쪽으로 기울인 유선희는 예뻤다. 아니, 그냥 예쁜 게 아니다. 하얗고, 깨끗하고, 순수하고, 순진하고, 눈은 커다랗고, 눈동자는 까맣고, 목덜미는 하얗고 가느다랗고…… 말하다 보니 뭔가 변태스럽긴 하지만 '소녀' 하면 떠오르는 긍정적인 이미지를 뭉쳐놓으면 유선희가 될 것 같다. '씨발'이나 '존나' 같은 말은 입에 담기는 커녕 듣기만 해도 눈을 동그랗게 뜰 것 같은 소녀, 치마를 줄여 입지도, 가슴을 돋보이기 위해 조끼를 꼭 붙도록 만들지 않을 것 같은, 모두가 바라는 소녀 말이다.

"누나는 무슨……. 아무것도 모르는데."

지난번 홍간난 여사네 집 바깥마당에서 꽃돌이가 한 말이 생각났다. 꽃돌이는 유선희 얼굴을 알까?

한 사진을 너무 오래 보고 있었나 보다.

"중학교 입학식 날. 이쁘지?"

유난실 말투에 자랑이 묻어 있다.

"인기 좋았겠어요, 남자애들한테."

별로 중요하지 않은 말처럼 툭 던졌다.

"이런 얼굴에 종갓집 애기씨, 인기가 없을 수가 없지. 선희 좋아한다는 남자애들이 줄을 섰었어."

"남자친구도 있었어요?"

가능한 한 자연스럽게 질문하기.

유난실은 후훗 혼자 웃더니,

"어렸을 때 숨바꼭질하잖아? 근데 선희는 술래가 되는 걸 되게 싫어했어. 술래가 되면 바짝 긴장한 게 보일 정도였어. 하얀 얼굴이 더 하얘져갖고는…… 우리 동네 숨바꼭질은 어땠냐면, 술래가 자리를 비웠을 때 누가 나와서 깡통을 걷어차면 죽은 애들도 다시 살아나는 거야. 술래는 다시 술래가 되고. 그렇게 세 번인가 네 번 깡통을 걷어차니까 선희가 그냥 울어버렸어."

엉뚱한 얘기를 꺼낸다.

"그때부터는 숨바꼭질할 때 애들이 선희를 늦게 찾는 거야. 일부러, 술래 안 시키려고. 우리끼리 짜고 그런 건 아닌데, 그냥 자연스럽게…… 뭐랄까, 선희는 그런 게 있었어. 보호 본능을 자극하는 거. 그러다 보니까 애가 순진하다고 해야 할지 늦된다고 해야 할지……."

하긴 과보호는 아이의 정신적 성장을 막는 법이죠. 그건 그렇구요. 제가 궁금한 건 유선희의 이성교제 쪽…….

"그렇게 순진해빠져갖고는, 남자애들도 답답했을 거야. 좋다는 신호를 보내도 도통 알아차리지를 못하니까. 또 적극적으로 접근하면 남자애가 괴롭힌다고 그러고. 나한테도 몇 번 어떤 남자애가 못살게 군다고 그러더라구. 누가 봐도 좋아서 그러는 건데…….”

15년 전 사라진 소녀를 두고 이런 말 하긴 뭣하지만, 참 답답하다. 그럴 거면 그 이쁜 얼굴은 뭐 하러 달고 태어났대?

“중2였을 거야. 선희가 남자애를 처음으로 의식하게 된 게.”

중2? 너무 늦다. 유치원 때 첫 뽀뽀를 경험한 나에 비하면 늦어도 보통 늦은 게 아니다. 첫사랑은 국어 선생님 아니냐고? 유치원 때 그 남자애는 그냥 육체적 관계였다.

“그 남자가 누군지 아세요?”

“알긴 아는데…… 그게 왜 궁금해?”

묻지 않는 말까지 이것저것 추억을 꺼내놓던 유난실, 처음으로 방어적 자세를 취한다.

“아니, 그냥…… 이 목각 인형의 주인공인가 싶어서…….”

“이게 한호라고?”

유난실이 ‘자전거와 소년’을 찬찬히 뜯어 본다.

정한호! 전교 1등에 학생회장. 유난실과 같은 반이었단다. 즉, 유선희보다는 한 살 연상이라는 말씀.

“지금도 하는지 모르겠네. 전교 조회라는 거. 전교생이 운동장에 줄 서 있고, 학생회장이 열중 쉬엇, 차렷하고 구령 붙이고. 근데 한호가 그때 감기에 걸렸다나 봐. 구령 붙이다가 삑사리가 난 거야. 애들이 웃고 난리가 났는데, 근데도 끝까지

구령을 붙였대. 난 기억도 못하는데 선희가 그러더라구. 선희가 그거에 반한 거야."

술래라는 작은 불행도 감당할 수 없었던 소녀가 전교생 앞에서 망신을 당했는데도 당당했던 소년에게 반한 건가?

"그때부터 한호 얘기만 하길래. 내가 한호한테 얘기해줬어. 선희가 관심 있어 한다구. 그다음부터야, 뭐……. 요새 애들처럼 데이트다 커플이다 그러진 않았어도 편지도 주고받고, 참고서도 추천해주고 그랬을걸."

전국 학부모연합에서 환영할 만한 그런 이성교제를 했나 보다.

"그다음부터는 나도 잘 몰라. 난 공주고등학교에 가고, 한호는 운산고등학교에 가고. 선희는 중3이 되구……"

유난실이 유선희를 마지막으로 본 건, 유선희가 사라지던 해 여름방학이었단다.

"방학을 하자마자 집에 왔는데 내가 왔다니까 선희가 우리 집에 놀러왔어. 그때 난 내 얘기만 했어. 자취집 얘기, 고등학교 얘기, 내가 좋아하던 남자애 얘기……. 그리고 보름쯤 있다가 그 일이 일어났는데, 선희 없어졌다는 얘기를 듣자마자 그때 생각이 나더라구. 아, 그때 선희가 나한테 뭔가 할 얘기가 있었던 건 아닌가……. 그때 내 얘기 말고 선희 얘기를 들어줬더라면 좋았을걸. 그런 시시껄렁한 얘기가 뭐가 그렇게 대단하다고 내 얘기만 했을까. 그때가 마지막인 줄 알았다면…….
그치만 누가 알았어야지, 그때가 마지막인 줄."

유난실이 손끝에 묻은 테이프 쪼가리를 뜯어냈다. 모든 마
지막은 지나봐야 아는 거 아니겠냐고, 위로의 말을 건네볼까
하다가 관뒀다. 왠지 잘난 척하는 것 같아서. 대신 질문했다.

"다임개술이라고 아세요?"

"다임개술? 그게 뭐야? 술 이름이야?"

지체없이 되물었다.

유난실은 이야기를 하면서도 쉬지 않고 배송표를 붙였고,
배송표 붙이기가 끝나서 이야기를 끝낸 건지 이야기에 맞춰
서 배송표를 붙인 건지 아무튼 두 개가 동시에 끝났다. 박스를
번쩍번쩍 들어 카트에 싣는데, 유난실은 부조합장 사모님이자
기운 센 천하장사다. 박스를 운반하면서 자연스럽게 나를 배
웅했다. 카트 바퀴 구르는 소리가 달달달 요란했다.

"유선희는 어떻게 됐을까?"

유난실이 물었다. 딱히 대답을 필요로 하는 질문은 아니기
에 나는 침묵했다.

"죽었을 거야. 그치?"

딱히 호응을 필요로 하는 것 같지 않아서 나는 또 침묵했다.

건물을 빠져나와 나는 운동장 쪽으로 가고 유난실은 건물
뒤쪽으로 가는데, 잠시 후 아이들 부르는 소리가 들렸다. '송

이야, 건주야!' 유난실이 트럭 옆에서 아이들을 불렀다. 다시
한 번 '송이야, 건주야!' 건물 뒤쪽에는 햇빛에 반짝이는 항아
리가 잔뜩인데, 그 항아리 사이에서 아이들이 나타났다. '엄마,
왜?' 아이들이 엄마에게 달려왔다. 턱밑까지 달려와서는 다시
묻는다. '왜 불렀어, 엄마?' '너무 멀리 가면 안 돼.' 유난실은
여자아이의 머리를 가지런히 해주고, 누나보다 한발 늦게 달
려온 남자아이까지 두 아이를 한꺼번에 꼬옥 끌어안았다. 유
난실의 얼굴이 어쩐지 슬퍼 보였다. 잃어버릴까 봐 두려운 것
을 갖게 된 슬픔. 지나치게 사랑하는 것을 가져버린 슬픔.

꽃돌이는 철봉 근처 플라타너스 나무에 기대앉아 음악을
듣고 있었다. 사무실 창문에서 보이는 자린데, 아까는 왜 안
보였을까?

"계속 여기 있었어?"

"어. 왜요?"

비밀이라는 건 대체로 이와 같은 건지도 모르겠다. 특별히
숨겨놓은 것은 아닌데, 눈에 띄지 않는 어떤 것들.

유난실에게 들은 이야기를 브리핑했다. 집 안팎의 과보호와
숨바꼭질과 아침 조회와 전교 1등.

"너도 애들이랑 놀 때 이상할 정도로 술래에 안 걸리고 그
러냐?"

"바보두 아니구…… 요새 누가 숨바꼭질하고 노는데?"

고이얀 꽃돌이, 말하는 본새하고는. 이 몸은 저를 위해 도둑질까지 해왔구먼.

유난실의 앨범에서 슬쩍해 온 사진을 꽃돌이에게 건넸다. 중학교 교복을 입은 유선희! 꽃돌이는 말 그대로 사진에서 눈을 떼지 못했다.

"유선희 사진, 처음 보냐?"

"신문에 나온 거 봤어요."

대답은 시큰둥하게 해놓고 유선희 사진을 제 주머니에 넣는 꽃돌이. 준다고 한 적 없는데.

교문을 내려오다가 오이 바구니를 들고 오는 여자아이를 만났다. 하얀 셔츠에 멜빵이 달린 청반바지를 입은 소녀는 꽃돌이를 보자마자 안절부절못하며, 핀을 찔러 뒤로 넘긴 앞머리를 부리나케 내렸다. 딴에는 여드름이 난 이마를 가리려는 의도였겠으나, 앞머리가 닭벼슬처럼 뻗쳐서 아니함만 못했다.

"안녕."

손까지 흔들며 인사하는 소녀.

"어."

스윽 지나가는 소년.

요것들 봐라, 흥미진진한 삼수생.

"누구냐?"

"누구? 쟤?"

"그럼 이 길바닥에 쟤 말고 누가 있는데?"

"하늘이."

"오호. 하늘이⋯⋯ 하늘이가 너 좋아하나 보다."

"알 게 뭐야."

요망한 꽃돌이, 부정하지 않는구만.

"이 아줌마가 미쳤나? 왜 웃어요?"

아줌마란다. 하하하. 꼬박꼬박 존댓말을 하던 꽃돌이가 별명을 부른다. 그만큼 우리 사이가 가까워졌다는 말씀.

삼거리에서 꽃돌이와 헤어졌다. 공기 집는 남자는 저녁 먹으러 들어갔는지 자리에 없고, 부흥슈퍼 글래머 노파가 가게 앞 의자에 앉아 부채를 펄럭거리고 있었다. 오늘도 민소매티에 노브라. 공기 집는 남자도 그렇고 글래머 노파도 그렇고, 두왕리 사람들은 노출에 과감하다.

술래가 되면 어쩔 줄 몰라 했다는 유선희. 처음으로 술래가 됐을 때 무슨 생각을 했을까? 숨어 있는 아이들을 찾다가 찾다가 끝내 못 찾았을 때 무슨 생각을 했을까? 좌절을 느꼈을까? 그러니까 울었겠지. 그다음부터 술래가 되지 않았을 때 뭐라고 생각했을까? 끝까지 몰랐을까? 자기가 술래가 되지 않는 이유를. 자기가 진심으로 원하면 나쁜 일은 일어나지 않을 거라고 그렇게 생각했을까? 하긴 우리가 원하는 이미지 속 소녀는 순진해야 한다. 아직 세상을 모르는 순진함. 현실은 어떻든 간에, 세상은 아름다운 것이며 간절히 바라는 소원은 이뤄진다는 동화를 믿는 순진함, 혹은 어리석음.

아홉모랑이길을 올라오는데, 탱자나무 그늘에 삐쩍 마른 아줌마가 서 있다. 누군가를 기다리는 모양새다. 농사짓는 사람 치고 뚱뚱한 사람은 드물다. 아, 공기 집는 남자랑 부흥슈퍼 글래머 노파는 열외다. 두 사람은 농사꾼이 아니니까. 아무튼 시골 사람들 대부분은 슬림한 몸매를 갖고 있는데, 저 아줌마는 말라도 너무 말랐다. 팔다리가 앙상하다. 반팔 꽃무늬 원피스 밖으로 나온 팔꿈치가 어찌나 뾰족한지 찌르면 푸욱 꽂힐 것 같다.

알려나 모르겠다. 시골 사람들은 동네에 낯선 사람이 나타나면 빤히 쳐다본다. 아마 동네 전체를 확장된 자기 집 정도로 생각해서 그런가 보다. 아무튼 도시 아가씨인 나로서는 무례하다고 느낀 적이 한두 번이 아니다. 꾸벅 인사하고 발끝만 보며 지나가는데,

"무순이냐?"

잘못 들었나 했다.

"무순이구나."

할아버지 장례식 때 본 사인가? 그렇다고는 해도 이름을 막 부를 정도로 막역한 사이도 아닌데, 아무튼 시골 아줌마들의 무례함이란⋯⋯. 저쪽에서 이름까지 부르며 아는 척하는데 모

133

르는 척하기도 그렇고, 다시 한 번 꾸벅 인사했다. 스키니한 몸매도 그렇고, 반백의 생머리를 뒤로 묶은 것도 그렇고, 두왕리 아줌마들한테서는 보기 드문 스타일이다. 한 번 보면 잊기 힘들 정도로 압도적인 비주얼인데 왜 본 기억이 없지? 아무튼 말라도 너무 말랐다. 마치 막대기 위에 원피스를 걸쳐놓은 것처럼……. 원피스? 도드라진 쇄골 뼈 위에 목걸이! 목걸이에 매달린 펜던트는 십자가다. 설마…….

"무순이 많이 컸네."

세상에. 사모님이다.

"못 알아보겠다, 무순이."

그건 이쪽이 할 말이다. 사모님 변한 거에 비하면 여섯 살 강무순과 지금의 나는 데칼코마니나 다름없다. 세상에…….

"너 왔다는 얘기는 들었어."

"예…….”

죄지은 기분이다. 사모님이 아직 여기 살고 있다는 거 알았으면 진즉에 찾아뵀을 텐데…… 왜 이사 갔다고 생각했지?

"잘 지내지?"

"예."

차마 사모님도 안녕하시지요, 라고는 못 묻겠다.

"예은이랑 네 얘기 가끔 해."

"예? 예…….”

이름을 착각했나 보다. 큰딸이 예은이고 없어졌다는 막내딸이 하은이였나 보다. 사모님이 물끄러미 쳐다보는데 뭐라고 해야 좋을지 모르겠다. 전신화상을 입은 사람을 병문안하는 기분이다. 눈에 뻔히 보이는 상처를 모르는 척할 수도, 그렇다고 아는 척할 수도 없는 상황.

"할머니 기다리시겠다. 올라가봐."

모퉁이를 지나면서 돌아봤더니 사모님은 그때까지 내 쪽을 보고 있다. 꾸벅 인사를 하고 다시 걷는데, 뒤통수가 간질간질하다. 모퉁이를 돌아 시야에서 벗어나는 순간 나도 모르게 한숨을 쉬었다.

"내가 언제 이사 갔다고 그랬다니?"

홍간난 여사에게 따졌더니 발뺌이다. 그러고 보니 이사 갔다고 말한 적은 없는 것도 같다. 근데 난 왜 그렇게 믿었을까? 먼지로 더께가 진 교회 유리창 때문에? 사택 마루에 붙어 있던 별자리 사진 때문에? 아무튼 홍간난 여사가 나빴다. 사모님이 아직 거기 산다는 걸 알려줬으면 진즉에 인사를 갔을 텐데…… 정말 그랬을까? 인사하러 갈 수 있었을까?

한밤중에 여우가 또 울었다.

주
마
등

04

춥다. 한여름이다. 추울 리가 없는데 이빨이 딱딱 부딪칠 정도로 몸이 떨린다. 피를 많이 흘리면 그런 걸까?

눈앞이 어두워진 것 같기도 하다. 좀 전에 정신이 들었을 때만 해도 살았구나 싶었는데, 이젠 확실히 알겠다. 나는 죽을 것이다. 나는 분명히 죽는다.

포기해서일까? 마음이 차분해진다. 내가 죽은 뒤의 일을 생각해 본다. 특별히 마음에 걸리는 건 없다. 걱정되는 사람도 없다.

작년 봄, 유서 쓰기가 유행했다. 그때 유서를 써뒀더라면 하는 생각이 잠깐 들었다. 지금이라도 유서를 쓴다면 뭐라고 쓸까?

특별히 쓸 말이 없다.

일기를 쓰지 않은 건 잘한 것 같다. 일기가 있다면 다른 사람들이 볼까 봐 마음이 편치 않았을 것 같다.

아. 오늘 아침 책상을 정리해서 다행이다. 아침에 집을 나오려는

데 왠지 너저분한 책상이 눈에 거슬려서 대충 치웠다. 그러고 보면 예지력이란 게 아주 없는 건 아닌가 보다.

죽는 마당에 방이 깨끗한가 어떤가 이런 걱정을 하는 게 이상하지만, 그래도 신경이 쓰인다. 나 죽고 난 다음에 사람들이 내 이야기를 할 텐데 방 안이 너저분했다는 이야기는 듣고 싶지 않다.

통장이나 서류들은 마지막 책상서랍 속에 있고, 아! 큰일이다. 그것이 있다. 책상서랍 속에 그것이 있다는 걸 깜박하고 있었다. 버려야지 버려야지 하면서도 내내 버리지 못한 그것, 15년 전의 비밀이 서랍 속에 있다.

05

여
름
,

먹기 전에 녹아버린
아이스크림

어째서 세상의 모든 학교는 언덕 위에 있는 걸까? 운산고등학
교는 쳐다보기만 해도 장딴지가 땅땅해지는 경사진 언덕 위
에 있다. 거짓말 조금 보태서 깎아지른 언덕 위의 교문을 보는
순간, 나는 자전거를 포기했다. 플라타너스 나무에 자전거를
기대놓고 걸어가는데 툭 소리가 났다. 자전거가 쓰러져 있다.
그러거나 말거나. 할아버지가 쓰던 자전거는 탈것보다는 고물
로서의 가치가 더 나갈 정도로 오래됐다. 집어갈 사람 있으면
집어가라지, 뭐. 한 시간가량 자전거를 타고 폭염의 날씨를 달

려왔더니 심신이 다같이 후줄근하다.

젊음이 좋긴 좋다. 꽃돌이는 자전거를 탄 채 언덕을 올라간다. 엉덩이를 지그재그로 움직이면서 용을 쓴다. 그래, 쉽게 포기하는 남자는 못쓴단다. 마지막의 마지막까지 애를 쓰렴. 그러다가 쓰러지면 이 누나가 위로해줄게.

버스를 탔어야만 했다. 한 시간에 한 대면 어때? 읍내에 나가 갈아타면 어때? 기다리는 시간이 더 길면 어때? 정부가 외출을 삼가라고 걱정하는 폭염 속에 사이클링이라니. 그것도 모자라 등산이라니 미쳤지. 생각할수록 고얀 꽃돌이. 버스 기다리느니 자전거를 타는 게 훨씬 낫다고? 쇠도 씹어 먹을 열다섯 청춘이야 자전거를 메고도 오르겠지만 나는 스물한 살, 꺾어진 마흔이란 말이다.

"정한호? 선생 됐어. 모교에 와 있다던데."

유난실에 의하면 유선희의 첫사랑 정한호는 운산고등학교 수학선생님으로 재직 중이란다. 그건 그렇고, 젠장할, 망할 놈의 학교들은 왜 죄다 언덕 꼭대기에 짓는 거냐구? 교육당국의 음모가 아니고서야……. 심심파적으로 떠난 추억여행에서 객사할 판이다. 목구멍에서 피리소리가 난다. 엄홍길 대장이 칸첸중가에 올라갈 때 숨소리가 이와 같았을까? 여기는 정상. 베이스캠프 나와라. 지금 시간 4시 17분. 빈 운동장엔 매미소리만 요란하다, 오버!

먼저 온 꽃돌이는 운동장 한쪽, 물이 쏟아지는 수도꼭지 밑에 아예 머리를 들이댄 채 열을 식힌다. 나는 벤치에 그야말로 널브러졌다. 남의 첫사랑은커녕 내 첫사랑도 기꺼이 포기할 만큼 고난스럽다.

꽃돌이가 물을 뚝뚝 흘리며 다가왔다. 아, 꽃돌이! 저놈은 마물이다. 개처럼 머리를 흔들어 물기를 털어주면 더할 나위 없을 텐데…….

"더위 먹었어? 왜 웃어?"

손으로 얼굴의 물기를 쓸어 나를 겨냥해 턴다. 뭐, 그것도 나름 괜찮구나.

운산고등학교 보충수업은 4시 30분이면 끝난단다. 운산고 선생님한테 얻은 정보니 확실하다. 오늘 아침 전화받은 여자 선생님은 어찌나 친절하시던지, 정한호 선생의 옛날 제자라고 했더니 이것저것 잘도 알려주셨다. 정한호 선생은 3학년 4반 담임이고, 3층에 3학년 선생들 교무실이 있는데, 보충수업 끝 날 때쯤 거기로 오면 만날 수 있을 거란다.

10분 정도 시간이 남았다.

가방에서 '자전거와 소년'을 꺼냈다. 일단 가져오긴 했는데.

"너라면 어쩔 거 같냐?"

꽃돌이가 쳐다본다.

"널 좋아하는 여자애가 널 생각하며 이런 걸 만들었어. 수

백 번 깎고 다듬고, 사포로 밀고. 그러다가 소녀는 사라지고 이것만 남았어. 15년 후에 누군가 불쑥 전해주러 와. 너라면 기분이 어떨 것 같아? 좋을까?"

길게 질문했더니,

"알게 뭐야."

싸가지없이 대답하는 꽃돌이.

"문제는 그게 아니잖아."

"뭐가 문젠데?"

"유선희는 이걸 땅속에 묻었어. 아줌마 말대로 수백 번 깎고 다듬고 사포로 밀고. 기껏 만들어서 왜 땅속에 묻어? 그게 더 이상하지."

"뭐가 이상해. 내 눈엔 빤히 보이는구만. 자. 여기 사랑하는 소년 소녀가 있어."

"사랑은 무슨……."

"좋아. 그냥 좋아하는 소년 소녀가 있어. 만나고 반하고 고백하고 좋아하고 좋아하다가 싫어져서 결국엔 헤어졌어. 미련이 남겠냐?"

"나야 모르지."

"이런 핏덩이……. 미련 같은 거 안 남지. 그 사랑의 수명은 거기까지니까. 연애 초기에 선물을 만들었으면 벌써 전해줬을 거고, 연애 말기엔 이런 거 만들지도 않았을 테고. 어쩌다가 이런 걸 만들었다고 해도 헤어지는 순간 다른 사람 줬거나 버렸겠지. 안 그래?"

"그렇다 치고 말해봐."

"이걸 버리지 않고 땅속에 묻었다는 건 아직 감정이 남았다는 거야. 즉, 유선희는 남자애에 대한 마음이 있는데 남자애를 만날 수 없게 된 거지."

"왜?"

"남자애에게 차였거나……."

극적 연출을 위해 한 호흡 쉬어주고,

"주변에서 반대했거나."

"주변 누구?"

꽃돌이는 즉각적으로 질문했지만, 말하면서 이미 대답이 생각났을 거다.

"엄마 아버지?"

"너네 집안 분위기가 어떠냐? 이성교제 결사반대냐?"

"대체로."

"그렇겠지. 더구나 15년 전. 아들도 아니고 딸이야. 격렬하게 반대했을 거야. 유선희는 첫사랑을 그렇게 끝낼 수밖에 없었던 거구."

"아줌마는 아버지가 반대하면 순순히 헤어질 거야?"

"나?"

내가 모태솔로라는 건 일단 비밀로 하고.

"나랑 유선희는 다르지. 나야 자주독립적인 인간이고. 유선희는 15년 전 소녀인 데다가…… 할머니 말을 들어봐도 그렇고 유난실 얘기도 그렇고, 유선희는 착한 딸이었다잖아. 말 잘 듣는 순하고 착한 딸. 절대 부모님한테 반항하는 타입은 아니었던 거야. 안 그래?"

대답 없는 꽃돌이.

"말 잘 듣는 착한 딸은 이루지 못한 첫사랑을 땅속에 묻은 거야."

"그리고 집을 나갔다?"

"거기까진 모르지. 그런 거대한 미스터리는 관심 없고, 난 그냥 이 나무조각이 왜 여섯 살 강무순의 보물상자에 들어 있었는지, 다임개술이 뭔 술인지 그것만 알면 돼."

몇 번 만나면서 꽃돌이에 대해 알게 된 게 몇 가지 있다. 그 중 하나가, 뭔가를 생각할 때 입술에 힘을 준다는 것. 뭐랄까? 입술이 오므라들면서 닭똥집 같아진달까?

"뭘 생각하냐?"

"보충수업 끝났다."

음악소리가 들린다.

운동장을 가로지르는데 학생들이 몰려나왔다.

운산고등학교는 남녀공학이다. 쇳가루가 자석에게 끌리듯,

여학생들의 시선이 꽃돌이에게 쏠렸다. 어쩐지 내 어깨가 우쭐해졌다. 꽃돌이는 이번에도 현장에서 빠지기로 했다. 운산고등학교 선생님 중에 경산 유씨 종친이 세 명이나 있단다.

3층 3학년 교무실에는 남자선생이 세 명, 여자선생이 다섯 명이다. 정한호는 유선희보다 한 학년 위라고 했으니까 지금은 서른둘. 폴로셔츠 선생은 아무리 좋게 봐도 쉰은 넘어 보이고, 남은 두 사람 중 하난데, 대머리 선생 아니면, 배불뚝이라……. 얼굴을 밝히는 나로서는 낙심천만이다. 두 분 다 누군가의 첫사랑이라기엔 좀…….

입구에서 가장 가까운 자리의 여자 선생님에게 '정한호 선생님'을 물었다.

"정 선생님 제자?"

오늘 아침 통화한 그 말 많은 선생님인가 보다. 책꽂이에 꽂힌 책으로 추측하건대 영어선생님이 분명하다. 교무실을 휘둘러보더니 내 뒤의 교무실 문을 향해 말했다.

"정 선생님, 제자가 찾아왔어요."

막 교무실로 들어오는 선생님은 머리숱도 빽빽하고, 배도 안 나왔다. 키도 크다. 파란색 셔츠에 청바지, 패션 상태도 그 정도면, 뭐.

"아, 오랜만이다."

목소리도 합격. 근데 오랜만이라뇨?

정한호 선생은 옛날 제자를 상담실로 데려갔다. 앞뒤 창문을 열어놓았는데도 후덥지근하다. 바람 없는 날이다. 정한호 선생이 상담실 냉장고에서 오렌지 주스를 꺼내왔다. 종이컵에 오렌지 주스를 따라주는데, 어찌나 심혈을 기울여 따르시는지, 와인 디켄팅하는 줄 알았다. 그렇게 따른 오렌지 주스를 내 앞에 한 잔, 자기 앞에 한 잔 놓고는 불쑥 말했다.

"잘 지내지?"

자세한 얘기를 하자면 길고 긴 이야기니까 일단은 잘 지낸 걸로 하고. 어떻게 말을 꺼내야 하나? 불쑥 '유선희를 아세요' 할 수도 없고.

그동안 정한호 선생은 소믈리에처럼 주스를 음미했다. 한 모금, 두 모금, 세 모금. 그 정도면 주스 맛이 만족스럽다 싶었는지 고개를 끄덕이기까지 하더니, 또 불쑥 말했다.

"고맙다. 이렇게 찾아와줘서……."

찾아온 이유를 알아도 그렇게 고마울까 싶지만, 그것도 뭐 그런 걸로 치고, 이거 참 첫마디 꺼내기가 되게 어렵다. 이럴 줄 알았으면 유난실한테 따로 전화 좀 해달라고 할걸 그랬나?

그동안 정한호 선생은 다 마신 종이컵에 주스를 리필했다.

"더 마실래?"

나한테도 권하고, 또다시 주스 맛보기 삼매경에 빠지신다. 델몬트 오렌지 주스 없었으면 이 침묵을 어떻게 견뎠을까 싶다. 상담실엔 침묵만이 고고하고, 누가 보면 되게 어려운 상담을 하나 보다 그랬을 거다. 저쪽에서 뭐라고 운을 튕겨줘야 이쪽도 이야기를 꺼내기가 쉬워질 텐데, 정한호 선생 참 과묵하다. 어렸을 때도 그랬을라나?

이 양반, 날 잊어버렸나 싶은 순간,

"근데 이름이……?"

"강무순이라고 하는데요. 저기……."

"강무순…… 강무순……."

이름을 되뇌어보는 정한호 선생.

"미안. 내가 이름을 잘…… 몇 년도 졸업생이지?"

"저기요. 저는 선생님 제자가 아니구요. 죄송합니다. 그게 어쩌다 보니 그렇게 돼서……."

그제야 정한호 선생은 오렌지 주스보다 나에게 집중했다. 다시 한 번 말하지만 첫마디를 꺼내기가 어렵다. 느닷없이 '유선희를 아세요' 할 수도 없고.

"유선희라고 아시죠?"

할 수 없어도 해야 할 때가 있는 법이다. 정한호 선생이 의자에 몸을 기댄다. 안경 뒤 눈이 매서워진 느낌이다. 다른 오해를 하기 전에 서둘러 그동안의 이야기를 했다. 보물상자와 유선희와 목각 인형에 대해.

"유난실이라고…… 친구분 있잖아요. 그분한테 들으니까

선생님이 유선희, 그러니까 그분의 첫사랑이라고……"

정한호 선생은 다시 오렌지 주스를 따랐다.

"아마 유선희…… 그 사람은 이걸 선생님한테 주려고 만든 것 같은데……. 지금이라도 선생님한테 전해주는 게 맞지 않나 싶기도 하고……."

가방에서 '자전거와 소년'을 꺼냈다.

"이거 유선희가 만든 거라구요?"

제자가 아니라니까 존댓말이다. 정한호 선생은 목각 인형을 한참 바라봤다.

"이걸 나한테 전해주러 왔다구요?"

"아, 물론 지나간 일이긴 하고, 또 중간에 그런 일도 있고…… 그래도 옛날 일인 데다가 첫사랑이니까……."

정한호 선생의 미간에 주름이 잡힌다.

"기분 나쁘셨다면 죄송합니다."

"기분 나쁘고 말고 그런 거 아닌데……. 첫사랑이라고 하기도 좀 뭣한 게 편지 몇 번 주고받고, 단둘이 만난 건 딱 한 번뿐이라서요."

"한 번요? 왜요?"

"그게 그냥, 생각하던 거랑 달라서……"

그 얘기는 선생님이 찬 거란 말씀?

"선희도 분명 똑같이 생각했을 거예요. 내가 자기 생각이랑 다르다고…… 그날 이후로 연락 안 한 거 보면."

에에…… 이게 아닌데.

"서점에 갔다가 분식집 갔다가 대략 두 시간 정도 같이 있었는데, 그게…… 그러니까 되게 어색했다고 해야 하나."

무슨 생각이 났는지 정한호 선생이 피식 웃는다.

"그날 분식집에서 김밥이랑 뭔가를 시켰는데 김밥을 안 먹는 거예요. 김밥 싫어하냐고 그랬더니, 먹을 때 입 크게 벌려야 돼서 창피하다고…… 유선희가 그러니까 나도 왠지 김밥 먹기가 그렇구…… 그러고 나서 곧바로 겨울방학 했고, 그게 끝이니까…… 첫사랑이고 말고 그런 정도는 아닌 것 같은데."

추리에 구멍이 숭숭 뚫린다. 주변의 반대고 뭐고 간에 겨울방학 즈음에 깨진 첫사랑의 유품을 8개월 뒤 여름방학에 묻었다? '자전거와 소년'은 나 몰라라 테이블 위에 자빠져 있을 뿐이고.

"유선희는 내가 되게 말도 잘하고 이것저것 척척 알아서 하고 그런 앤 줄 알았나 봐요. 만나보니까 그게 아닌 거고……. 나도 유선희가 되게 적극적이고 활발한 앤 줄 알았거든요. 학교에서도 유명하고, 자기가 먼저 나한테 관심 있다고도 했고, 만나기 전에 편지도 되게 재밌게 쓰고."

잠깐 내 얘기를 하자면, 중학교 1학년 때 일주일 동안 불같이 짝사랑한 남자애가 있었다. 옆반 애였는데, 축구하는 모습에 반했다. 그 남자애가 나타나면 어디선가 샤랄랄라 음악이 깔리는 느낌. 그러던 어느 날 그애가 환하게 웃는데 이빨 사이에 시금치가 끼어 있는 걸 발견하고는 푸시식! 첫사랑의 환상이란 그런 거지.

"그나저나 유선희 얘기, 되게 오랜만에 해보네요."

여기서도 역시 유선희는 볼드모트.

"유선희도 그렇고, 황부영도 그렇고 내가 아는 애들이 두 명이나 그렇게 돼서 되게 놀랐어요. 그런 일은 뉴스에서나 나오는 줄 알았는데…… 그때는 괜히 겁이 나서, 경찰이 찾아올지도 모른다는 생각을 했어요. 경찰이 찾아오면 보여주려고 유선희가 보낸 편지를 한동안 갖고 있었는데, 괜한 걱정을 한 거죠."

"그 편지, 지금도 갖고 계세요?"

"아뇨. 대학 가고, 군대 가고 한참 지나서 찾아보니까 없어졌더라구요."

"혹시 편지에 특별한 얘기 없었어요? 나중에 사건이랑 연결될 만한 단서 같은 거."

"전혀."

정한호 선생, 고개까지 흔든다.

"그냥 아주 일상적인 편지였어요. 수다떠는 것처럼. 학교에서 있었던 얘기, 자기가 읽은 책 얘기, 조금 있으면 남동생이 생길 거라는 얘기……."

"남동생요?"

"아, 양자를 들이기로 했다고. 늘 동생이 있었으면 했는
데…… 이왕이면 이쁜 애였으면 좋겠다고 그림까지 그려 보
냈더라구요. 색칠까지 해서……"

늘 동생이 있었으면 했단 말이지?

정한호 선생이 시계를 본다. 그만 가달라는 제스처. 눈치껏
일어나는데,

"이거 갖고 가요."

'자전거와 소년'을 이쪽으로 민다.

역시 15년 전 첫사랑의 물건은 왕부담인가?

"이거 내 거 아닐 거예요. 이거 나 아닙니다."

확신하는 정한호 선생.

"나는 자전거 못 타요."

제자가 아닌데도, 정한호 선생은 건물 앞까지 배웅나왔다.

아. 하마터면 잊어버릴 뻔했다.

"선생님, 혹시 다임개술이라고 아세요?"

"다임개술?"

다임개술, 다임개술……. 중얼대던 정한호 선생은 고개를
흔들었다. 처음 듣는 말이란다.

운산고등학교는 방학 중 보충수업 때도 교복을 입어야 하

나 보다. 하얀색 셔츠에 체크무늬 치마를 입은 여고생들이 지나가며 정한호 선생에게 인사했다. 유선희가 사라지지 않았다면 저 교복을 입었을까?

정한호 선생이 건물 안으로 들어가고, 엉뚱하게 건물 뒤에서 꽃돌이가 나타났다.

"되게 아저씨네."

어딘가에 숨어서 정한호 선생을 봤나 보다.

"살아 있으면 유선희도 아줌마일걸."

그 말엔 대꾸를 안 하는 꽃돌이.

"뭐래? 부모의 반대로 헤어졌대?"

첫 번째 데이트의 어색함과 침묵에 대해 이야기해줬다.

"진짜? 입 벌리는 게 창피해서 김밥을 못 먹었대? 완전 내숭."

어이없다는 얼굴이다.

편지 이야기를 해줬다. 양자든 뭐든 동생이 생겼으면 하고 바랐다는 편지.

"유선희도 꽃돌이 애호가였나 봐. 이왕이면 이쁜 남동생이었으면 좋겠다고 그랬대."

쳇 하는 꽃돌이 녀석.

"원하는 남동생 이미지를 1번, 2번, 3번 그림까지 그렸더래. 색칠까지 해서. 편지가 남아 있다면 좋았을 텐데. 그치?"

흥 하는 꽃돌이 녀석.

"유선희가 널 봤으면 뭐라고 그랬을까? 이 정도면 괜찮다 그랬을까?"

"알 게 뭐야."

외면하는 꽃돌이 녀석, 귀가 빨갛다.

지나가는 여학생들이 꽃돌이를 흘깃대며 수군거리고 난리다. 뭐, 그 마음 충분히 이해한다. 내 건 아니지만 마음껏 감상하렴.

꽃돌이는 자전거를 끌고 터덜터덜 언덕길을 내려갔다. 내리막이 끝나는 곳까지 내내 말이 없다가 불쑥,

"진짜야? 진짜로 편지에 그렇게 썼대? 남동생을 기대한다고?"

'안 알려주지롱' 하려는데, 꽃돌이 얼굴이 심각하다. 이 분위기에서 농담했다가는 울지도 모르겠다. 그냥 고개를 끄덕여줬다. 꽃돌이는 '가자'라거나 '먼저 간다'라는 말도 없이 자전거에 올라타 달리기 시작했다. 꽃돌이는 쭉쭉 멀어져갔다.

돌아오는 길은 산그늘이 져서 견딜 만했다. 삼거리에 도착했을 때는 6시가 조금 넘은 시간, 먼저 온 꽃돌이는 자전거 안장에 엉덩이만 걸치고 서서 제 발끝을 보는 중.

꽃돌이는 열다섯, 중학교 2학년이다. 제가 어른인 것처럼 굴지만 아직 애다. 솔직하면 지는 거라고 생각하는 어린애. 진짜

감정을 들킬까 봐 입을 쭈욱 내밀고 화난 척하는 꼬맹이. 인생을 아는 누나가 우쭈쭈 해줄 수밖에.

"아이스크림 먹을래?"

마음 같아서는 서른한 가지 맛 아이스크림을 골고루 떠먹여주고 싶지만. 부흥슈퍼 롯데삼강 냉동고에는 선택의 여지가 없다. 나는 레몬맛, 꽃돌이는 수박맛을 골랐다.

부흥슈퍼 글래머 노파는 손님이 와도 인사 따위는 하지 않는다.

"천오백 원이여."

그제야 중요한 사실이 떠올랐다. 내 추리닝에는 주머니가 없다.

"아주 골고루 해요."

하드 두 개 값은 꽃돌이가 냈다. 호두나무 그늘에 앉아 하드를 핥아먹었다. 호두나무 밑에는 그만그만한 공깃돌이 수북하게 쌓여 있다. 공기 집는 남자는 어디 갔나? 그러고 보니 공기 집는 남자와 꽃돌이는 누나가 사라졌다는 공통점이 있다. 둘 다 평범한 인생은 아니라는 점도 비슷하구나.

"마음이 편해졌지?"

꽃돌이가 쳐다본다.

"유선희 말이야. 너 땜에 집 나간 게 아니라는 게 밝혀졌잖아."

꽃돌이가 고개를 숙인다.

자기 잘못도 아닌 일에 죄책감을 갖고 살아간다는 건 어떤 기분일까?

축 처진 꽃돌이 어깨를 툭툭 두드려줬다. 누님의 따뜻한 위로에 뭉클하고 있는 줄 알았는데,

"왜 때려?"

꽃돌이 녀석 맹랑하다.

"유선희가 나 땜에 집을 나갔다고 해도 그게 내 잘못이야?"

"그건 아닌데……."

"누군 뭐 이 집에 양자로 오고 싶어서 왔대? 진짜 억울한 게 누군데? 양자로 왔어도 좀 평범한 집으로 왔으면 좀 좋아. 이상한 집으로 들어와갖고 피곤해 죽겠구만."

툴툴대는 꽃돌이.

"그럼 너 왜 이렇게 열심인 건데?"

"뭐가?"

"유선희 사라진 거에 왜 그렇게 관심이 많은 거냐고. 어제 오늘 일도 아니구 옛날 옛적 일인데……. 네 말마따나 얼굴도 모르는 유선희잖아."

"내가 뭘……"

찌그러지는 꽃돌이.

"나 땜에 집 나간 누나가 마음에 걸렸다고 그냥 솔직하게

말하면 어디가 덧나냐?"

"아니라구."

소리지르는 꽃돌이.

"그럼 뭔데?"

누군 뭐 소리 못 지르나?

"난 그냥 우리 엄마 아버지가……."

어린아이 웃음소리가 들린다.

꽃돌이가 입을 다문다. 다리 쪽에서 유난실의 아들딸이 뛰
어왔다. 이름이 뭐였더라. 송이랑…….

"건주야, 천천히 가."

맞다. 건주! 꼬맹이들은 더운 걸 모르나 보다. 천천히 가라
면서 뒤따라오는 사람은 하늘이다. 먼저 달려온 꼬마들은 부
흥슈퍼 안으로 들어가고, 하늘이는 꽃돌이를 흘깃 보고, 잠깐
머뭇대다가 나를 향해 꾸벅 인사하고는 꼬마들을 따라간다.

"너네 엄마 아버지가 뭐?"

"됐어."

꽃돌이는 그사이 흥분이 식었나 보다. 얼마 안 남은 아이스
크림을 한입에 긁어먹고는 먼 하늘을 본다.

하늘이가 봉지 두 개를 들고 나왔다. 뭐가 들었는지 비닐봉
지의 손잡이가 팽팽하게 늘어났다.

"들어다줘."

"왜?"

"매너."

"남녀평등은 어쩌구."

말은 그렇게 하면서도, 꽃돌이 녀석 나무 스틱을 휙 버리고 일어서더니,

"야!"

부르는 소리에 하늘이가 멈춰섰다. 꽃돌이가 호두나무에 기대놓은 자전거를 가지러 간 사이, 사랑의 훼방꾼이 나타났다. 성냥개비를 닮은 우편배달부가 하늘이가 들고 있던 비닐봉지 두 개를 오토바이 바구니에 실어준 것이다. 그사이 하늘이가 '왜 불렀냐'고 물어보는데, 꽃돌이 녀석은 대답 없이 쌩하고 가버렸다.

"뭘 허고 왔길래 저 모양이라니?"

한여름의 사이클링 덕분에 온몸의 근육이 화들짝 놀랐나 보다. 일어나고 앉을 때마다 '끙끙'소리를 냈더니 홍간난 여사가 핀잔이다. 저녁 먹은 설거지 내일 하면 안 되냐고 했다가 등짝을 얻어맞았다. 설거지를 끝내고 홍간난 여사에게 얻은 파스 두 장을 양쪽 허벅지에 붙였다.

옆으로 누워 잠든 홍간난 여사를 보면 중력이 실감난다. 할머니는 자기 전에 틀니 빼놓는 걸 자주 잊어버린다. 틀니가 입 밖으로 떨어질 듯 말 듯 늘어졌다. 볼살도 늘어지고 입술도 늘

어지고. 뉴턴에게 할머니가 있었다면 사과밭에 갈 것도 없이 안방에서 만유인력의 법칙을 알아냈을 텐데.

수사는 제자리걸음이다. '자전거와 소년'의 정체는 여전히 미궁이고, 다임개술은 뭔 술인지 단서조차 없다. 그렇다고 오늘 하루가 아주 헛수고는 아니다. 우선 유선희가 사라진 이유가 꽃돌이 때문이 아니라는 걸 알게 됐다.

게다가 뜻하지 않은 수확이 있는데, 배지 말이다. 보물상자에 들어 있던 칠이 벗겨진, 위가 뾰족한 오각형의 배지! 꽃돌이의 미모를 흘깃거리던 운산고등학교 여학생 교복 칼라에 붙어 있던 배지도 오각형이었다. 사라진 네 명의 소녀 중 유미숙은 운산고등학교 3학년이었고.

주
마
등

05

큰일이다.

어떻게 해서든 그 물건을 없애버려야만 한다. 기어서라도 돌아가야 한다. 그것을 그대로 둔 채 죽을 수는 없다.

그러나 몸이 움직이지 않는다. 다리는 헛되이 땅바닥을 긁을 뿐이다.

그렇다. 핸드폰이 있다. 누구에게든 전화를 해서 책상서랍 속의 그 물건을 없애달라고 부탁하자.

젠장할, 신호가 가지 않는다. 여기가 통화권 이탈지역이란 걸 깜박했다. 망할 촌구석.

아니다. 바보 같은 짓을 할 뻔했다. 머리가 어떻게 됐나 보다. 지금 그런 전화를 하면 사람들은 오히려 그 물건에 주목할 것이다. 핸드폰이 안 터진 게 천만다행이다.

생각해보자. 생각해보자. 숨을 크게 들이쉬고 내뿜는다. 시야가 조금 밝아지는 것 같다.

어차피 나는 죽을 것이다. 생각해보자. 경찰은 가해자뿐만 아니라 피해자도 조사할 것이다. 책상서랍을 뒤질 것이다. 문제는 그 안에서 발견된 그 물건에 관심을 둘까라는 점이다.

그것은 나 이외의 사람이 보면 하찮은 물건이다. 쓰레기에 가깝다. 다행히 책상서랍 안에는 못쓰는 물건들이 몇 개 있다. 잉크가 떨어진 볼펜이 있고, 고장난 시계도 있고, 한쪽 다리가 부러진 안경도 있다. 기억은 안 나지만 그런 물건들이 몇 개 더 있을지도 모른다. 경찰은 그 물건에 관심을 두지 않을 것이다. 관심을 둘 리가 없다.

아! 하지만 그것은 누가 봐도 내 것이 아니다. 분홍색의 플라스틱 꽃 장식. 그것이 여자아이의 머리핀에 달려 있던 거라는 걸 누군가 알아낸다면 어쩌지? 그 꽃장식이 15년 전의 그 아이 거라는 걸 알아보는 사람이 있다면?

06

여
름
,

우물물을 길으려면
마중물을 부어야지

숨바꼭질하는 꿈을 꿨다. 경산 유씨 종갓집인데 웬일인지 꿈속에서는 다들 재실이라고 했다. 내가 술래였다. 창고문을 여는데 끼익 소리가 났다. 이중선반 위로 빼곡한 밥상들, 상자들이 보이고 더 안쪽에 구두가 보였다. 반짝반짝 빛나는 검은색 에나멜 구두. 레이스 달린 접어 신는 양말! 서울에서 내려온 유선희다. 꿈속의 나는 시골 아이였나 보다. 얼굴 한 번 보려고 종갓집 앞을 서성였는데, 기어코 유선희를 찾아낸 것이다. '찾았다'라고 하는 순간 잠에서 깼다.

가까스로 본 꿈속 소녀의 얼굴이 기억나지 않는다. 검은색 구두, 레이스 달린 하얀색 양말, 노란색 원피스의 봉긋한 소매까지 생각나는데……. 기억나지 않는 꿈은 답답하다. 오줌이나 눠야겠다.

"뭘 이런 걸 갖고 왔댜?"

"별건 아닌디 그냥 맛이나 보라구요."

아침 9시가 조금 넘었다. 서울에서는 남의 집 방문하기엔 턱없이 이른 시간이지만 시골 사람들에게는 식전에 마당 쓸고, 해 뜨거워지기 전에 밭 한 고랑 매고, 아침 먹고 마실 가는 시간쯤 된다. 지금 나갔다가는 온 동네에 '해가 똥구녕을 쳐들 때까지 자는 게으른 삼수생'으로 소문날 거다.

"좀 앉었다 가."

"가야지요. 고추도 따야 되고."

좀만 참아볼까.

"아저씨 그렇게 되구 참 얼마나 허전허시대요."

여기서 말하는 아저씨란 우리 할아버지다. 하긴 말하는 사람에 따라서 아저씨도 되고 오빠도 되고…… 그나저나 아줌마, 가신다면서요?

"말해 뭣혀. 먹어두 먹은 거 같지 않구, 자두 잔 거 같지 않구. 어쩔 때는 이게 꿈인가 생신가 싶기두 허구."

얼씨구. 우리 홍간난 여사, 열녀문을 노리시나.

"왜 안 그렇겠어요."

"아이구. 내 정신 좀 보게. 맨입으로 이러구 있었네."

"아이구, 아녜요. 가야지요."

그럼요. 어서 가서 고추 따셔야죠.

"날이 하도 더우니께……. 마셔봐, 시원헐 겨."

"뭘 이런 걸 다."

간다고 했으면 가든가, 안 갈 거면 말을 말든가. 언행일치를 모르는 아줌마다. 괜히 10여 분 손해 봤다. 더 버티다가는 스물한 살이나 돼갖고 오줌 쌀지도 모르겠다.

"안녕하세요."

벌써 일어나 책 한 권 읽은 것 같은 가뿐한 얼굴로 인사했더니,

"이제 일어났구먼."

홍간난 여사의 고자질.

"이이…… 손녀딸이구먼."

말과 행동이 다른 아줌마는 눈가에 주름이 자글자글하다. 끝을 길게 빼는 목소리가 애교스러워서 좀 더 젊은 줄 알았는데 거의 할머니에 가깝다.

"이쁘게 생겼네."

다시 보니 웃는 주름이라, 아주머니 인상이 참 좋다. 나는 절대 오줌 마려운 사람이 아닌 것처럼 화장실을 찾아가는데.

"이쁘기는 뭘, 게을러 터져갖고, 한나절까지 뒹굴대는 다…… 보고 있으면 복장이 터져."

"젊은 사람들이 다 그렇죠. 우리 미숙이만 해도……"

말이 뚝 끊겼다. 손님도 주인도 침묵을 메우지 못했다.

"내 정신 좀 봐. 고추 따다 말고 와서는……. 그럼 계세요."

누가 보면 저 아줌마가 오줌 마려운 줄 알겠다. 인사할 틈도 주지 않고 가버렸다.

오줌 누고 왔더니 홍간난 여사는 벌써 밭에 나가고 없었다. 그날 저녁이 돼서야 유미숙에 대해 물었다.

"미숙이? 미숙이 얘기 뭐?"

"그냥 어떤 사람이었냐구."

"밑도 끝도 없이 물어보면 뭐라고 그런다니……."

그래놓고는 그 말이 바닥에 떨어지기도 전에,

"없어진 애 흉보긴 그렇지만서두, 미숙이 걔는 싹수가 노랬어. 그게 다 저의 어매 아배가 매를 아껴서 그런 거여."

말했다시피 유미숙은 무남독녀 외동딸이었다. 그것도 시집 온 지 10년이 넘어 얻은 귀한 딸. 부모가, 특히 유미숙 아버지가 얼마나 애지중지했는지 말도 못할 지경이었단다.

"애기 때는 그 집 아배가 얼마나 안고 다녔는지, 돌이 되도록 걸음마를 못 혔어. 하나밖에 없는 딸 앉은뱅이 만들겠다고 그런 말이 나왔으니께."

또 다른 얘기는 없냐고 했더니,

"한번은 씨받으려고 양파꽃을 남겨놨어. 근디 미숙이가 우리 집 양파꽃을 똑똑 다 꺾어놓은 거여. 세상 물정 모를 때도 아니여. 가방 메고 학교 다닐 때니께 앤간히 커서지. 내가 뭐라고 싫은 소리를 했더니, 미숙이 엄마가 뭐라고 그런 줄 아니? 철모르는 애가 그런 걸 갖고 뭐라 그런다고, 양파씨 사다주면 되지 않냐고…… 어매 아배가 그렇게 물러터지니께 딸년이 그 모양이었지."

잔뜩 욕을 해놓고는 좀 그랬는지,

"그래도 걔가 근본이 나쁜 애는 아니여. 그 집 부모네도 그렇구. 근디 미숙이는 왜 갑자기?"

내가 궁금한 건 유미숙의 인간성에 관한 부분이 아니다. 나와의 관계. 즉, 유미숙과 여섯 살 강무순은 함께 보물상자를 묻을 만한 사이였을까?

"말이 된다니? 걔는 말만헌 처녀애고 너는 요만한 꼬맹인디 서로 어울렸겠냐? 오며가며 얼굴이나 알았으려나?"

내 생각도 그렇긴 하다. 그렇다면 이 배지는 왜 거기 들어 있던 걸까?

"네까짓 게 암만 생각헌다고 해결이 날 거 같어? 그 똑똑허다는 사람들이 숱하게 달라붙어서 찾었는디도 신발 한 짝을 못 찾었는디. 무슨무슨 박사, 높은 자리 경찰들, 테레비 나오는 사람들. 나중에는 무당까지 와갖고는…… 누구는 딴 세상으로 끌려갔다 그러고, 누구는 바다 한가운데 있다 그러는 사람도 있었고. 목사댁은 자기 딸이 하늘에 가 있다고 안 그러냐."

"하늘?"

"별 말이여. 별. 시래스라나 시래기라나 꼬부랑말인디. 막내딸이 외계인이랑 거기서 산디야."

아, 목사관 벽에 붙어 있던 별자리 사진!

지난번 사모님이 그랬다. 예은이랑 가끔 내 얘기 한다고. 내가 이름을 착각한 게 아니었다.

"지금도 딸이랑 수시로 얘기헌다잖아, 산에 올라가서."

"산?"

"그려, 종갓집 뒷산. 산에 올라가면 더 잘 들린댜. 별이랑 가차워서."

세상에. 조예은이 가 있다는 별이 어딘지는 모르겠다만, 지구와 그 별과의 거리를 생각하면 산에 올라가는 건 태평양에 물 한 방울 더하는 것만큼도 효과가 없을 텐데.

"너도 들어봤을 텐디…… 한밤중이 우우우 허고 개처럼 우는 소리 안 들리디?"

"에? 그거 여우 소리 아니었어?"

"요즘 세상에 여우가 어딨다니? 별소리를 다 듣겄네."

"난 여우 소린 줄 알았는데…… 밤중에 산에 가서 울면 동네 사람들이 뭐라고 안 해?"

"불쌍한 사람보구 뭐라 그런다니?"

"무섭기도 하구, 밤에 잠도 못 자고 미친 사람이 돌아다니면……."

얼마나 세게 맞았는지 머리에서 '딱' 소리가 났다. 호두 깨질 때 나는 소리 말이다.

"미친 사람이 뭐냐, 미친 사람이……."

숟가락을 흔들며 야단하는 홍간난 여사. 미친 걸 미쳤다고도 못하는 세상.

"한밤중에 산에 가서 우는 거 말고는 암시렁도 안혀."

그게 미친 거지, 뭐.

"사모님이 그러고 다니는데 목사님은 가만히 있어? 병원에 안 데려가?"

"가만히 안 있으면 어떡헌다니? 죽은 사람이……."

조예은이 사라지고 일 년쯤 있다가 목사님은 물에 빠져 죽었단다. 전남 어딘가 고아원에 조예은이랑 꼭 닮은 여자애가 있다고 해서 보고 오는 길이었다. 물론 그 아이는 조예은이 아니었다. 사람들은 자살이라고 수군댔단다.

"아니여. 예수쟁이는 자살허면 안 된다며. 그러니께 그건 아니지. 물귀신헌테 홀린 거여. 그 저수지에 물귀신이 산다고 그전부터 그랬으니께."

홍간난 여사 진지하다.

"물귀신은 말이여, 다른 혼을 잡아다가 그 자리를 채워놔야 그 자리를 뜰 수 있다는 거여. 그러니께 사람이 한번 빠져 죽은 물에는 계속 사람이 빠지는 거지."

귀신이 들을까 봐 그러는지 목소리까지 낮춰서 속삭이는데, 홍간난 여사에 의하면 두왕리에 여우는 없어도 귀신은 확실히 있는 셈이다.

"어이구, 몇 시라니?"

홍간난 여사가 흠칫 놀라 텔레비전을 켰다. 드라마가 막 시작하려는 참이다. 정말이지 귀신이 따로 없다.

다음 날 꽃돌이에게서 전화가 왔다. 재실에서 보잔다. '이 더위에 거기까지 왜 가냐' 했는데, 단언컨대 두왕리에서 가장 시원한 곳은 재실일 것이다. 바람이 지나는 길이란 게 있긴 있나 보다. 쉴 새 없이 바람이 불었다. 그 바람에서 소나무 냄새가 났다.

함덕재含德齋. 재실 이름이란다. 재실은 'H'자 모양인데 중앙이 제사를 지내는 마루고, 오른쪽은 제사 지내는 사람들이 쉬는 방, 왼쪽은 물건을 보관하는 창고란다. 문화재청장이 세워놓은 표지판에 있는 거니까 틀림없다. 건물 앞에는 잔디밭이 있는데, 축구까지는 아니어도 족구 정도는 충분한 크기다.

옛날에는 여기가 마을 아이들의 놀이터였단다. 넓고, 환하고, 방해하는 어른들 없고 애들이 놀기에는 최고였을 거다. 제사 지내는 건물에서 아이들이 시끄럽게 구는 걸 경산 유씨 종가에서야 싫어했겠지만, 애들이야 말리면 말릴수록 더 하려고 드는 종자니까. 지금은 뛰어놀 아이들도 없고, 있다고 해도 공부하기 바빠서 놀 틈도 없겠지.

"알아보겠어?"

꽃돌이가 재촉한다.

꽃돌이는 유미숙의 사진을 확보하려고 방학 중에 학교까지 갔다 왔단다. 인터넷에서 찾은 옛날 신문에 실린 사진을 프린트해 왔다. 그 열정을 봐서라도 '기억이 나'라고 하고 싶지만, 신문에 난 흑백사진의 해상도로는 유미숙은커녕 조예은도 못 알아보겠다. '사라진 소녀들은 어디에'라는 제목하에 네 명의 사진이 조르륵 나왔는데 내 기억 속 조예은은 뭐랄까, 훨씬 더 언니였는데 흑백사진 속 조예은은 어리둥절해 보이는 여덟 살 꼬마일 뿐이다.

배지가 유미숙 것일 수도 있다는 말을 한 뒤로 꽃돌이는 다시 불타오르기 시작했다.

"젖니 말이야. 그거 진짜 아줌마 꺼 맞어? 조예은 거일 수도 있잖아."

꽃돌이 탐정의 추리에 의하면, 네 명의 소녀가 단체로 사라지기 전, 다같이 모여 보물상자를 묻었다는 거다. 유선희는 '자전거와 소년'을, 유미숙은 학교 배지를, 조예은은 젓니를.

"황부영은?"

"뭔가 넣었는데, 15년이 지나는 동안 사라진 거야."

"예를 들면?"

대답 못하는 꽃돌이, 한참 있다가 말했다.

"아, 그거야. 보물상자. 그 보물상자가 황부영 거야. 그럼 말이 되잖아."

"그럼 나는 왜 거기 있었던 건데?"

"아줌마도 없어질 계획이었는데, 뭔가 착오가 있었던 거지."

"그럼 난 뭘 묻었는데?"

"몰라. 내가 어떻게 알어."

꽃돌이 녀석, 궁지에 몰리니까 화를 낸다.

"안 바쁘냐? 학생! 학업은 손 놨어? 너무 쓸데없는 데 열과 성을 다하는 거 같다."

지당하신 말씀이라 할 말이 없나 보다.

꽃돌이 녀석, 슬그머니 일어나더니 방마다 돌아다니면서 문을 열어젖힌다. 뭐하는 거냐고 물었더니, 습기 많은 여름철에는 그렇게 통풍을 시켜줘야 곰팡이가 슬지 않는단다.

대청마루에 누워 먼 산을 보고 있자니 바람이 지나가는 게 보인다. 도미노처럼 나무가 누웠다 일어난다. 흔들리는 나무가 없다면 바람이 지나는 걸 몰랐을 거다.

"여자가 아무데나 눕고 말이야."

문 열기를 끝낸 꽃돌이가 신발을 신는다.

"네가 드디어 날 여자로 보는구나."

"주책이 갈수록 여물어요."

사방에서 매미는 울고, 바람은 시원하고.

"아. 경산 유씨 조상 덕을 진주 강 씨가 보는구나."

꽃돌이는 마당가 수도꼭지에 호스를 연결하더니 잔디에 물을 줬다. 화보가 따로 없다. 물줄기는 반짝거리고, 잔디는 파랗고, 꽃돌이는 상큼하다.

"일어나. 그만 가."

"조금만 더 있다가."

꽃돌이 녀석, 내 쪽을 향해 호스 끝을 들이댄다. 수공水攻이다. 버틸 재간이 없다.

"큐레이터가 뭔지 알어?"

언덕을 내려오면서 꽃돌이가 물었다.

"유선희 장래희망이 그거더라구. 큐레이터."

산내중학교 도서관에는 옛날 학급 문집이 남아 있는데, 거기서 봤단다.

"뭔가 버터 냄새 나는 장래희망이구만."

"유선희는 엄마 닮았나봐. 생긴 것도 그렇고, 그림 잘 그리는 것도 그렇고."

유선희 얘기를 할 때 꽃돌이 녀석의 입술은 볼만하다. 좋아하는 걸 들키지 않으려고 실룩거리는 느낌? 유선희가 사실은 양자를 기대했다는 걸 알고부터 저렇다.

"유선희 3년 동안 특별활동이 미술부였더라고. 공부도 꽤 했어. 국어를 잘했어. 영어도 좀 하고."

"너는 어떤데? 너도 그림 잘 그리냐?"

"바보냐? 데려온 아들이 뭘 닮어?"

"환경적 요인이라는 것도 있어."

픽 웃는 꽃돌이.

"유전적으로 따지면 난 공부 되게 잘해야 되는데. 내 친아빠는 박사래."

"친아빠가 누군지 알어? 부모님이 얘기해줬어?"

"아니. 종친회 회의할 때 들었어."

"언제 알았냐? 네가 그……."

"데려온 애라는 거? 그냥 알았어. 아주 어렸을 때부터."

출생이 비밀이 되는 건 드라마뿐인가?

꽃돌이는 종갓집으로 들어갔다. 오늘부터 학원에 간단다.

유미숙네 집은 오늘도 대문이 닫혀 있다. 담은 높고 대문은 닫혀 있고, 안에 사람이 있는지 없는지 알 수가 없다. 혹시나 해서 대문을 밀어보는데 오토바이 소리가 들린다. 빈집털이로 오해 살라. 서둘러 자리를 떴다. 우편배달부가 나를 앞지른다.

하긴 유미숙의 엄마 아빠가 집에 있다고 해도 문제다. 어쩌다 딸 이름만 나와도 불에 덴 것처럼 놀라는 사람에게 '이 배지가 댁의 따님 건가요?' 물어볼 수는 없을 것 같다.

다리에서 바라보면 저수지가 보인다. 논 한가운데 있는 제법 큰 저수지다. 목사님이 빠져 죽었다는 곳. 목사님이 물에 빠지기 20여 년 전, 우리 아빠 강남수 씨도 이 저수지에서 죽을 뻔했단다. 우리 아빠 초등학교 5학년 때란다.

당시 여름이면 동네 애들이 저수지에 모여 놀았단다. 그날도 조오련처럼 멋지게 개헤엄을 치고 있는데, 차갑고 미끌거리는 손이 종아리를 휘어잡더란다. 걷어차도, 발버둥쳐도 떨어질 줄 모르고 점점 밑으로 빨려 들어가는데, 얼핏 저수지 바닥을 바라보니 시커멓고 진득한 어둠 속에 빨간 눈이 자기를 보고 있더라나. 그 뒤로는 기억이 없다고. 그다음은 차마 뛰어들어 구하지는 못하고 발만 동동 구르던 친구들을 통해 들었단다. 당시 두왕리에는 구남이라는 동네 바보가 있었다. 자기 나이가 몇 살인지도 모르는 바본데, 그때는 어찌나 빠릿하던지, 달려오자마자 물에 뛰어들어 역시 개헤엄으로 죽기 직전의 강남수 어린이를 구해냈단다. 논둑에 널브러진 두 사람 다 물을 어찌나 먹었던지 배가 뽈록하더란다. 어쩌면 앞뒤 계산

없는 바보였으니 겁 없이 뛰어들었던 건지도 모르겠다.

그날 이후, 친구들이 '구남이 자지 왕자지'라고 놀릴 때도, 우리 아빠는 입을 꾹 다무는 걸로 의리를 지켰다고 한다. 아빠의 생명의 은인 구남이는 그후 10여 년을 더 바보로 살다가 죽었단다.

그때 구남이가 우리 아빠를 구해내지 않았다면 어떻게 됐을까? 나는 세상에 있었을까? 아빠에게는 그 이후로도 두세 번쯤 죽을 고비가 더 있었는데, 고등학교 때 친구 오토바이 타고 가다가 죽을 뻔, 군대 있을 때 고문관 수류탄에 죽을 뻔했단다. 우리 엄마도 한두 번은 죽을 뻔했을 테고, 할머니, 할아버지, 그 위의 할머니 할아버지들도 죄다 그럴 텐데……. 그러고 보면 내가 지금 여기 있다는 건 어마어마한 기적이다. 지구상에 단백질이 처음 생겨나고, 생명체가 등장하고, 물속 생물이 육지생활을 시작하고, 원숭이를 거쳐 인류가 등장해 강무순에게 전달될 때까지 나의 DNA는 수억 년을 무사고 배달된 셈이다. 그 숱한 죽을 뻔한 고비를 숱한 행운과 숱한 구남이들의 도움으로 이겨낸 위대한 기적. 생존하는 모든 생물은 기적의 결과물이다! 말해놓고 보니 무슨 사이비 종교 지도자 같구만.

저수지 한쪽에 표지판이 서 있다. 운산 경찰서장이 세워놓은 거다. '익사사고가 잦은 지역이니 여름철 물놀이를 금합니다.' 홍간난 여사에 의하면, 목사님이 빠져 죽은 다음에 세운 표지판이란다. 버스 정거장은 삼거리에 있고, 교회는 저수지와 반대쪽이다. 전남 고아원에 갔던 목사님은 왜 집으로 가지 않고 반대쪽 저수지로 향했을까? 알고 보면 별거 아닌 이유일지도 모른다. 집에 들어가기 전에 동네를 한 바퀴 둘러볼 생각이었는지도 모르고, 느리실 쪽에 볼일이 있었는지도 모르고.

진짜로 물귀신에 홀린 건지도 모른다. 우리 아빠를 놓친 물귀신은 20여 년을 절치부심, 기어코 목사님을 잡은 건지도. 그다음엔 어떻게 됐을까? 목사님은 다른 사람을 잡아다가 놓았을까? 아니면 아직 여기 있을까?

이 생각 저 생각 하다가 고개를 들었더니, 논에서 일하던 사람들이 빤히 쳐다보고 있다. 물귀신이 사는 저수지 주변을 어슬렁거리는 말만한 처녀가 걱정돼서 보는 건지, 아니면 다들 일하는데 혼자 신선놀음하는 새파랗게 젊은 것이 미워서 쳐다보는 건지.

오늘은 삼거리에 황일영이 나와 있다. 언제나처럼 혼자 공기를 집는다. 저 사람도 분명히 수억 년 동안 무사고 배달된 DNA의 기적일 텐데.

동네 바보도 물귀신 같은 걸까? 한 바보가 떠나면 또 다른 바보가 나타나야 하는 그런 것. 마을이 정상적으로 돌아가려면 비정상의 인물이 하나는 있어야 하는 걸까? 뭔가 근원적 균형을 잡기 위해서…….

철학을 할 때가 아니다. 기적이고 근원적 균형이고 간에, 당장 삼거리를 통과해야 한다. 바보 용을 어떻게 지나간다? 꽃돌이 녀석, 여기까지만 데려다줄 것이지.

자기최면을 걸어본다. 괜찮다, 괜찮다! 지난번엔 정보 없이 맞닥뜨려서 당황한 거고, 황일영은 그냥 바보일 뿐이다. 해치지 않는다. 다행히 황일영은 반대쪽을 보고 있다.

갑자기 황일영이 벌떡 일어난다. 들킨 걸까? 아니다. 황일영의 관심을 끈 건 길바닥에 떨어진 어떤 것, 황일영이 주워들어 살펴보는 저 유리처럼 반짝이는 건…… 유리조각이다. 황일영은 유리조각을 복주머니 속에 집어넣었다. 까마귀도 아니고 유리조각을 왜 모으는 거지? 상관하지 말자. 바보가 하는 일을 이해하려 하지 말자. 지금은 삼거리를 통과하는 데만 집중하자. 기척을 죽인 채 닌자처럼 지나가는 거다. 상급 닌자가 되어 소리없이…….

"공기 집자."

이런, 내공이 부족한 것이다.

"나랑 공기 집자."

'싫다'라고 단호히 소리쳤다. 그런데 안 들린다. 마음의 소리였나 보다. 황일영은 다가오고, 마음은 급하고, 스텝이 꼬였다. 절체절명의 순간에 내 발에 걸려 넘어지다니!

"다쳤어? 응? 응?"

황일영이 손을 내민다. 금방이라도 내 몸에 손을 댈 것 같아 팔다리를 버둥거리는데,

"일영아!"

언제 나왔는지 부흥슈퍼 글래머 노파가 무서운 얼굴을 하고 있다.

"싫대잖어."

황일영은 히잉 하며 돌아섰다.

어떻게 일어나 어떻게 뛰어왔는지 정신이 들었을 땐 교회 앞이다. 그제야 무릎에서 피가 난다는 걸 깨달았다. 다쳤다는 걸 몰랐을 땐 아픈 줄도 몰랐는데, 피를 보자 절뚝거릴 만큼 아프다.

그러고 보니 여섯 살 때도 무릎을 다친 적이 있다. 뭐 하고 놀다가 그랬는지 무릎에서 피가 철철 났다. 그때 교회까지 나를 업고 온 것은 예은이 언니였다. 아! 예은이 언니는 말로만 언니 노릇한 게 아니었구나. 약을 바르고, 반창고를 붙여준 것은 사모님이었다.

"흉지면 안 되는데…… 우리 무순이 치마 입어야 되는데……."

흉은 지지 않았다.

뚝딱거리는 소리가 들린다. 탱자나무 위로 목사관 지붕이 보이는데 사람이 움직인다. 아저씨라기엔 뭣하고 할아버지라

기엔 미안한 얼굴, 유미숙 아빠다. 지붕을 고치는 모양이다. 태풍이 온다고 어제 저녁 뉴스에서 그랬다. 제주도 남쪽바다에서 미적거리던 태풍이 드디어 오나 보다. 강풍을 동반한 호우가 예상되니 집집마다 태풍피해에 대비하라고 기상 캐스터가 걱정했었는데.

"일영이가 뭐가 무섭다고 참…"

소독약을 바르고 밴드를 붙이는데 홍간난 여사가 혀를 끌끌 찬다.

"너 여섯 살 적에는 일영이랑 놀기도 허고 그랬어. 기억 안 난다니?"

"내가? 거짓말."

"뭐하러 거짓말헌다니? 조 목사 막내딸이 학교에서 올 때까지 일영이랑 놀았잖어. 삼거리서."

일영이랑 내가? 호환마마보다도 무서운 그 일영이랑? 도대체 여섯 살 강무순은 어떤 아이였던 걸까? 당최 알 수가 없다.

유미숙 아빠가 목사관 지붕을 고치고 있더라고 했더니,

"해마다 그러는걸, 뭐."

언젠가 교회 뒤쪽에 큰 나무가 쓰러져 있는 걸 치워준 것도 유미숙 아빠였고, 문짝이 고장 나 열고 닫을 때마다 애를 먹었는데 그걸 고쳐준 것도 유미숙 아빠란다. 교회의 깨진 유리창에 널빤지를 대고 못을 쾅쾅 박은 것도 유미숙 아빠고.

"그러게 과부사정은 홀애비가 안다고 그러지 않냐. 같은 일을 겪은 사람들끼리 의지가지허고 사는 거지."

같은 불행을 겪은 사람들끼리의 공감대 형성이란 얘긴데, 그렇지만 유미숙네랑 종갓집이랑은 사이가 안 좋은 것 같던데……

"두 집이 그렇게 된 것도 알고 보면 다 그 일 때문이여."

15년 전, 사건이 터지고 난 뒤 없어진 집 애들 엄마 아빠는 물론 동네 사람들까지 힘을 모아 회의도 하고 전단지도 만들고 뉴스에도 나오고 그랬단다. 근데 종손은 따로 행동을 했단다.

"내 생각에는 그려. 떠르르하는 종갓집 딸내미가 집 나갔다더라 그런 소리가 듣기 싫어서 조용히 찾을라고 그런 거지. 그때 종손이 자주 집을 비웠어. 누구 말에는 국회의원을 만나서 사정 얘기를 헌다, 경찰 높은 사람을 만나서 특별히 부탁을 헌다는 소리도 있고. 그러니 미숙이 아빠가 오해를 헌 거여. 자기 딸만 찾을라고 그런다고."

사건이 일어나고 일주일쯤 뒤였다. 어디를 갔다 왔는지 집을 비웠던 종손이 돌아오는 길목을 지키던 유미숙 아빠가 멱살을 잡은 거다.

"그때는 정말 깜짝 놀랐어야. 그전까진 미숙이 아빠가 종손을 얼마나 어려워했간. 열 몇 살이나 많은데도 꼬박꼬박 존댓말허고, 집안의 큰어른 대접을 허구……. 그런데 그날은 눈이

홱 돌아갖고는 멱살을 이렇게 잡고서 '시발놈아. 네 딸만 찾을
거냐? 네 딸만 귀허냐? 어디 네 딸만 찾았단 봐라. 네 집구석
에 불을 싸지를 테다!' 소리소리 지르는디. 착한 사람이 화나
면 더 무섭다는 말이 맞는 말여."

그때부터 두 사람은 같은 자리에 앉지도 않는단다. 불행은
그렇게 일상을 무너뜨린다. 아니다. 일상이 무너지는 게 불행
일지도.

태풍은 또 소리없이 지나갔다. 전국이 물난리라는데 두왕리
만 가뭄이다.

"호미질헐 때마다 흙먼지가 폴폴 나."

땅이 메말라서 배추씨도 못 뿌리고, 들깨모종도 못하고, 심
심해진 홍간난 여사는 낮잠 자다 일어나 절친 재경이 할머니
네 마실을 갔다. 지난번에 홍간난 여사 집에서 화투를 치는데,
점 10원짜리가 얼마나 치열하던지, 그날 밤 재경이 할머니가
패를 속인 것 같다고 의심하는 거다.

"음흉한 할망구, 걸리기만 해봐라."

오늘은 땄는지 별말이 없다.

저녁밥상에 처음 보는 나물반찬이 올라왔다. 한 젓가락 먹
었다가 죽는 줄 알았다. 쓰기가…….

"씀바귀니께 쓴 게지."

홍간난 여사, 켈켈 웃는다. 기분 좋은 걸 보니 많이 땄나 보다.

"너의 할아버지가 생전 이걸 그렇게 즐겨 자셨는디, 이젠 죽고 없으니 내가 먹어야겄다."

밥숟가락 위에 나물을 서리서리 올려놓고는 턱이 빠지도록 집어넣는 거다. 미망인께서 참 복스럽게도 드신다. 그러더니 뜬금없이 말했다.

"입맛도 변하는 게여. 재경이네 갈라고 미숙이네 집 앞을 지나는디. 네가 요새 유미숙이, 유미숙이 노래를 불러쌌잖어. 생각난 김에 그 집 어매가 집에 있나 허구 들어가 볼라고 허는디 대문이 잠겨 있더란 말이여. 두왕리서 대문 잠그고 사는 집은 그 집뿐일 겨."

유미숙이 그렇게 되고부터 대문을 잠그고 산단다.

"옛말에도 있잖니? 소 잃고 외양간 고친다구. 딸 잃어버리고 대문을 잠그는 게지. 아무튼 대문을 밀치락달치락허다가 안마당에 늙은 호박 있는 걸 봤어."

"그게 뭐?"

"그 집 아배가 호박은 애호박이고 늙은 호박이고 쳐다도 안 본다고, 아배가 안 먹으니께 자연 자기도 안 먹게 된다고 그랬거든. 호박 안 심은 지 몇 년짼지 모르겠다고."

홍간난 여사 저 총기로 공부를 했다면 못해도 고시합격은 했을 거다. 두왕리 집집마다 경조사 꿰는 건 물론이고, 입맛까지 빠삭하다. 유미숙네 이야기를 하다 보니 8시 20분이다. 신데렐라에게 12시와도 같은 절대시간.

"그 오살헐 놈이 죗값 받는 꼴을 봐야 속이 시원허겠는
디……."

오살할 놈이란 드라마 속 악의 축 기획실장을 가리키는데,
그 말을 끝으로 홍간난 여사는 드라마월드로 들어가버렸다.

주
마
등

06

~~~~~~

아. 진작에 버렸어야 했다.

사실 몇 번이나 버리려고 했었다. 하지만 그것을 버리기 위해 책상서랍을 열기도 전에 나는 이미 알고 있었다. 절대로 그럴 수 없으리라는 걸.

그러던 중에 영화를 봤다. 사람을 홀리는 반지에 대한 영화. 그 반지를 갖게 된 사람은 점점 미쳐간다. 반지 이외에는 생각할 수가 없다. 얼굴도 점점 괴물처럼 변해간다. 나중에는 그가 반지를 갖는 게 아니라 반지가 그를 소유하게 된다.

영화를 보면서 생각했다. 나는 그 괴물을 닮았다. 괴물이 반지를 쓰다듬는 것처럼 나는 플라스틱 꽃을 쓰다듬곤 했다. 그러면 그날이 생각났다. 내 인생 가장 소중하고, 아름답고, 행복했던 하루.

그날의 바람이 기억난다. 그날의 하늘도 생각난다. 그리고 그날의 그 아이. 어떤 추억은 너무 선명해서 그후의 날들은 빛을 잃기도 한다. 그날로부터 15년이 지났지만 나는 그 세월을 산 것 같지가 않다. 내 시간은 그날에 멈췄다. 그날 이후의 날들은 그날을 추억하는 데 필요했을 뿐이다.

그렇다. 반지가 괴물을 소유하듯 추억이 나를 먹어버렸다.

플라스틱 꽃은 그날의 유일한 기념품이다. 그러니 어떻게 내가 그것을 버릴 수 있단 말인가.

만약 그 플라스틱 꽃이 지금 내 손에 있다고 해도 나는 차마 그것을 버리지 못할 것이다.

07

여
름

,

여우비 내리는데
장가는 호랑이가 고

"구더기가 득시글득시글헐 테지."

일기예보는 또 빗나갔다. 강풍을 동반한 호우 대신 봄비 같
은 비가 추적추적 내렸다. 홍간난 여사의 말을 빌리자면 '게으
름 피우기 딱 좋은 비'였다. 그 좋아하는 밭매러도 못 나가고,
대청마루에 모로 누워서 비 구경을 하던 홍간난 여사, 느닷없
이 구더기 이야기를 꺼낸다.

"언젠가여? 그게…… 느이 아빠 군대 갔을 땐디. 휴가 나온
다는 소릴 듣고 돼지고기 끊어놨어. 그런디 뭣 때문인지 느이

아빠가 휴가를 늦게 나온 거여. 그때야 냉장고가 있었다니. 양은 종이에 싸서 뒤란 항아리 속에 둔 걸 깜빡허구 있다가, 느이 아빠가 집에 오고 나서야 아 참 싶었지. 항아리 뚜껑을 열어봤더니 하얗게 구더기가 슬어갖고는…… 으이구, 징그러. 느이 할아버지도 지금쯤 그렇게 됐을 겨."

무슨 얘긴가 했다. 추적추적 내리는 비를 보고 센티멘털해져서 돌아가신 영감님 생각이 나신 것 같다. 할아버지 돌아가신 뒤 처음 보는 미망인다운 모습.

그러고 보니 어제 저녁 밥상에 밥그릇이 세 개가 올라왔다. 밥주걱을 든 홍간난 여사를 쳐다봤다.

"아이구, 내 정신 좀 봐. 이게 어디 산 사람 정신이라니. 한짝 발은 관 속에 넣고 사는 거나 마찬가지여."

이제까지는 너무 아무렇지 않아서 이상했는데, 아무러하니까 그건 또 그것 나름대로 걱정이다. 대청마루에 모로 누운 미망인, 홍 여사의 눈이 빗줄기 너머 먼 곳을 헤맨다.

노인들 얼굴을 가만히 들여다본 적이 있는가? 무표정일 때도 슬퍼 보인다. 어쩔 땐 웃어도 슬퍼 보인다. 홍간난 여사에게도 희로애락이 있을 것이다. 속상하고 울고 싶고 누군가 보고 싶어서 손끝 하나 까딱하기 싫을 때가 당연히 있을 것이다. 절대 그럴 리 없다는 걸 알면서도 할머니는 날 때부터 할머니인 것만 같았다. 이 늙은 사람도 한때는 누군가의 아기였고,

어린 동생이었고, 사랑이었던 때가 있었다는 게 상상이 되질 않는다. 그러나 나도 이렇게 늙어갈 것이다. 절대적으로 늙어갈 것이다. 0.001퍼센트의 예외도 없다. 그러니까 홍간난 여사는 나의 미래다. 예정된 슬픈 미래. 아니다. 아주 운이 좋아야 맞이할 수 있는 미래다. 온갖 불행한 사건사고를 피해 무사히 늙어야만 맞이할 수 있는 미래!

홍간난 여사의 쭈글쭈글한 입술이 움찔거린다. 할아버지 생각에 울음이 복받치나 보다. 어쩐지 마음이 짠해져서 홍간난 여사의 손을 잡았다. 그랬더니 우리 홍간난 여사, 울음 대신 하품을 터뜨리면서 하는 말.

"입도 심심헌디…… 부침개나 부쳐 먹을까?"

방금 구더기 얘기하더니 부침개란다. 사춘기 소녀도 아니고 기분이 널을 뛰는데, 당최 어느 장단에 맞춰 춤을 춰야 하는지, 원.

홍간난 여사는 뒷마당에서 부추를 뜯어오고, 파란 고추 빨간 고추, 골고루 따다가 부침개를 부쳤다. 부침개 두 장을 따로 접시에 담더니,

"목사댁한티 주고 와."

"별것도 아닌 걸 뭐 하러 갖다줘."

"목사댁이 너한티 얼마나 잘했는디……. 그 생각을 해봐, 이것아."

그 생각을 하니까 좀 더 좋은 걸 갖다주고 싶은 거다. 예를 들면…… 피자? 하다못해 팬케이크라도.

목사관 대문은 잠겨 있다. 비 오는데 어디 가셨나?

목사관 지붕은 주황색인데 새로 끼운 슬레이트 지붕만 색깔이 다르다. 짙은 회색이라 거기만 구멍이 뚫린 것 같다. 그래도 비는 새지 않을 거다. 이왕 발 적시고 나온 거 다시 갖고 들어가기도 뭣하다.

예상대로 삼거리는 비어 있다. 공기 집기는 우천으로 취소된 모양이다.

마을이 빈 것처럼 조용하다. 유미숙네 집 빨간색 지붕은 비에 젖어 오래된 핏빛이다. 대문은 닫혀 있다. 그 안에서 '참기름 짜다놓은 거 어디 됐냐?' 묻는 소리가 들린다. '소금독에 없어요?' 대답하는 소리.

'안녕하세요' 하면서 밀었더니 문이 열린다. 뒤축이 낮은 구두를 닦던 유미숙 엄마가 깜짝 놀라 쳐다본다.

"할머니가 날구지했다고…….."

접시를 내밀었다.

"노인네가 해다 주는 걸 젊은 년은 앉아서 받아먹고, 경우가 그러네, 참."

하긴 뭐, 홍간난 여사에 비하면 젊기는 하지만서도. 늙고 젊음이 상대적이라는 걸 새삼 깨닫는다. 유미숙 엄마는 접시 내

준다면서 부엌으로 들어갔다. 늘어놓은 것 없는 마당이 넓다. 홍간난 여사의 집 마당에는 호미. 괭이. 바구니…… 그외 이름을 알 수 없는 물건들이 죄다 나와 있는데.

홍간난 여사가 봤다는 늙은 호박은 안 보였다. 마루 끝에 보약상자가 있고, 좀 전까지 유미숙 엄마가 닦던 여자구두가 신문지 위에 올라앉았는데, 그 옆에는 이미 닦은 남자구두가 가지런히 놓여 있다. 집 안을 둘러보는데 방문 위에 액자가 조르륵 걸려 있다.

사극에 나올 것 같은 양반 모자를 쓴 할아버지와 할머니 사진, 그리고 작은 사진을 다닥다닥 붙여놓은 액자가 하나. 액자 안의 사진들은 이 가족의 일대기인 듯싶다. 양복 입은 남자와 한복 입은 여자의 결혼사진, 진달래 속에서 찍은 젊은 부부 사진, 돌사진, 아기를 안고 찍은 사진, 초등학교 여자아이의 사진……. 이런저런 사진 속에 교복 입은 여생의 사진이 있다. 무남독녀 외동딸이라고 했으니 유미숙이겠지. 유선희 엄마 아빠는 딸에 관한 물건을 모두 치워버렸다는데, 유미숙 엄마 아빠는 그러지를 못한 것이다.

유미숙은 애교가 많았나 보다. 웃을 때 반달처럼 휘는 눈이 귀엽다. 신문에 실린 흑백사진 속 유미숙은 뭐랄까, 뚱한 인상이었는데.

"이거면 될라나?"

아마도 참기름이 들었을 사이다병을 들고 나오던 유미숙 아빠가 나를 발견하더니 우뚝 멈춘다. 유미숙 엄마도 그렇고 아빠도 그렇고 너무 놀라서 민망할 정도다. 사라진 딸과 비슷한 또래의 여자애가 집 안으로 들어와서일까?

"감나무집 민실이네 손녀……. 날구지를 했다고."

부엌에서 나온 유미숙 엄마가 나를 소개했다. 민실이는 우리 막내고모다.

유미숙 아빠는 사이다병을 들고 우물쭈물하더니 마루 끝에 내려놓았다.

"뭘 이런 걸 가져오느라고……."

얼핏 들으면 이따위 걸 가져왔냐고 타박하는 것 같지만, 그건 아닐 거다. 분위기가 어색해서 그랬나 보다. 사이다병을 빤히 쳐다보고 있었더니,

"내일 모레 친정에 갈라고……. 제사가 있어서……."

유미숙 엄마가 묻지 않는 말을 했다. 곧바로 "올해 몇 살이나 됐지?" 하고 물었다.

"아무튼 자네가 효녈세."

내 등을 쓰다듬는다.

유미숙 엄마는 빈 접시 그냥 보내기 그렇다며 참외 두 개를 쥐여줬다.

"거기까지 뭐허러 갔다니. 거기 갈려면 삼거리도 지나야 허

고, 보는 눈이 얼만디. 다른 사람 눈치 뵈게, 참······."

홍간난 여사의 타박.

"갈 거면 몇 장 더 가지고 가든가. 두 장 갖고 누구 코에 붙인다구."

그날 밤에 사모님이 울었다. 사람이 우는 소리라는 걸 알고 듣는데도 사람의 목소리 같지가 않았다. 꼭 짐승이 우는 소리처럼 들렸다. 어딘가 몹시 다친 짐승이 우는 소리. '그날'이 가까워질수록 사모님은 별에 있다는 막내딸에게 할 얘기가 많아지나 보다. 사모님의 이야기는 잠들 때까지 계속됐다.

밤 늦게 비는 그쳤고, 다음 날 아침 일찍 홍간난 여사는 산 아래 고구마밭을 보러 갔다가, 밤새 우주와의 교신을 끝내고 돌아오는 사모님을 만났단다. 아침이슬에 온몸이 젖어 있더란다.

할머니는 조예은의 안부를 물었다.

"내가 놀리느라고 그런 게 아녀. 그렇잖니? 자기 딸이 별에 가 있다고 철석같이 믿는 사람인디······. 내가 그랬어. 막내딸은 잘 있댜? 그랬더니 목사댁이 그러더라. 예, 윗사람헌티 인정받어서 승진도 허구, 조만간에 집에 댕기러 온다네요······. 어이구."

밤새 울부짖어 목소리는 잔뜩 쉬었는데도, 얼굴은 막 세수를 한 것처럼 해맑더란다.

"모기한테 얼마나 뜯겼는지 팔이고 얼굴이고, 옷 밖으로 나온 데는 두드러기 난 것처럼 우들두들 부풀어서는……. 어찌나 눈물이 나던지 간신히 참았다."

다시 눈물이 솟구치는지 홍간난 여사는 걸레에다 힝 하고 코를 풀었다. 더럽다고 말하고 싶은 걸 간신히 참았다.

식전에 고구마밭 순찰을 다녀오신 할머니는 사모님이 밤새 모기에 물렸다는 소식과 함께 고구마밭을 더 이상 내버려뒀다가는 씨종자도 못 건지겠다는 판단을 나에게 전했다. 한시가 급하다면서 죽어도 못 간다는 나를 기어코 고구마밭으로 끌고 갔다.

딸을 잃어버린 엄마는 밤새 산꼭대기에서 울부짖는데, 할머니는 손녀딸에게 밭일을 시키고 싶을까?

"없어지지 않고 남었으니께 밭도 매고, 일도 허고 허는 거 아녀. 고마운 줄 알어."

너무 고마워서 땀이 뚝뚝 떨어졌다.

명아주라는 풀이 있다. 홍간난 여사의 설명에 의하면,

"거렁뱅이 지팽이라고도 허여."

풀 주제에 오래되면 나무처럼 딱딱해져서 지팡이로 쓴단다. 지팡이로 쓰기엔 턱도 없지만 풀이라기엔 제법 빳빳한 놈을 뽑았더니 개미가 우수수 쏟아져 나왔다. 하필 개미집 위에 풀이 자랐나 보다. 아니면 풀뿌리 밑에 개미집을 지었든가.

개미로서는 마른하늘에 날벼락이 따로 없다. 대재앙에 아드레날린이 퐁퐁 솟구쳤는지 공격적이 된 개미는 사방으로 자신들의 세계를 무너뜨린 원수를 찾느라 바쁘다. 그렇다고 당할 내가 아니다. 멀찌감치 서서 빨빨거리는 개미들을 유유히 내려다봤다. 저들은 죽을 때까지 나란 존재를 모르겠지. 자신들의 삶을 일시에 무너뜨린 이 거대한 존재를. 목적도 악의도 없이 나는 개미의 세상을 무너뜨렸다.

고구마밭에 산그늘이 질 무렵 밭매기가 끝났다. 해가 어중간할 때 일이 끝났다며 홍간난 여사는 고구마밭 옆 땅콩밭을 미련이 담뿍 담긴 눈으로 쳐다봤다. 땅콩밭으로 가려면 내 시체를 밟고 가라고 저항했더니 '그까짓 게 뭐가 어렵다구' 툴툴대며 물러섰다. 산비탈을 내려오는데 15라운드 내내 얻어터진 복서처럼 온몸이 아프다.

"밭 한 고랑 맸다고 유세는……."

그래도 미안했는지 아홉모랑이길에서 삼거리 쪽으로 방향을 틀더니 말했다.

"품삯 대신 하드 하나 사줄게."

부흥슈퍼가 살아남는 이유를 이제야 알겠다.

삼거리 버스 정거장에서는 싸움이 한창이었다. 아니다. 싸움이 아니라 일방적 폭행이다. 대문 없는 집, 안마당에서 황부영 아빠가 황일영을 때리고 있었다. 몸뻬바지 안쪽에서 비상금을 꺼내 하드값을 치른 홍간난 여사는 대놓고 싸움구경에 나섰다. 나? 나는 체면을 차려야 하는 나이인지라 멀찌감치 서서 힐끔힐끔 구경했다.

아버지는 플라이급, 아들은 헤비급. 체중 차이가 어마어마한데도 황일영은 일방적으로 얻어맞았다. 맞을 때마다 움찔거릴 뿐 피하지도 막지도 않았다. 구타자의 허리 사정으로 인해 맞을 만했는지도 모르겠다. 황부영 아빠 역시 맨손으로 안 되겠다고 생각했나 보다. 잠시 사라졌다가 빗자루를 들고 나왔다.

"오늘은 또 왜 저런댜?"

마을회관 앞 그늘에 쭈그리고 앉은 할아버지가 묻고,

"언제는 뭐 이유가 있어서 때렸간."

부흥슈퍼 글래머 노파가 대답했다. 부채질을 살랑살랑하면서.

"누가 좀 말려봐."

"말리면 더 허는걸, 뭐……."

다들 느긋하다. 가정폭력에 눈이 똥그래진 사람은 나 하나뿐인 듯싶다.

때리는 사람과 맞는 사람, 부자뿐인 줄 알았는데 집 안 어딘가에서 황부영 엄마가 불쑥 나타났다. 바로 옆에서 매타작을 하든 말든 빨래를 척척 걷는 거다. 얻어맞는 사람도 마찬가지다. 구원을 요청하지도, 엄마 뒤에 숨지도 않는다. 같은 마당에 있으면서도 다른 시간을 사는 사람들 같다.

황부영 엄마가 나타나자 여기저기서 혀 차는 소리가 들린다.

"저게 산송장이지……. 숨만 쉰다고 저게 산 사람이랴?"

"없어질라면 저 아들이나 없어지지, 하필 그 딸이 없어져갖고는……."

아이스크림도 다 먹었겠다 일방적인 싸움은 금방 시시해지고, 그만 가자고 홍간난 여사를 부르려는데 홍간난 여사가 고개를 갸우뚱한다.

"이상허네."

뭐가 이상하다는 건가 싶어 홍간난 여사의 시선을 따라가봤더니 유미숙 엄마 아빠다. 일하던 차림 그대로인 다른 사람들에 비해 옷차림이 깔끔하다.

"암만 생각혀도 이상혀."

저 멀리서 버스가 '나 지금 도착한다'고 빵빵거렸다.

아홉모랑이 쪽으로 걸어가면서 홍간난 여사가 다시 삼거리를 돌아봤다.

유미숙 아빠가 보약상자를 들고 막 버스에 올라타는 중이다.

"다 저녁에 어딜 간다니?"

늦은 시간에 어딜 가는 게 그렇게 이상한가?

유미숙 엄마는 팔뚝에 가방을 걸고 있었는데, 그 가방 틈으로 사이다병이 주둥이를 내밀고 있었다.

"친정 간다던데……. 제사 있다고."

홍간난 여사의 그 작은 눈이 거짓말 안 보태고 두 배로 커졌다. 뭐가 잘못돼도 크게 잘못된 모양이다.

"아니여. 그럴 리가 없어. 친정 올케가 교회 다니기 시작허면서 추도식인가 뭔가 제사 같지도 않게 지낸다고 안 간 지 오래됐는디……."

그런 자세한 사정이야 난 모른다. 하지만 분명히 그렇게 들었다.

문득 홍간난 여사가 버스를 향해 뛰기 시작했다. 뛴다기보다는 뛰려고 노력했다는 표현이 적확하겠지만.

"여봐요. 버스, 버스, 거기 서."

버스를 향해 소리지르다가,

"뭐허여. 버스 세워."

닦달하기에 내가 막 출발한 버스를 쫓아가 탕탕 두드려 세웠다.

"무슨 택시도 아니구, 참……."

버스 기사는 싫은 소리를 했다.

"미안허게 됐구면."

버스에 올라 탄 홍간난 여사의 쿨한 사과. 그사이 나는 밀짚모자를 폭 눌러쓰고 맨 뒷자리에 앉았다.

승객 몇 명이 할머니를 보고 아는 체를 했다. 유미숙 엄마도.

"급허게 나오셨나 봐요?"

하긴 옆집 놀러가기에도 부끄러운 몰골로 버스를 잡아탔으니 남들 눈엔 큰일 있는 걸로 보였을 수도 있겠다.

"이이, 고추밭에 비료 주다가 비료가 똑 떨어졌길래, 에라이 허고 나왔어."

유미숙 엄마와는 통로를 사이에 두고 나란히 앉은 홍간난 여사.

"두 양주가 쫙 빼입고…… 어디 좋은 데 가나 봐?"

"좋은 데는 무슨……."

유미숙 엄마는 속이 훤히 비치는 하늘색 블라우스에 꽃무늬 프린트가 들어간 파란색 치마를 입었다. 유미숙 아빠는 모시로 된 하얀색 와이셔츠에 회색 양복바지 차림이다. 나름 시스루로 드레스코드를 맞추긴 했지만 쫙 빼입었다기엔 쫌……. 뭐, 밭매다 말고 뛰쳐나온 홍간난 여사나 나에 비하면 그대로 런웨이에 서도 될 정도긴 하다.

홍간난 여사와의 인사를 끝낸 유미숙 엄마는 버스 안에서 만난 아는 사람과 올해 고추농사에 대해 토론했다. 탄저병이 돌아 올 고추농사는 반실半失이란다.

어디서 봤더라? 밀담을 나누기에 가장 좋은 곳이 노래방이라고. 사방이 노랫소리로 시끄러워서 다른 사람 얘기를 엿들을 수가 없는 데다가 도청도 불가능하다나. 그런 거라면 시골 버스도 만만치 않다. 다들 어찌나 전투적으로 수다를 떠는지. '누구네 큰아들이 이번에 장가를 들게 됐는데 신부 자리가 그렇게 참하다'는 둥 '하루에 하나씩 꼬박꼬박 알을 낳는 누구네 닭을 족제비가 물어갔다'는 둥.

얼마 전에 남편을 잃은 홍간난 여사는 이 사람 저 사람에게 '마음이 참 얼마나 그러냐'는 인사를 받았다. '말해 뭣혀'라든 가 '한번 태어난 이상은 죽어야니께' 대답하면서 홍간난 여사 는 주름진 입을 옹송그린 채 유미숙 엄마를 흘깃 노려보는 거 다. 도대체 유미숙 엄마의 뭐가 홍간난 여사의 심기를 건드린 걸까? 다 늦게 어딜 가는 것만으로 그런 것 같지는 않고…… 유미숙 엄마 무릎 위에 놓은 저 루이비똥 가방? 그치만 저건 누가 봐도 가짜다. 설령 진짜라고 해도 홍간난 여사야 루이비 똥이 뭔 똥인지도 모를 테고. 친정에 제사 지내러 가는 거? 올 케하고 사이가 좋아졌나 보지.

버스는 종점인 터미널 주차장으로 들어갔다.

"비료 파는 데는 저짝이유."

유미숙 아빠가 길 건너를 가리킨다.

"그류. 그 전에 소변 좀 보구……."

홍간난 여사가 화장실로 들어가기에 쭐레쭐레 따라 들어 갔다.

"따라오면 어떡혀? 어디로 가는지 봐야지."

등을 떠민다. 뭔 계획인지 알아야 임무를 수행할 텐데. 어 쨌거나 눈에 띄는 밀짚모자를 화장실 쓰레기통에 구겨넣으며 거울을 봤더니 땀에 젖은 머리가 참 가관이다.

유미숙 엄마 아빠는 시외버스 창구에서 표를 끊었다. 버스 시간에 여유가 있는지 시계를 들여다보고는 터미널을 빠져나 갔다.

계획에 없는 미행이다보니 두더지 튀어오르듯 여기저기서 문제가 솟구쳤다.

"이 얼굴이 환갑 전으로 보여? 내가 아무리 젊어보여도 환갑은 넘었어."

홍간난 여사가 매표소 유리창을 탕탕 치며 되레 큰소리를 쳤다.

"그건 아는데요. 그래도 규칙상 경로우대증을 보여주셔야 할인표를 드릴 수 있거든요."

마을버스 탈 때는 얼굴이 표라고 그냥 밀고 들어왔는데, 시 외버스 매표소는 깐깐했다. 제아무리 깐깐하기로서니 홍간난 여사의 막무가내를 당하랴. 두왕리 1구 이장한테 전화해보면 홍간난이가 몇 살인지 알려줄 거라고 우겨대는데, 이러다가 유미숙 엄마 아빠가 불쑥 들어오면 어쩌나 싶기도 하고, 그냥 제값 주고 사자고 했더니,

"돈이 모지라니께 그러지."

나한테 역정이다.

실랑이 끝에 결국 할인표를 받아냈다. 나 원 참, 이렇게 이

목을 끄는 미행자가 있으려나.

"망할 가시네. 진즉에 줄 것이지. 앞뒤로 꽉 막혀갖고."

저 닮은 딸을 낳아봐야 한다는 둥, 저런 관상은 머리가 나쁘다는 둥. 매표소 아가씨 흉을 보다가 문득 말했다.

"잘못된 거 아녀?"

"맞어. 공주 가는 버스."

시외버스 매표소 근처에는 잡지 파는 가판대가 있는데, 왜 반쯤 벗은 여자들이 암코양이 포즈를 취하고 있는 그런 잡지 말이다. 헐벗은 여자들을 구경하는 척하면서 분명히 들었다.

"4시 5분 공주 가는 거 두 장 줍시다."

유미숙 아빠는 분명히 그렇게 주문했다.

"그런디 왜 안 타는 겨? 버스 곧 출발하게 생겼는디."

버스 천장에 매달린 시계는 4시 2분이다.

누군가 올라온다. 후다닥 자세를 낮춘다. 뭐, 140센티 신장의 홍간난 여사야 일부러 일어나지 않는 한 들킬 염려는 없겠지만서두.

올라탄 사람은 버스 기사다. 버스 기사가 시동을 건다.

"이 차 아닌가 보다."

자리에서 일어나려는 홍간난 여사를 홱 잡아당겼다. 그 바람에 홍간난 여사는 허리 근처를 손잡이에 찧었는데도 '아얏' 소리도 못 낸다. 유미숙 엄마 아빠가 막 차에 올라타는 중이다. 유미숙 엄마는 그사이 뭘 그렇게 많이 샀는지 비닐봉지가 양손 가득이다. 유미숙 아빠는 양손에 보약상자를 들었다. 두 사람이 맨 앞쪽에 자리를 잡고 버스가 출발하고 나서야 홍간난 여사는 부딪친 데를 문질렀는데, 옷자락을 들춰 보니 빨갛게 피멍이 들었다.

공주 가는 버스는 좌석의 3분의 2 정도가 비었다. 어찌나 조용한지 시내버스와는 딴판이다. 라디오 DJ가 자기 농담에 자기 혼자 웃을 뿐. 게다가 홍간난 여사는 보청기를 끼네 마네 할 정도로 청력이 노화된 상태. 뭐 물어봤다가는 꼼짝없이 들킬 판이다.

그때 통로 쪽 유미숙 아빠의 머리가 뚝 떨어졌다가 슬금슬금 올라가는 거다. 그러더니 다시 뚝 떨어지고, 슬금슬금 또 뚝 떨어지고……. 즉, 졸고 있다.

할머니 귀에 입을 바짝 대고 밀담을 시도했다.

"할머니. 왜 이러는 건데?"

지그시 눈을 감고 있는 홍간난 여사, 뭔가 있어 보인다.

"할머니!"

재촉했더니 우리의 홍 마플 여사는 눈도 뜨지 않은 채 말했다.

"큰일났다."

"왜?"

"내가 그 생각을 못했다."

"뭔 생각?"

스르르 눈을 뜨는 홍간난 여사.

"어떡헌다니?"

그러고 보니 홍간난 여사 얼굴이 하얗다. 뭐냐? 또 뭔 일이 있었기에 우리는 궁지에 몰렸단 말인가?

"멀미 난다."

미행의 재미에 푹 빠져 멀미약 먹는 걸 깜박하신 홍간난 여사는 공주에 도착할 때까지 무려 세 번이나 토했다. 마지막엔 노란 위액까지 나왔다. 신분노출을 무릅쓰고 위생봉투를 가지러 운전석 쪽으로 가다가 확인했다. 유미숙 엄마 아빠는 귀 뒤에 멀미약을 붙인 채 정신없이 자고 있었다.

버스에서 내렸을 때, 홍간난 여사는 이미 전투불능! 미행이고 추적이고 할 만한 상황이 아니다. 차에서 내리자마자 대합실 의자에 그대로 쓰러져버렸다. 사람 얼굴이 진짜 노랗게 될 수도 있다는 걸 깨달았다.

"얼른 가. 놓치겠다."

의자에 눕는다고 슬리퍼를 벗어놓았는데, 납작한 맨발바닥에 흙이 꼬질꼬질하다. 보라색 슬리퍼는 말할 것도 없고.

"나는 갠찮으니께 어여 쫓어가라니께."

몸뻬 입은 할머니가 추리닝 입은 손녀에게 손까지 저어가며 재촉하는데. 아! 적을 쫓을 것인가? 쓰러진 동료를 지킬 것인가? 유미숙 엄마 아빠는 제일 먼저 버스에서 내려 한참 전에 대합실 밖으로 나갔다.

"그러니까 뭘 찾아야 되는데?"

"그냥 쫓아가봐. 그럼 알게 돼여."

홍간난 여사는 눈도 못 뜬 채 다시 한 번 손을 까닥거린다. 가라니까 가긴 하겠지만⋯⋯.

대놓고 구경하는 매점 주인들. 혹시 '시어머니 갖다버리는 며느리'쯤으로 오해하는 건 아닌가 모르겠다.

공주는 나름 도시라 그런지 새카맣게 탄 중년의 시골부부는 금방 눈에 띄었다. 유미숙 엄마 아빠는 길 건너 역전약국 앞을 지나는 중. 짐이 많아서 그런지 멀리 못 갔다. 왕복 2차선 차도를 사이에 두고 유미숙 엄마 아빠를 쫓아가다가, 적당한 지점에서 길을 건넜다.

중앙시장을 지나는 두 사람, 양손에 짐을 가득 들고도 살 게 더 있는지, 이것저것 구경하고 흥정하느라 자주 걸음을 멈춘다. 그때마다 나도 멈춰야 하는데, 좀 전에는 괜히 물건 구경하는 척 노점상이 내놓은 새우젓 쳐다보다가 곤욕을 치렀다. 새우젓장사가 얼마나 끈질긴지 수중에 돈만 있었다면 '거저나 다름없는 광천 새우젓'을 1킬로쯤 샀을 것 같다.

그나저나 큰일이다. 만약 유미숙 엄마 아빠가 다시 차라도 타면 그대로 미행 끝. 좀 전 이별이 하도 비장해서, 할머니 몸뻬바지 속 비상금 받는 걸 깜박했다.

시장을 빠져나가고도 한참을 걸어가더니 유미숙 엄마 아빠는 아기옷 파는 가게로 들어갔다. 나는 맞은편 도장 파는 아저씨 옆에 쭈그리고 앉았다. 입간판이 작아서 내 몸의 일부가 보이겠지만, 뭐 숨바꼭질이 아니니 상관없다.

근처에 대학이 있나 보다. 두왕리에서는 보기 힘든 젊은이들이 연거푸 지나간다. 하하호호 웃으면서 놀러갈 계획을 짠다. 이것들아, 여름방학이라고 싸돌아다닐 생각 말고 공부하란 말이다. 연애하지 말고 공부해. 맥주 마시지 말고 도서관에 말뚝 박어. 한 자라도 배우고 익히는 게 전국의 재수생 삼수생에 대한 예의요 책임이란 말이다. 덥다고 놀아도 되는 건 백수뿐이야. 민소매티에 짧은 반바지를 입은 여학생이 쳐다보기에 따끔하게 한마디했다. 마음속으로. 아줌마 슬리퍼에 흙 묻은 추리닝 입고 있자니, 아무리 긍정의 화신 강무순이라도 자격지심이 샘솟는다.

미행을 눈치채고 뒷문으로 사라졌나 의심이 들 때쯤 유미숙 엄마 아빠가 나왔다. 유아복 상표가 그려진 하늘색 쇼핑백은 보약상자와 함께 유미숙 아빠가 들었다. 분식집, 밥집, 편의점, 호프집, 다시 분식집 그리고 미용실이 나타난다. 유미숙 엄마 아빠는 '나비 미용실'로 들어갔다.

어라! 저 아줌마 머리하러 여기까지 온 거야? 나름 패셔니

스타라서 단골 미용실을 고집하는 그런 거? 그럼, 저 아저씨는 왜 온 거야? 마누라 머리하는데 왜 따라왔어? 의처증인가? 그나저나 망했다. 홍 탐정님. 쫓아가보면 안다면서요?

망연자실하고 있는데, 미용실 안에서 톤 높은 목소리가 새어나온다.

"엄마."

아. 딸네 미용실에 온 거구나.

"택시 타고 오지. 이 많은 걸 들고 여기까지 어떻게 왔대?"

그러게 말입니다요. 빈손인 나도 지쳐 나자빠질 뻔했어요.

"아이구, 아버지. 땀 좀 봐. 내가 참 속상해서……."

그 딸 참 효성스럽네. 우리 큰고모랑 막상막…… 아! 이런.

"이게 다 뭐야? 호박즙? 붓기 다 빠졌다니까, 참……."

네 명의 실종 소녀 중 두 명이 외동딸이라고 했다. 유선희와 유미숙!

"이쪽으로 와요. 이쪽이 더 시원해."

미용실 앞 계단에 주저앉았다. 너무 놀라 다리에 힘이 풀렸나 보다. 엉덩이는 밭맬 때 이미 더러워졌고, 바닥이나 내 엉덩이나 도긴개긴인 데다가 15년 전에 사라졌다는 유미숙은 엄마 아빠와 만나고 있는 상황……. 그러니 내가 계단에 주저앉은들 무슨 상관이랴?

냉방을 하지 않는 모양이다. 미용실 문은 활짝 열려 있다.

파란색 발이 늘어져 있어서 안을 들여다볼 수는 없지만, 여러 가지 소리가 고스란히 들린다. 쭈쭈쭈, 아기 어르는 소리. 차가운 음료수 권하는 소리. 누군가의 안부를 묻는 소리. 가장 많이 들리는 건 웃음소리.

'엄마'라고 불렀던 목소리는 자주 그리고 크게 웃었다. 갓난아기 하품하는 거 보라며 웃고, 자기 남편 흉을 보며 웃고, 엄마가 쪄온 찰옥수수가 맛있다고 웃었다. 아, 배고프다. 오늘 먹은 거라고는 점심 때 칼국수 한 그릇과 수박맛 하드 하나. 구름이 천천히 흘러간다. 내일 비 온댔는데. 비를 몰고 오는 구름이 뭐였더라. 적란운? 지구과학 시간에 배웠는데 생각이 안 난다. 그런 걸 배웠다는 것만 생각난다.

시선이 느껴져서 돌아봤더니 똑같이 생긴 두 개의 얼굴이 나를 보고 있다. 분홍색 유치원 모자를 쓴 여자아이 두 명. 나와 눈이 마주치자, 오른쪽 아이가 왼쪽 아이를 잡아끈다.

"가자."

쌍둥이가 미용실 안으로 들어가자 그 안이 다시 한 번 와자해졌다.

그나저나 어떡하나? 계속 이러고 앉아 있을 수도 없고, 안으로 들어가볼까? 들어가서 뭐라고 하지? 이거 한참 즐거우신데 실례합니다? 탐정 노릇이란 게 참 애매한 때가 많구나.

"누가 있다고 그래?"

좀 전에 들어간 쌍둥이가 젊은 여자 손을 잡고 나왔다. 그녀는 염색약이 지저분한 앞치마를 둘렀다. 나는 일어나지도 못한 채 그들을 올려다봤다.

"맞지? 거지언니 맞지?"

"어디 아퍼요?"

미용사가 묻는다. 15년 전 유미숙은 열아홉 살, 지금은 서른네 살. 나이보다 어려 보인다.

"누구냐?"

갓난아기를 안은 유미숙 아빠가 나왔다. 맨 나중에 나온 유미숙 엄마가 제일 먼저 나를 알아봤다. 남편의 옷자락을 움켜쥐며 나를 알아봤다는 인사를 했다.

'아이쿠.'

나도 인사했다. 좀 전까지 몹시 안녕했지만, 이제는 나 때문에 안녕하지 못하게 된 사람들에게.

"안녕하세요."

비밀이 드러난 유미숙 일가는 우왕좌왕이다. 유미숙 엄마는 '여긴 웬일이냐', '어떻게 왔냐', '혼자 왔냐' 대답은 듣지 않고 질문만 해대더니, '딸이 웬수'였다가 '우리가 무슨 죽을 죄라도 저질렀나' 사이를 빠르게 왕복하며 혼잣말을 늘어놨다. 유미숙 아빠는 묵묵부답, '나비 미용실' 원장 겸 미용사 유미숙은 갓난아기를 달래랴, 엄마를 달래랴 정신이 없다. 가장 신경이 쓰이는 건 쌍둥이 자매다. 엄마를 호위하듯 양쪽에 서서 가족의 평화를 파괴한 나를 쏘아보는데……. 공황상태를 정리한 건 유미숙 아빠였다.

"할머니는?"

홍간난 여사는 터미널에 쓰러져 있다고 했다.

"그럼 할머니부터 모셔와야 할 것 같은디……."

유미숙 아빠와 내가 할머니를 모셔오기로 했다. 아까 왔던 길하고는 다른 골목으로 들어가기에 저 과묵한 아저씨가 날 영원히 입 다물게 하려고 음침한 골목으로 가나 했는데, 철물점이 늘어선 골목을 빠져나갔더니 곧바로 터미널이다.

홍간난 여사는 칼슘두유를 먹고 있었다. 우리나라, 아직은 살기 좋은 나란가 보다. 팔십 노인이 쓰러져 있는 걸 보고 각 매점에서 인정이 답지했단다. 칼슘두유와 소보루빵으로 기운을 차린 홍간난 여사. 유미숙 아빠와 함께 온 나를 보더니,

"어떻게 됐댜?"

되레 묻는다.

미용실에서 터미널까지 왕복하는 데 대략 30분이 걸렸다. 다시 미용실 앞에 도착했을 때 유리문에는 '금일휴업'이라는 팻말이 붙어 있었다. 문은 활짝 열어놓은 채로 금일휴업!

유미숙을 본 홍간난 여사, 위아래로 서너 번은 훑어봤다.

"세상에!"

유미숙이 '오랜만이에요' 인사를 하는데도,

"세상에. 이게 뭔 일이랴?"

홍 여사의 반응으로 봐서 이런 상황까지 예측한 건 아니지 싶다. 갓난아기를 업은 유미숙 엄마가 주스를 내왔다. 쌍둥이들은 보이지 않는데, 나로서는 천만다행. 미용실 안쪽 방에서 만화영화 소리가 들린다.

테이블을 사이에 두고 나와 홍간난 여사가 한쪽에, 유미숙과 유미숙 아빠가 반대쪽에 자리를 잡았다. 빈 의자가 있는데도 유미숙 엄마는 서 있었다. 대신 거울 앞 테이블에 엉덩이를 반쯤 걸쳤다. 아기가 칭얼거릴 때마다 엉덩이를 출썩거렸다.

5자회담의 중앙 테이블에는 주스가 자리잡았다. 그런데 아무도 손을 대지 않는 거다. 유미숙 일가야 주스 먹을 정신이 없을 테고, 홍간난 여사는 칼슘두유 때문인지 목이 안 마른 것 같다. 나로 말하면 아까부터 배도 고프고 목이 말라 죽을 지경이다. 슬그머니 주스 잔을 잡는데, 그걸 신호로 삼았는지 유미숙 엄마가 입을 열었다. 이럴 줄 알았으면 좀 더 일찍 손을 뻗을걸…….

"이왕 이렇게 된 거 숨기고 자시고 헐 거 없이 죄다 말씀 드리겠어요."

다음은 유미숙 엄마의 증언이다. 이야기에 나오는 민실이 어머니란 우리 홍간난 여사를 가리키는 말로서, 말했다시피 민실이는 대전에 사는 우리 막내고모다.

"그러니께 그때, 갑진이 할머니 백수 잔치삼아 해수온
천 간다고 그랬을 때, 전날까지만 해도 우린 안 갈라고 그
랬어요. 민실이 어머니도 아시겠지만, 미숙이 이년이 고
직전에 남사스런 사고를 쳤잖아요. 사내놈들이랑 어울려
서 술집에 들어갔다가 들켜갖고는 경찰서에도 오라 그러
구, 학교에서도 오라 그러구…… 동네에도 소문이 쫙 돌
아갖고는…… 에효, 망할 년. 오죽하면 이 양반이, 딸자식
이라고 허면 껌벅 죽는 양반이 딸애 머리를 깎아놨겠어요.
우리도 알아요. 남들이 우리 미숙이를 어떻게 보는지.
허라는 공부는 안 허고, 노는 거라믄 자다가도 벌떡 일어
나고, 책 산다고 돈 타다가 화장품 사구 머리 볶구…… 암
튼 중학교 때부터 그랬으니께. 뭐, 그 덕분에 지금도 남들
머리 만지며 사는지는 모르겠지만…….
남들은 우덜한테 그럽디다. 그렇게 오냐오냐 허더니 딸
자식 버렸다고. 근디 민실이 어머니도 아시잖아요. 우리가
이걸 어떻게 가졌는지. 세 번이나 유산허구 내 팔자에 자
식은 없는가 보다, 이 양반까지 무자식으로 만들지 말고
중이나 되어야겄다, 그럴 때 딱 들어서갖고는 행여 잘못
될세라 한 걸음 걸으면서 부처님, 두 걸음 걸으면 삼신할

매넘…… 열 달 내내 살얼음판 걷듯이 그렇게 달 채워 낳았어요.

그때 종진이 할머니랑 경희 엄마가 애를 받았는디…… 경희 엄마가 첫 미역국 끓이다보니께 이 양반이 굴뚝에 머리 박구서 울고 있더래요. 모르는 사람들이야 딸이라 서운해서 그런갑다 그랬는디, 그런 게 아뉴. 좋아서 그런 거유. 너무 좋아서. 암만, 내가 알지. 가만, 내가 어디까지 했더라.

으이. 그려. 그때 우리는 온천이구 잔치구 안 갈라고 그랬어요. 근디 미숙이 이게 그립디다. 잘못혔다고, 자기가 다 잘못혔구, 엄마 아빠가 동네 창피허다는 것도 아는디 그렇다구 평생 숨어 살 수 있냐고, 잘못은 지가 했는데 왜 엄마 아빠가 숨어 사냐구. 엄마 아빠가 그러면 자기가 정말 속상허다구 그립디다. 이것이 정말 반성을 많이 했구나 싶기도 허구, 또 미숙이 말이 맞는 거 같기도 허구요. 우리가 동네 버리구 이사 갈 것도 아닌디. 안 그려요? 그래서 갔어요. 그때 남들은 속도 좋다, 그랬을지 몰라도 우리 입장은 그랬구먼요.

그렇게 하루 노는지 마는지 그러고 왔잖어요. 그때가 몇 시였더라, 집에 오니께 아무튼 날이 껌껌해졌는디. 근디 미숙이 이년이 없는 거라. 망할 년, 처음부터 그럴 작정이었던 거여, 에미 애비 생각하는 것마냥 연극을 헌 거지. 아니긴 뭘 아녀. 그때 생각을 허면……

아무튼지간에 집에 와서 미숙이 없어진 걸 맨 처음 알았을 때만 해도, 이년이 이게 우릴 속였다, 분헌 마음이 들면서 내 이 양반한테도 뭐라 그랬어요. 머리를 깎아놀라면 중맨치로 바짝 깎어놔야지 깎다 마니께 에미 애비를 우습게 보는 거 아니냐. 이번에 집에 들어오면 아예 다리몽댕이를 분질러 놔라.

그런디…… 한 10시쯤 됐나, 방송을 허는 거여, 이장이. 조 목사네 막내딸이 없어졌다고. 다들 모여서 좀 찾어보자구. 민실이 어머니도 기억나주?

그때만 해도 우리 애하고 목사 딸하고는 뭔 상관이 있었나 싶었어요. 나이가 얼추 비슷해서 같이 놀러간 것도 아닐 테구……. 그 집허고 우리집허고 자별했던 것도 아니구. 어쨌거나 이 양반은 동네 사람들이랑 목사 딸 찾는디 나가 보구, 나는 그냥 집에 들어앉어서 속끓이고 있는디. 이 양반이 금방 들어오는 거여. 그래서 왜 왔냐, 목사 딸 찾었냐 그랬더니, 삼거리 황씨 둘째딸도 없어졌다는 거여. 그 말을 듣는디……. 이게 뭔 일인가 싶기도 허구, 귀신에 홀렸나 싶기도 허구, 워치게 해야 되나, 우리 미숙이도 없어졌다구 해야 쓰나, 그랬다가 미숙이가 아무 일

없이 들어오면 괜히 동네 창피만 더 당하는 거 아닌가, 밤새 한숨도 못 자고 그러고 있는디 시간이 가면 갈수록 무섭더란 말입니다. 한 동네서 지지배 세 명이 기도망도 없이 사라진 것도 그렇구. 이러고 있는 사이에 무슨 큰일 나면 어쩌나 싶구. 챙피당허는 게 문제가 아니다 싶어서, 다음 날 새벽같이 우리 둘이서 이장을 찾아갔어요. 우리 애도 없어졌다…….

야중에 경찰이 그럽디다. 왜 늦게 말했냐. 뭔가 켕기는 게 있으니께 하루 숨긴 거 아니냐 그러는디, 그런 사정이 있었던 거여. 우리헌테는.

어쨌거나 우리 말을 듣고서 이장도 깜짝 놀랍디다. 이건 이상허다. 없어진 애가 더 있을지 모른다. 그래서 또 방송을 했지요. 딸내미 없어진 집이 또 있느냐? 있으면 연락혀라. 경찰도 그제야 왔어요. 신고야 그 전날 조 목사가 득달같이 했는디, 나 몰라라 하다가 세 명이나 없어졌다니께, 그제서야 웰웰거리면서 경찰차가 왔잖어요, 왜?

보자……. 그러고 있는디 재경이 할머닌가가 그랬잖어요. 종가집 양주는 노종손 병원에 간다고 갔는디, 그 집 딸내미가 같이 갔는지 어쨌는지 모르겄다. 우르르 가 보니께 종갓집 문은 잠겨 있고, 지금 같으면 그게 뭐냐? 핸드폰으로다가 그 자리서 전화허고 알아내고 허겠지만 그때야 워디 그런 게 있었어요? 그래서 어느 병원에 갔느냐, 누구 아는 사람 없느냐, 여기 저기 전화허구 한나절은 있다가 간신히 종손이랑 연락이 닿았는디. 뭐, 그때는 차종손이었지만서두…….

그래서 이장이 여차저차허다, 그 집 딸내미 집에 없던디 병원에 같이 갔냐 그러니께…… 종손이 얼마나 놀랐는지 암만 불러도 한마디도 못 허다가 여기는 없다, 병원에 온 건 아니다, 그러는디…… 그때부터는 뭐, 없어진 게 세 명이다 했을 때만 혀도, 어쩌다 그럴 수도 있었지 싶었는디, 네 명이라고 그러니께…… 그건 그럴 수가 없잖어요? 이건 사단이 나도 단단히 났다. 경찰도 막 바빠져갖고 어디다 전화해 쌌구 경찰차가 몇 대씩 들어오구, 방송국에서도 오구, 그거야 뭐 민실이 어머니도 다 본 일이니께…….

그때부터는 뭐 먹어도 먹은 게 아니구 자도 잔 게 아니구, 그냥 꼭 죽고만 싶은디. 처음에는 죄다 인신매매라고 안했대요? 그때가 그런 게 오죽 극성이었어야 말이지. 봉고차만 봐도 멀찌감치 돌아가고 그러던 때니께…….

애들이 없어지구 3일쩬가 내가 카메라 앞에서 엄마들 대표로 울기도 했어요. 누가 범인인 줄은 모르겠지만 제발 돌려만 달라고, 그때까지 무슨 짓을 했든 다 상관없으니께 살려서 돌려만 달라고. 그렇게만 해주믄 평생 은인으로 알겠다고. 야중에 들으니께 사람들이 그거 보믄서 많이들 울었다고 그럽디다. 그때부터는 기자들도 나를 더 많이 찍을라고 그러고…… 왜유? 내가 없는 말 했대유? 이 양반은 참…….

아무튼 그러고 있는디 딱 전화가 온 거유. 그전에도 전화야 많이 왔지유. 미숙이 닮은 애를 봤다는 전화도 있구, 장난전화도 있구. 그때 첨 알었네. 참, 사람들이 너무헌다. 누구는 죽네 사네 그러고 있는디 장난전화나 해 쌌고.

그려. 그러다가…… 참 잊어버리지두 않어. 9일째 되는 날인디 지금처럼 해가 질락 말락 그럴 때였어. 나는 머리 싸매고 누워 있고 이 양반은 그때 고추 따고 들어왔나 그랬는디……. 그 정신에도 고추 딸 정신은 있던가 봐요. 이 양반이 들어오자마자 따르릉 허고 전화가 오는디. 여보시오. 이 양반이 받았지요. 저쪽에서 아무 말 없다가 '아빠' 그러더래요.

이 양반이, 참…… '미숙아!' 벼락같이 소리칩디다. 그 소리에 내가 벌떡 일어나갖고, 우리 둘이서 전화기를 뺏어가면서 어디냐, 밥은 먹었냐. 몸은 성허냐 누구랑 있냐 그러는디, 미숙이 이게 가만히 있다가 불쑥 그럽디다. 미안허다고. '미안해' 그러는 거요. 아이고, 나참, 말을 하는 지금도 가슴이 벌렁벌렁허네.

미숙이 이게 그럽디다. 자기는 잘 있구, 누구랑 보령해
수욕장에 있다고, 아이고, 참……. 죄여, 죄. 다 내 죄여.

어쨌거나 이 양반이랑 둘이 달려갔어요. 보령해수욕장
으로…… 남들헌티는 전단지 돌리러 간다고 핑계대구서.
보령 터미널 앞 중국집으로 찾어갔는디, 중국집이 크지도
않어요. 한 열 명 들어갈라나 말라나 그런디, 미숙이 이게
손을 들 때꺼정 못 알아봤어요. 머리는 짤뚱허구, 입술은
새빨갛구…… 엄마가 딸을 못 알아봤다니께. 부모도 못
알아보는디 사진만 본 남들이야 어떻게 알아본대요. 못
알아보지.

뭐, 미숙이 이것도 일이 이렇게 커질 줄은 몰랐겠지요.
그냥 여름방학 가기 전에 물놀이나 해야겠다 허구 놀러간
건디, 인신매매다 집단가출이다 사방팔방에서 떠들어대
니께 지두 겁나서 숨어 있다가, 안 되겠다 싶어서 전화를
했답디다."

원맨쇼에 가까운 길고 긴 이야기였다. 15년을 압축해놓기엔
짧은 이야기였을지도 모르겠다. 유미숙 아빠는 남의 얘기처
럼 딴 데 보고 있다가, 이야기가 샌다 싶으면 툭 쳐서 바로잡
고 툭 쳐서 바로잡았다. 유미숙은 눈물을 짜내는 엄마에게 휴

215

지를 건네기도 하고, 칭얼대는 아기를 놀리기도 하고. 홍간난 여사는 가끔 추임새를 넣었다. 그랬구만, 말해 무엇헌다. 암만, 그렇기도 했을 테지. 나? 나는 있는 듯 없는 듯 기척을 죽이고 앉아 할머니 몫까지 주스만 마셔댔다.

"그러니 어떡해야 옳대요. 온 세상에 대고 딸 좀 살려달라고 울고불고 그 난리를 쳤는디……. 그렇잖아도 미숙이 행실이 어떻다구 방송 나가고부터는 미숙이가 딴 애들두 꼬셔서 데려갔다, 어디다 팔아먹었다 흉헌 소리들을 해쌌는 마당에…… 거기다 대고 우리 딸은 돌아왔다, 남자랑 같이 놀러갔었다. 그럼믄, 그럼믄 워치게 된대요. 아이구, 이년아. 하필 놀러가두 그런 날 놀러가갖고는……. 네가 딸이냐, 웬수냐."

등짝을 얻어맞은 유미숙이 몸을 비틀며 얼핏 웃었다. 눈이 초승달처럼 가늘어졌다.

웃는다고 다시 타박을 준 유미숙 엄마는,

"내가 먼저 그랬어요. 이 양반한티. 지금 얘기했다가는 우리도 우리지만 미숙이 이거 얼굴 들고 못 산다. 온 동네가 아니라 온 세상이 난린디…… 미숙이가 무사헌 걸 보믄 다른 애들도 어딘가에 잘 있을 거구, 금방 돌아올 거다. 그럼 그때 조용히 얘기허자. 그때야 어디 알았대요? 다른 애들이 끝끝내 안 돌아올지."

15년 묵은 이야기를 토해낸 유미숙 엄마는 되레 시원해 보였다. 묘하게 당당한 느낌까지 났다. 내내 말이 없던 유미숙 아빠는 마지막에 한마디 보탰다.

"입이 열 개라도 헐 말은 없습니다."

이 말 없었으면 전국의 죄 지은 사람들은 어쩔 뻔했는지.

뭐, 정상 참작의 여지가 아주 없는 것은 아니지만.

"그래도 그러면 안 되는 건디 그랬네. 다른 사람 생각도 혔어야지."

홍간난 여사, 냉정하다.

"뭐, 우리라고 꽃방석에 앉은 것 같았겠어요? 목사댁이나 종부 얼굴 볼 때마다 죄인 같고, 삼거리 지날 일이 있어도 빙 돌아가고, 오늘은 말해야지. 내일은 말해야지……."

유미숙 엄마는 제 설움에 흐흐흑 어깨를 떨었다.

마누라 대신 잠긴 목을 큿 하고 푼 유미숙 아빠.

"애들 없어지고 일 년쯤 지났을 때…… 그때는 정말 더는 동네 사람 볼 면목도 없고, 이대로 더 있다간 미숙이도 죽을 때까지 숨어살아야 할 것 같아서 이제는 얘기를 해야겠다 마음을 먹었는디. 날잡아서 미숙이도 오라고 허구. 우리 좋을 대로 생각헌 건지는 몰라도 그땐 이미 애들이 죽었을 거라는 말도 있고 그럴 때니께, 우리 미숙이가 살아 있다고 허면 그 얘기가 희망적이 되겠지 싶기도 허고. 그렇게 오늘 헐까 내일 헐까 그러고 있는디 조 목사가 그렇게 된 겁니다. 저수지서……

초상집에 갔는디, 동네 사람들이 다들 미숙이 엄마는 그러면 안 되여, 미숙이 아버지도 흉헌 생각은 허질 말어, 그러는 디……. 거기다 대고 말을 헐 수가 있어야지요. 우리 애는 살어 있다고. 그 말을 헐 수가 없습디다. 그때부터는, 뭐……. 아, 이젠 다 틀렸구나. 죽을 때꺼정 이렇게 살 수밖에 도리가 없겠구나."

유미숙 아빠가 한숨 쉬고 물러나고 유미숙 엄마가 재등장한다, 콧물을 훌쩍이며.

"이사 가자고 내가 얼마나 졸랐는지 몰러요. 아무도 모르는 데 가서 살자고…… 이게 사람 헐 짓이냐고. 즈이 에미 애비 장사 지내고 온 밤에도 웃기는 거 보면 웃는 게 사람인디……. 우리는 평생을 남 눈치 보믄서 뭐 별난 거 먹을 때도 딸자식 잃어버린 에미 애비가 저런 걸 먹네 누가 눈여겨보는 거 같고. 부지불식간에 피식 웃어놓고 또 누가 봤나 사방을 둘러보고……. 그게 사람이 헐 노릇이래요? 그런데 이 양반이 이사는 죽어도 안 간다는 거요. 아무도 모르는 데 가서 발 뻗고 살믄 그땐 정말 천벌 받는다고. 그러면 우리는 사람도 아니라고 그르믄서……."

목사관 지붕을 고치던 유미숙 아빠가 생각났다. 그것은 '과부 설움을 아는 홀아비의 선행' 같은 게 아니었다.

유미숙 아빠는 한숨을 폭폭 쉬면서 마른세수를 하고, 이야기를 시작할 때부터 절반은 울음이었던 유미숙 엄마는 아예 미용실 바닥에 주저앉아 울기 시작했다.

우리 홍간난 여사는 언제 그랬냐는 듯 태도를 싹 바꿨다.

"왜 안 그렇겠어? 알지. 다 알어. 미숙이 엄마 마음 다 알어."

유미숙 엄마를 부축해 의자에 앉히고, 한참을 같이 눈물을 찍어내다가

"아들인감?"

아기 손을 잡고 흔들었다.

"예. 큰 것 둘이는 쌍둥이 지지배고. 이건 고추고……. 내일이 백일이래요."

유미숙 엄마가 구겨진 손수건에 코를 팽 풀었다.

"미숙이 닮았으면 이쁘겠네."

유미숙 엄마는 그 와중에도 살짝 웃고, 어쩐 일인지 유미숙 아빠는 금방이라도 울 것처럼 얼굴을 일그러뜨리며 외면했다.

"애아빠는 뭐 허는 사람이랴?"

"자동차 고친대요."

유미숙 엄마 대답이 불퉁스럽다. 15년 전에 같이 보령해수욕장에 놀러갔던, 유미숙 엄마의 표현에 의하면 머리는 노랗고 턱은 쪼뺏해서 어디 한 군데 볼 데라고는 없는 그놈이 애아버지가 됐단다.

"그러니 앞으로 어떡헌다?"

홍간난 여사의 질문에 화사했던 분위기가 다시 칙칙해졌다.

"그냥 이대로 지내나 어쩌나…… 그간의 사정도 알고, 미숙이 엄마 아빠 입장도 다 알고…… 알지만서두, 목사댁이 밤마다 산에 가서 우는디 그걸 그냥 보고만 있을 수는 없는 일이잖어? 삼거리 부영이 엄마도 봐봐. 그 사람이 어디 산사람이랴? 벙어리 귀머거리래도 그렇게는 못 살 거여. 어떤 벙어리 귀머거리가 그렇게 산디야? 안 그려?"

유미숙 엄마가 살짝 반기를 든다.

"그게 워치게 다 우리 탓이래요? 걔들이 집 나간 거야 지들 사정이지. 미숙이 찾었다고 얘기허믄 다른 애들도 찾어진대요? 솔직히 말해서 걔들허고 우리 미숙이허고는 아무 상관도 없잖유."

"워째 상관이 없댜? 네 명 한꺼번에 없어진 거허고 세 명 없어진 거허구 같댜? 네 명 찾는 거허구 세 명 찾는 거허구 워치게 같어? 경찰이 헛다리짚게 만든 거 아녀."

"그려요. 잘못헌지는 아는디요. 그래도 그게…… 그렇게 큰 죄는 아니잖어요. 우리가 사람을 죽였대요? 사람을 죽이라고 했대요? 사람을 죽였어도 세월이 지나면 죄가 없어진다면서요. 막말로 선희나 부영이를 우리가 그랬대요. 조목사 막내딸 우리가 그랬대요? 걔들허고 우리는 아무 상관없어요."

유미숙 엄마는 오히려 목소리가 커지는데, 홍간난 여사의 카운터펀치가 들어갔다.

"그러니께 말허라구. 지금이라도 말혀. 아무 상관없다믄서?"

게임오버!

홍간난 여사는 승리의 콧김을 뿜어내고, 유미숙 엄마는 고개를 숙인다. 염색한 지 좀 지났나 보다. 정수리 안쪽 머리가 하얗다. 집을 나가도 하필 그날 나가서 일을 키운 유미숙이야 처음부터 유구무언을 실행중이고, 유미숙 아빠는 딴청 피우듯 창밖을 보았다.

5자회담은 결렬 분위기다. 벽에 붙은 선풍기 소리만 달달거린다. 나? 말했다시피 배고파 죽기 직전이다. 15년 동안 봉인되었던 미스터리의 한 축이 무너지든 말든, 좀 전에 마신 오렌지 주스 두 잔 덕에 속은 쓰리다 못해 아프다. 그야말로 금강산도 식후경인데, 이 와중에 어딘가에서 풍겨오는 라면 냄새라니, 설상가상이로구나. '설상가상' 하니까 생각났다.

"저기…… 다임개술이라고 아세요?"

유미숙을 향해 물었는데, 한 번에 못 알아듣는다. 다시 말해 줬다.

"그게 뭔데?"

되묻는다. 보물상자와 '자전거와 소년'과 배지에 대해 말했다. 젖니에 관한 건 사건과 관계없으니 삭제.

"보물상자? 그런 거 묻은 적 없는데…….."

다시 한 번 잘 생각해보라고 했다.

"나 아니야. 다른 사람이라면 몰라도 내가 선희랑 뭘 할 리가 없거든. 난 선희 걔 별로였어. 다들 애기씨 애기씨 하니까지가 진짜 뭐라도 된 것처럼…….."

유미숙 엄마가 딸을 툭 친다.

"왜? 엄마도 그랬잖어. 선희 걔가 남의 집에서는 물 한 모금 안 먹는다구, 종부가 거만한 데가 있어서 딸도 똑같다구."

"이년아, 내가 언제 그랬어?"

"배운 티 내느라고 거만하다고 그래 놓고선."

툴툴대는 유미숙.

"뭐. 선희도 나 별로였을 거야. 그러니까 비긴 셈이지. 그러니까 우리 둘이 뭘 같이 했을 리는 없어. 확실해."

본인이 확실하다는데 달리 도리가 없다.

"근데 네 생각은 난다."

에?

"너 꼬맹이였을 때 두왕리에 있었잖아? 일영이랑 삼거리에서 공기 집던 애가 너지? 우리 동네 애들은 일영이랑 공기 집고 그러지 않았거든."

삼거리 바보 용이랑 내가 나이를 초월해 우정을 맺었다는 게 사실인가 보다. 그거 말고도 유미숙은 여섯 살 강무순에 대한 기억이 하나 더 있단다.

말했다시피, 15년 전 유미숙은 고등학생 신분으로 호프집에 들어갔다가 정학을 맞았다. 유미숙 아빠는 딸의 머리를 깎아놓고도 분이 안 풀려서 방에 가두고 밖에서 문을 잠갔단다. 방에 갇힌 유미숙은 할 일 없이 창 밖을 보며 하루를 보냈는데, 종갓집 쪽에서 꼬맹이가 내려오더란다. 황일영이랑 공기를 집는 서울 꼬맹이. 감금생활의 유미숙은 말할 수 없이 심심한 상태였고, 꼬맹이에게 말을 걸었다. 어디 가니? 이빨이 빠져서 지붕 위에 던지러 간다고 대답했단다.

"그래서 내가 그랬어. 지붕에 던지면 구렁이가 물어간다고. 넌 흥부놀부도 안 읽었냐고. 그랬더니 네가 갑자기 막 울면서 도망가는 거야. 장난이라고 말할 틈도 안 주고⋯⋯."

15년 전 일을 변명하듯 유미숙이 웃었다. 보물상자 속에 젖니가 들어 있었던 거에는 이런 사연이 있었구나. 의혹 하나가 풀린 셈인데, 하필 아무도 궁금해하지 않는 의혹이다.

상의 끝에 결국 '유미숙이 살아 있다'라는 걸 알리기로 했다. 처음에는 주저하던 유미숙 엄마가 말했다.

"차라리 잘된 건지도 몰라요. 늘 여기 한가운데가 꽉 막혀 갖고는 체한 것처럼 답답했는디⋯⋯."

오히려 홍간난 여사가 한발 빼는 모양새.

"그랬다가 미숙이가 욕을 되게 먹을 텐디⋯⋯."

유미숙은 씩씩했다.

"무릎 꿇고 싹싹 빌면 설마 죽이기야 하겠어요."

"웃음이 나와? 집을 나가도 하필 그날 나가서 이 사단을 만들어놓고는."

유미숙 엄마가 딸자식의 등짝을 후려쳤다.

"말이야 바른 말이지. 집 나가기로 마음먹은 년한테 그날처럼 좋은 날이 어딨대? 손 없는 날이나 마찬가진데."

"그래도 이년이⋯⋯."

엄마와 딸이 티격태격했다. 죄인처럼 산 15년이었다더니, 무슨 죄인들이 저렇게 발랄한 거야? 하긴 감옥 안이라도 웃고 떠들 때도 있겠지.

유미숙 부모는 아기 백일 지내고 며칠 더 있다가 돌아올 예정이란다. 사건도 해결됐고 뒷일까지 결론이 났는데 홍간난 여사, 일어날 생각을 안 한다. 막차 시간 다가온다고 내가 계속 신호를 주는데도 밍기적거리더니,

"저기. 참, 뭐라고 말을 꺼내야 좋을까 싶은데⋯⋯."

홍간난 여사가 곤란해하자, 유미숙 엄마 아빠가 긴장한다. 마지막 문제 풀었다고 연필 놓았는데, 또 무슨 문제가 남았단 말인가.

"참, 이 와중이 이런 말 허면 뭐라고 생각헐지 모르겄는

디……."

홍간난 여사는 진짜로 난처한 얼굴이다. 오지랖 넓고, 바른
말 탁탁 해대는 할머니가 이렇게 곤란해하는 건 처음 봤다.

"저기, 미숙이 엄마……. 저기 그게…… 차비 좀 빌릴 수 있
을까? 급하게 쫓아오느라고 맨몸으로 오다 보니……."

유미숙 엄마가 겨우 그거였냐고 서둘러 가방을 열었다.

"그게 말이여. 멀미약도 사야 쓰겄는디. 아까 멀미약 안 먹
고 버스 탔다가 아주 죽을 뻔했네."

참 모양 빠지는 미스 마플이다. 그래 놓고는 돌아오는 버스
안에서 철학적인 화두를 꺼낸다.

"그러게 거짓말은 바랭이풀 같은 거여."

"바랭이풀이 뭔데?"

"풀 말여. 풀. 고구마밭에서 봤잖니."

두 손바닥을 활짝 펴 보인다.

"왜, 이렇게 천지 사방으로 뻗어나가서 줄기마다 뿌리 내리
고 그러는 지랄 맞은 풀 있잖어. 그게 처음 나왔을 때는 맨손
으로도 쉽게 뽑힌단 말여. 그때 뽑아줘야 되는데 실기^{失期}허고
나믄 당최 어려운 거라. 뽑기도 어렵거니와 호미로 폭폭 파서
뽑아낸다고 혀도 고구마 줄기까지 다 상하지 않디? 바랭이풀
이 꼭 거짓말 같어. 묵으면 묵을수록 털어놓기도 힘들고, 야중
이 털어놓는다고 혀도 처음 같지 않고."

듣고 보니 어린 왕자의 바오밥나무랑 비슷하다.

아, 참! 중요한 걸 잊고 있었다.

"할머니, 어떻게 알았어?"

"뭐를?"

"유미숙 엄마 아빠가 유미숙 만나러 간다는 거."

멀미약의 기운이 도는 걸까? 홍간난 여사는 무슨 소린지 제 꺽 알아듣지 못했다.

"아까 삼거리서 하드 먹을 때, 이상하다 이상하다 그랬잖어. 뭐가 이상해서 쫓아온 건대?"

"이이, 그거…… 혀를 차잖어."

홍간난 여사는 하품을 길게 한다.

"미숙이 엄마가 혀를 차더라구. 부영이네를 보믄서 쯧쯧 쯧…… 남들이랑 똑같이 말이여."

멀미약이 독한가 보다. 할머니는 정신없이 곯아떨어졌다.

다음 중 자식을 잃어버린 부모가 하는 행동이 아닌 것은?

1. 딸의 물건을 모두 치워버린다.

2. 딸이 별에 있다고 생각하고 산에 가서 울부짖는다.

3. 산송장이 된다.

4. 같은 불행을 가진 사람을 보면서 혀를 끌끌 찬다.

운산군에 도착했을 때는 밤 10시 너머. 마을로 들어가는 버스는 한참 전에 끊겼다. 유미숙 엄마가 돈을 넉넉히 줬기에 망정이지, 노숙할 뻔했다.

날이 흐려서 달도 뜨지 않은 밤, 두왕리는 두꺼운 장막을 친 것처럼 어두웠다. 앞 유리창에 코를 박을 듯 바짝 긴장한 택시 기사는 이런 깜깜한 시골은 처음이라고 했다. 바로 옆에 낭떠러지가 있어도 모르겠다고 겁을 냈다. 간신히 삼거리까지 와서는 더 이상은 못 들어간다고 버티는 바람에 아홉모랭이까지 걸어가야 했다. 사방은 그야말로 칠흑처럼 어두운데, 삼거리 가로등만이 불을 밝혔다. 날파리 부딪치는 소리가 타닥타닥 들렸다.

주
마
등

07

비명소리에 다시 정신이 든다.

호미를 집어던지고 도망가는 여자가 보인다. 저게 누구더라?

아. 베트남에서 시집온 벌판집 며느리다. 뭐라고 소리지르는데 우리나라 말이 아니다. 이곳에 시집온 지 몇 년째라고 했더라. 아들도 둘이나 낳고, 한국말도 잘하는데, 급하니까 자기네 나라 말이 나오나 보다.

졸립다. 지금 잠들면 다시는 못 깨어날 것 같다.

목소리가 들린다. 내 이름을 부른다. 바짝 다가온 얼굴은…… 부흥슈퍼 할머니다. 내 꼴을 봤을 텐데도 침착하다. 젊었을 때는 슈퍼 자리에서 주막집을 했다더니, 그래서 그런가 보다.

정신이 드냐고 내가 누군지 알겠냐고 자꾸만 묻는다.

고개를 끄덕였다. 얼핏 웃은 것도 같다. 아는 사람을 대할 때의 습관이다.

부흥슈퍼 할머니 뒤에 있던 베트남 며느리가 비명을 지르며 주저 앉는다. 손가락으로 가리키며 알아들을 수 없는 말을 쏟아낸다. 역시 베트남 말이다.

부흥슈퍼 할머니가 돌아보다가 '어어' 비켜선다.

햇빛을 등에 진 사람은 얼굴이 보이지 않는다. 그래도 누군지 알 수 있다. 손에 칼을 든 사람. 좀전에 나를 찌른 살인자다. 살인자가 소리지른다. 나를 찌를 때도 같은 말을 했다.

내 딸 내놔!

08

여
름
,

납량특집하는 밤에
수박은 곤란하지

"에이, 씨부랄 거, 하나 사고 말지."

홍간난 여사가 집어던진 양은 냄비가 깡깡 소리를 내며 굴러간다. 머위 줄기 삶는다고 냄비에 물 올려놓은 걸 깜빡하는 바람에 까맣게 타버린 냄비를 쇠수세미로 문지르다가 부아가 난 거다. 그러기에 냄비에 물 올려놨으면 지켜보고 있어야지, 바깥마당의 풀은 왜 뽑으러 나가냐고. 한두 번도 아니고, 참.

저만치 굴러간 냄비를 끌어다가 다시 다리 사이에 끼우고 박박 문지르더니, 기어코 반짝반짝 윤이 나게 닦아놓은 홍간난 여사. 거기까진 좋았는데, 그날 밤에 팔이 아프다고 끙끙댄다. 밥숟가락도 못 들겠단다. 그러니 내일 하기로 되어 있다는 조합 콩밭 매기는 어떡하냐고 걱정이 태산이다.

"다들 욕혈 텐디, 큰일이다. 조합원이라믄 누구든 한 달에 한 번씩은 품을 해야는디."

못 들은 척했다.

"워치겨. 밭고랑에 무덤 쓰는 한이 있어도 나가봐야지. 내일 어디 가지 말고 전화기 옆이 붙어 있어. 네 할매 쓰러졌다고 연락 오믄 데릴러는 와얄 거 아니냐."

협박도 가지가지다.

그러게 처음이 중요한 거다. 고구마밭 맸더니, 이젠 동네일까지 다니게 생겼다.

7시에 일어나 아침밥을 먹는 둥 마는 둥 조합 밭에 갔더니, 20여 명 일꾼 중 내가 제일 꼴찌다. 솔직히 말하면 약간의 낭만을 기대했다. 전원일기스러운 그런 거 말이다. 풀도 뽑고, 새참으로 국수도 먹고, 막걸리도 한잔하고, 두런두런 이야기도 하고, 겸사겸사 동네 비밀도 염탐하고.

거짓말 안 보태고 정말이지 죽을 뻔했다. 콩밭 고랑이 어찌나 긴지 끝이 보이질 않는데, '재 너머 사래 긴 밭'이란 말이 그냥 나온 소리가 아니었다. 100미터 가까이 되는 거리를 앉은 걸음으로 걸어야 하는데……

고등학교 1학년 때 반평균이 학년 꼴찌였던 적이 있다. 그때 단체기합 받느라 운동장 한 바퀴를 오리걸음을 했는데, 딱 그 꼴이다. 오리걸음 중간중간 풀까지 뽑아야 하고.

새참으로 국수와 막걸리? 젠장할. 단팥빵에 우유 하나씩 먹었다. 아침을 먹는 둥 마는 둥했던 터라 남들보다 빨리 먹어치웠더니 넙데데한 얼굴에 역시나 두왕리표 갈매기 모양 눈썹 문신을 한 아줌마가 한마디 했다.

"밭은 꼴찌로 매면서 새참은 일등으로 먹네."

일꾼들이 와르르 웃었다. 나도 웃었다. 사실이 그러했으므로 부인할 수도, 화를 낼 수도 없는 데다가 저들은 모르는 비밀이 하나 더 있었는데, 사실 나는 풀 뽑으면서 콩대를 몇 개나 부러뜨렸다.

새참 후엔 다시 오리걸음. 대낮인데도 땀냄새를 맡고 모기가 달려들었다. 야생의 힘인 것이다. 긴 바지에 긴팔을 입었는데도 옷을 뚫고 쳐들어온다. 처음엔 때려잡기도 하고 쫓기도 하다가 나중엔 헌혈한다 생각했다.

내 다리가 내 다리가 아니게 느껴질 때쯤 봉고차가 도착했다. 운전석에서 내린 사람은 모자 쓴 중학생……일 리가 없지. 키 작은 아저씨가 소리쳤다.

"점심 먹구 하세요."

어찌나 반가운지 벌떡 일어났는데, 나 혼자만 일어난 거다.

다른 일꾼들은 못 들은 척 그냥 밭을 매나간다. 우물쭈물 다시 앉아서 이게 뭔 일인가, 밥 왔다는데 반응이 왜 이러나 어리둥절한데 한 10분이나 지났을까, 누군가 그랬다.

"먹자고 허는 짓인디 밥부터 먹읍시다."

그제야 미적미적 일어나는 일꾼들, 까짓 10분 더 일하려고 그런 거였어? 밥이랑 밀당하는 것도 아니고. 그사이 키 작은 아저씨는 나무 그늘에 점심을 차려놓았는데, 메뉴는 김치찌개와 제육볶음이었다. 손이 덜덜 떨렸다. 젓가락질이 안 돼서 반찬도 숟가락으로 떠먹었다. 점심을 먹은 일꾼들은 나무 그늘에 눕기도 하고, 담배를 피기도 하고, 저 좋을 대로 휴식시간을 보냈다. 8시에 일 시작했으니까 다섯 시간 만의 휴식이다. 50년은 지난 줄 알았는데.

"고 실장, 선본다며?"

빈 그릇을 챙기던 키 작은 남자가 헤헤 웃는다.

세상에 저 얼굴로 총각이란다. 마흔은 넘은 줄 알았는데 서른두 살이란다. 고 실장의 나이와 선본다는 여자의 나이 차이를 계산하던 유난실이.

"고 실장이랑 유선희랑 동창이었네."

유선희라는 이름을 들은 고 실장은 뭐에 쏘인 것처럼 움찔했다. 다른 사람들도 들었나 눈치를 본다.

"괜찮아. 15년도 더 지났는데, 뭐."

볼드모트라고 말해도 별일 없다는 걸 알아버린 걸까? 지난번과는 달리 유난실은 아무렇지도 않다.

"그래도……."

"고 실장도 선희 좋아했지?"

유난실의 직구질문에 고 실장 얼굴이 빨개졌……을까? 너무 까매서 구분이 안 간다.

"유 실장님, 취하셨어요?"

고 실장은 점심과 함께 소주 두 병을 갖고 왔다. 할머니들에게 반주를 권하면서 유난실도 두어 잔 마셨더랜다. 그나저나 여문콩된장 협동조합은 모두 실장인가 보다. 전 직원의 간부화인가?

볼이 불그스름한 유 실장님, 나를 향해 말했다.

"저번에 너하고 선희 얘기했잖어. 마음이 후련하더라구. 그런 식으로 선희 얘기를 한 게 정말 오랜만이었거든. 여기 사람들은 그 얘기만 나오면 다들 벌벌 그래."

유난실이 일꾼들을 둘러본다.

일꾼 중에 눈에 띄는 사람이 두 명 있다. 월등히 처지는 일꾼, 월등히 앞서는 일꾼. 물론 전자는 나고, 후자는 황부영 엄마다. 다른 일꾼들은 나란히 앉아서 풀도 뽑고 간혹 두런거리기도 하는데, 황부영 엄마는 고개 한 번 들지 않았다. 지금도 황부영 엄마는 남들과 떨어져 나무에 기대앉았다. 눈을 감고 있다. 잠을 자는 걸까? 황부영 엄마를 물끄러미 보던 유난실이 한숨과 함께 기분을 바꾸더니 말했다.

"한호가 아니었다며? 선희 남자친구."

어떻게 알았을까?

"저번에 한호랑 통화했어."

그러고는 고 실장에게 말했다.

"고 실장도 몰라? 그때 선희가 누구랑 사귀었는지?"

"예……?"

"남자애들끼리는 그런 얘기 안 해? 누가 누구랑 사귀고, 누가 누구 좋아한다는 그런 얘기."

"하긴 하는데……."

"그래서? 유선희랑 사귄 애가 누구야?"

"그러게, 유선희는……."

고 실장은 조금 떨어져 있는 일꾼들 눈치를 다시 보더니 대답한다.

"그러니까 유선희를 좋아한 남자애들은 많았는데, 딱히…… 애들이 말로는 선희는 내 거다, 네 거다 그러기는 했어도 딱히 뭐…… 말하자면 유선희는 만인의 연인 같은 거라서요."

만인의 연인이란다, 참. 입고 있는 붉은 악마 셔츠만큼이나 철 지난 표현이로세.

235

잠입수사고 정보수집이고 졸음이 쏟아졌다. 마지막에 밥 한 공기를 더 먹는 게 아니었다. 김치찌개 국물이 너무 맛있어서 그만…… 유난실과 고 실장의 대화가 꿈결처럼 아득해졌다.

유난실은 누구든 고백했으면 좋았을걸, 하다가 선희는 못해 본 게 한두 가지가 아니겠지, 그래도 첫사랑이라도 해봐서 다행이야 어쩌구 했다. 유난실이 뭐랬는지 고 실장이 하하하 웃다가 유선희랑 말 한 번 못해본 사인데 어쩌고, 그 당시 선생님들도 저쩌구……. 선생님 중에 별명이……?

갑자기 잠이 확 깼다. 머리 한쪽에서 반짝하고 전구가 켜진 느낌. 영감이란 이렇게 떠오르는 거구나 전율을 느꼈다.

고 실장은 빈 그릇을 봉고차에 싣는 중이다. 놓칠세라 뛰어 갔다. 뭔 일인가 돌아본다. 아무리 생각해도 미스터리다. 저 얼굴로 서른둘이라니.

"다임개술이라고 아세요?"

"뭐?"

"다임개술요. 15년 전에 그런 말이 유행하지 않았어요? 친구나 선생님 별명이라든가."

고 실장이 '다임개술, 다임개술' 중얼거렸다.

다임개술! 현재는 쓰지 않는 말이다. 그렇다면 당시의 유행 어일까?

"아니면 은어라든가?"

"다임개술이라⋯⋯."

고 실장은 뭔가를 생각할 때면 입술 끝에 힘이 들어가나 보다. 불독 같다고 해야 할지, 심술맞다고 해야 할지, 아무튼 못생긴 얼굴을 더 못생기게 만들면서 심사숙고했다.

"해 다 가겠네. 그만들 일어서지."

누가 이렇게 초를 치나 돌아봤더니, 나보고 빵 빨리 먹는다고 뭐라고 했던 그 아줌마다. 아무튼 저 아줌마, 그때부터 마음에 안 들더니. 그러고 보니 저 아줌마, 장례식 때 나보고 '아기엄마'라고 불렀던 그 아줌마 아닌가?

장례식 이틀째 되는 날, 사촌오빠네 갓난아기가 잠투정이 심해 밖에 나가 안고 흔드는데, 분명 저 아줌마였다.

"아기엄마, 밥 먹어."

검은 상복이 주는 고전미 때문일 거라고, 돌아서서 스물한 살의 앳된 얼굴을 기껏 보여줬건만, 끝까지 오해했다.

"딸이여. 아들이여?"

암튼 그때부터 눈치 없는 거 알아봤다. 망할 아줌마, 여름해가 얼마나 긴데 벌써 저문대. 그리고 갈매기 눈썹이 그 넙데데한 얼굴에 어울린다고 생각하세요?

고 실장은 봉고차와 함께 떠나버리고 일꾼들은 엉덩이를 툭툭 털며 일어났다. 다른 일꾼들이 어기적어기적 움직일 때까지 황부영 엄마는 나무에 기댄 채 눈을 뜨지 않았다. 깊은 잠이 든 걸까? 누가 안 깨우나 그러고 있는데, 황부영 엄마가 한숨을 푹 쉬더니 눈을 뜨는 거다. 그리고 해 질 때까지 고개 한 번 들지 않고 땅을 파나갔다.

이러다 진짜 죽겠구나 싶을 때쯤 일이 끝났다. 저녁 7시. 아줌마들은 서둘러 산비탈을 내려갔다. 얼른 가서 저녁 해야 한단다. 진정한 슈퍼맨은 두왕리에 있었다. 빨간 빤스 입고 날아다니는 거? 그까짓 게 뭐가 힘들어. 지구를 구하는 거? 콩밭 매는 거에 비하면 일도 아니다. 단언컨대 노동은 신성하다. 절대적으로 신성하다. 그러므로 아무나 해서는 안 되는 일인 것이다.

"그까짓 거 하루 일했다고 끙끙댄다니."

앓아누운 손녀딸을 대신해 설거지를 하고 들어온 홍간난 여사.

"그러게, 이것아. 시골 사람들은 맨날 그러고 살어."

황부영 엄마 밭 매던 얘기를 했다.

"그이가 젊어서부터 손이 재긴 했어. 야무지고, 깔끔허구…… 서로 품앗이허자고 맡어놓구 그랬었는디."

혀를 끌끌 찬다.

"딸자식 잃어버린 뒤로는 누구랑 말을 섞기를 허나, 웃기를 허나…… 소리지르고 울기라도 허믄 달래기라도 허지."

홍간난 여사의 기억에 의하면, 황부영 엄마는 열아홉에 시집 왔단다.

"노총각 노처녀가 있으면 그 동네 전체가 근심허던 시절이
여. 그러니 서른이 가찹도록 장가를 못 가던 삼거리 노총각이
장가를 간대니께 동네 경사 아니냐? 없이 사는 집이라 결혼
식이구 뭐 그런 건 없구 그냥 동네 사람들 불러다 놓고 밥 한
끼 먹는디, 신부가 눈은 황소만큼 뚱그래갖고 여기서 소리 나
면 여기 쳐다보고 저기서 소리 나면 저기 쳐다보고 어리둥절
해갖고는. 열아홉이면 뭘 안다니? 애지. 눈치보느라고 밥도 못
먹어. 그래서 내가 뭐라도 먹으라고 곶감인가 약과인가를 집
어줬어. 그랬더니 애처럼 배시시 웃는디…… 그때 내가 속으
로 그랬어. 친정이 어떻게 생겨먹었길래 나이 스물도 안 된 딸
을 서른 가차운 노총각헌티 시집보냈을까. 그것도 송곳 하나
꽂을 밭 한 떼기 없는 집으로다가 말이여. 야중에 들으니께 계
모랴. 낳아준 엄마는 젖먹이 때 죽고, 할매 손에 크다가 그 할
머니는 또 일곱 살 땐가 죽고, 그 뒤로는 계모 손에서 컸는디,
전처 소생 치워버릴라고 아무한테나 준 거여, 그 계모가……"

40년도 안 된 얘긴데 어째 전설의 고향 같다.

"어려서부터 고생을 해서 그런지 눈치 빠르구, 부지런허구,
살림 야무지구…… 딸 둘 놓은 다음에 아들 나왔다고 그렇게
좋아혔는디. 그게 하필 배냇병신인 거라. 그리고 얼마 안 있다
가 황 서방이 경운기에 깔려버렸네. 허리가 박살났으니 뭐 지

푸라기 하나 들 수 있다니? 한 집안에 병신이 둘 생긴 거지. 뭔 놈의 복이 그 모냥인지. 초년복이 없으면 말년복이 있든가. 자식복이 없으면 서방복이라도 있든가."

'들깨의 난' 때 집 앞에 쭈그리고 앉아 있던 황부영 엄마가 생각난다. 그이는 무엇을 바라보고 있던 걸까? 무엇을 기다리고 있던 걸까?

아참, 영감이 떠올랐다는 전율은 단순착각이었다. 다음 날, 여문콩된장 사무실로 전화를 걸어 고 실장에게 다임개술에 대해 생각나는 게 있냐고 물었다. 그런 말은 처음 들어봤단다. 그런 유행어도 없고, 그런 별명도 없었단다. 그러고는 당시 친구들 별명을 일일이 읊어대는 거다. 장씨라서 장독대, 키가 크다고 멀대, 코흘린다고 찔찔이. 아무튼 눈치없는 고 실장, 말 끊을 틈을 안 주고 혼자 떠드는데…….

"개구리라고 있었어. 입도 크고 말도 많아서 개구리라고 그랬는데, 소풍 때나 운동회 때 오락부장은 맡아놓고 하던 놈이야. 그놈이 유선희는 지꺼라고 큰소리를 뻥뻥쳐대던 놈이여. 고백했다 차이고 고백했다 차이고, 넉살이 보통 좋은 놈이 아니여. 개구리 허니께 생각나는디 구더기라는 별명도…….."

"그 사람 이름이 뭔데요?"

"누구? 구더기?"

"아뇨, 개구리."

"이이, 양진욱이가 개구린디, 왜?"

꽃돌이가 집으로 찾아왔다. 온몸의 마디마디가 난리를 치는 바람에 말우지고개는커녕 마루를 오르내리기도 힘든 상황. 재실에서 홍간난 여사의 집 대청마루로 상황실이 옮겨진 셈이다.

집주인 홍간난 여사는 씨에스타 중. 점심 때 열무국수를 두 그릇이나 드시더니, 낮잠이 다른 날보다 길다.

꽃돌이는 15년 전 산내중학교 졸업 앨범을 들고 왔다. 앨범 첫 장에 '산내중학교 도서관'이라고 도장이 찍혀 있다. 방학 중인데 도서관이 문을 연 것도 신기하고, 앨범을 대출해주는 것도 신기하다. 종갓집 도련님이라 특별대우를 받았나 했더니, 도서위원이랑 친한 것뿐이란다.

졸업사진 속 양진욱은 역시나 입이 컸다. 잘생겼다기보다는 뭔가 유쾌한 느낌의 훈남이다,

"훈남? 느끼 작렬이구만."

꽃돌이 녀석이 딴지를 건다. 앨범을 넘겨가며 단체사진, 소풍사진, 행사사진 속에서 양진욱을 찾아 일일이 트집을 잡는다.

"브이가 뭐냐? 브이가…… 초딩두 아니구."

"지가 뭔데 맨날 가운데 앉는대? 재수없어."

"윗도리 바지에 넣어 입은 것 봐라. 완전 구려."

급기야 오늘의 잣대로 15년 전의 패션을 지적했다.

"양진욱은 아니야. 이런 단순무식한 놈을 유선희가 좋아할

리 없어."

꽃돌이 녀석, 어느 샌가 유선희바라기가 되어버렸다. 유선희가 자기 때문에 사라진 게 아니라는 얘기를 듣고부터 그런 것 같다. 하긴 꼭 그게 아니더라도 세상의 모든 남동생들은 누나의 첫사랑을 질투하는 법이다. 무석이만 해도 내 첫사랑 국어선생님 사진에 코피를 그려놓았었다. 그 덕분에 무석이는 진짜 코피를 흘리게 됐지만.

"꽃돌아. 어린애야. 만인의 연인이란 건 누구의 연인도 아니란 얘기야, 응? 멀리서 쳐다보기만 할 뿐, 아무도 다가오지 않아. 외롭겠지? 당연 외롭지. 이름만 다르다뿐이지 왕따랑 뭐가 달라? 그때 한 명의 기사가 나타나 고백해. 찌릉찌릉 자전거를 타고 와서."

"차였다면서."

"다시 들이댔대잖아."

"또 차였겠지."

"될 때까지 들이댄다고 했대잖아."

아무래도 꽃돌이는 유선희의 남자친구로 양진욱이 탐탁지 않은 것 같다. 입을 쭈욱 내민다.

"이보세요. 꽃돌 씨. 오죽하면 그런 말이 나왔겠어요. 용감한 자가 미인을 얻는다. 똑똑한 자도 아니고. 잘생긴 자도 아니고. 용감한 자가 미인을 얻는 거란다."

"용감하기는 쥐뿔."

"하지 마? 여기서 수사 접어? 접을까?"

"누가 뭐래?"

꼬리 내리는 꽃돌이. 짜식이 말이야. 내가 지금 누굴 위해 머리를 쓰는데? 수능 때도 아껴 쓴 머리를.

남은 문제는 양진욱에게 어떻게 접근하느냐다. 현재 수사팀이 확보한 정보는 졸업 앨범 뒤에 나와 있는 집주소와 전화번호뿐이다. 그것도 15년 전의 것. 일단 양진욱의 현재 연락처를 알아내는 게 급선무다. 그래서 나는 산내중학교 총동창회 간사역을 맡기로 했다.

"준비됐지?"

꽃돌이는 전화번호를 꾹꾹 누르더니 수화기를 건넸다.

"여보시오?"

나이 든 여자가 받았다.

"누구시오?"

"실례지만 양진욱 씨 댁 아닌가요?"

"누구?"

양진욱 씨, 어머님 귀에 보청기 달아주셔야겠어요.

"양진욱 씨요."

"양진욱이? 진욱이면 우리 큰아들인디…… 진욱이는 왜요?"

243

"양진욱 씨 지금 연락처 좀 알 수 있을까 해서요. 저는……"

"진욱이 전화번호요? 가만 있어 봐요."

군이 간사직을 맡을 필요도 없었다. 양진욱 씨 어머님이 전화번호를 찾는 동안 나는 꽃돌이에게 메모 사인을 보냈다. 꽃돌이가 펜과 수첩을 대령했다. 나는 총동창회 명부를 만드는 사람답게 수화기를 어깨와 머리 사이에 끼고 메모 준비를 했다.

"적으시오. 우리 큰애 번호가……."

"예, 말씀하세요."

이거이거, 혹시 나 보이스피싱에 소질 있는 거 아니야?

"010……"

"예, 010."

"……그런디 누구시랴?"

"예?"

"우리 진욱이허구는 어떤 사인디……?"

"저요?"

다 끝난 줄 알았는데 느닷없는 질문이 당황스럽다

"저, 저, 저는……. 도, 도, 동창회 사무국 가, 가, 간사……."

"동창회? 어디 동창회?"

"예?"

"어디 동창회냐구?"

"예?"

"예가 아니라. 어디냐구유? 여보시오? 여보시오?"

이번엔 진욱 씨 어머님 청력 문제가 아니다.

"전화가 왜 이런댜?"

수화기를 톡톡 치는 소리가 난다. 물론 전화기 문제도 아니다.

"다시 전화 드릴게요."

나는 또박또박 크게 말씀드리고 전화를 끊었다. 꽃돌이가 빤히 쳐다본다.

"그게 말이야. 다 됐구나, 힘 빼고 있는데 갑자기 질문이 들어오니까…… 괜찮아. 다시 전화하면 돼. 이번엔 친구라고 하는 거야. 중학교 때 친군데 전화번호 좀 알려달라고."

"친구 누구냐고 하면, 예? 예? 그럴려구?"

망할 자식.

"이런 건 한번에 성공해야 하는 건데. 두 번 세 번 전화번호 물어봐. 아무리 시골 할머니라도 당연 의심하지."

"직접 찾아가는 건 어때? 주소도 있겠다. 송인면 죽동리1구 624번지."

"가서 뭐라 그래? 도, 도, 동창회?"

생각해보니 억울하다. 꽃돌이 저 녀석, 지는 과장이고 나는 평사원인가? 아이디어 하나 내놓지는 않으면서 내가 낸 아이디어는 족족 까댄다. 망할 놈의 시키, 등짝을 후려패줄까 어쩔까 싶은데, 쯧쯧쯧 혀 차는 소리가 났다.

"그거 하나 못해 갖고 쩔쩔매기는……."

언제 깬 걸까? 홍간난 여사가 뒷문 들창 밖으로 얼굴을 내밀더니 소리를 질렀다.

"체부 양반, 체부 양반, 좀 앉었다 가유."

체부?

잠시 후 우편배달부가 나타났다. 변함없이 성냥개비 같은 실루엣이다. 그나마 헬멧을 쓴 게 낫지 싶다. 헬멧을 벗자 몇 가닥 안 되는 머리카락이 땀에 젖어 얼굴에 들러붙었는데 어른한테 이런 말하면 뭣하지만, 참 볼품없다. 자글자글 하회탈 같은 저 얼굴로 아직 현역이라니…….

꽃돌이가 우편배달부를 향해 꾸벅 인사한다.

"방학했나 보네?"

우편배달부도 아는 척을 한다.

홍간난 여사는 아무것도 없는 마루 끝을 손바닥으로 쓸어내며 앉으라고 재촉이다. 우편배달부가 마루 끝에 걸터앉아 손바닥으로 땀을 닦는다.

"날이 하도 찌니께……. 무순아. 냉장고에 박카스 있을 겨."

할머니는 선풍기를 우편배달부 쪽으로 돌려놓았다.

"참말이지, 더워서 욕보네."

대령한 박카스를 홍간난 여사가 직접 따서 우편배달부에게 건넨다.

"퇴직이 얼마 남었대유?"

"인제 일 년 좀 못 될라나……."

"안체부 관두면 섭섭혀서 어쩐댜?"

안씨 성을 갖고 있어서 안체부인가 보다. 유니폼에 안길웅이라는 이름표가 붙어 있다.

"안체부가 우리 동네만 몇 년째지?"

"중간에 한 삼 년 딴 동네로 갔다가 왔으니께…… 보자, 3년 빼면 19년 좀 더 될기유."

"어쨌거나 동네 사람이나 매한가지여."

느닷없이 인자한 노파 연기를 하는 것도 아니고, 흥간난 여사 속셈을 모르겠다. 꽃돌이는 벌써부터 관심을 잃고 앨범을 들여다본다.

"송인면도 댕기지?"

"산내면, 송인면, 율목면 이렇게 3개면이 한 사람이니께요."

"거기 송인면 죽동리에 양 씨 있지?"

"죽동리에 양 씨가 어디 한둘인가요?"

"죽동리 몇 구랬지?"

"죽동리 몇 구랬지?"

참, 홍 반장님도. 계획이 있으면 먼저 브리핑을 해주시지. 급하게 앨범을 끌어당기는데…… 꽃돌이가 대답한다.

"1구 624번지요."

꽃돌이의 토스를 받아 홍간난 여사의 질문 스파이크.

"그 집 알라나?"

"보자…… 1구 624번지면 과수원집 양 씬디."

"그럴 겨. 과수원 양 씨…… 거기 아들이 있지?"

"아들 둘에 딸 하난가 그럴걸요, 아마."

"아들이 둘이구먼."

그게 뭐 감탄할 일이라구 홍간난 여사, '오오' 고개까지 끄덕끄덕.

"아들 중에 말여……"

홍간난 여사가 슬쩍 나를 본다.

입 모양 힌트를 보냈다.

'큰아들'

"큰아들이 지금 집에 있나? 따로 있나?"

"그건 왜요?"

순순히 자백하던 안체부의 반격.

"아니, 누가 중신 선다고 좀 알아봐달래서……."

우리 홍 반장님의 여유 있는 응수. 역시 나하고는 급수가 다르다.

"예에……. 그 집 아들이야 잘은 몰라도 부모 자리는 그만한 데가 없어요. 점잖고, 인정 있고, 그만하면 살 만하고."

"으응, 그럴 겨. 근데 그 아들 자리는 뭐 허는지 알어?"

"그것도 모르면서 중신 선다고 하셨어요?"

가볍게 타박하는 안체부 얼굴에 주름이 자글자글.

"읍내서 빵집 헌다구 들었는디. 중앙시장 입구에 있는…….
이름이 뭐래더라, 빵 냄샌가 뭐였는디. 신부 자리는 어디래
요?"

안체부의 2차 공격.

"그건 야중에…… 얘기 잘되면 그때 갈처줄게."

아, 홍간난 여사의 능수능란함이라니, 정말이지 기립박수라
도 치고 싶은 심정이다.

알아낼 건 모두 알아냈다 싶은 홍 반장님은 박카스 빈병을
받아들며 말했다.

"바쁜 사람을 내가 너무 오래 잡고 있는 거 아닌가 몰러."

안체부는 다시 공무로 돌아가고, 나와 꽃돌이는 존경의 염
을 가득 담아 홍간난 여사를 우러러보는데, 겸손과는 거리가
먼 홍간난 여사.

"그까짓 거 하나를 못 알아내서는……."

머리를 벅벅 긁는다. 자다 일어난 뒤라 옆머리가 잔뜩 뻗
쳤다.

중앙시장 입구에 있는 빵집 이름은 '빵 굽는 냄새'였다. 가
능한 한 크게, 그것도 원색으로다가 가게 이름을 박으면 그게

인테리어의 전부인 줄 아는 가게들 사이에서 하얀색 벽돌에 노란색 지붕은 단연 눈에 띄었다.

"밧데리 확인해봐."

꽃돌이 녀석, 양진욱 씨와의 대화를 핸드폰에 녹음해 오란다. 지난번 정한호 선생과의 면담내용 전달이 만족스럽지 않았던 거겠지.

"잘해."

꽃돌이는 빵 굽는 냄새 건너편 롯데리아로 들어갔다.

빵냄새는 문명의 냄새를 닮았다. 그러고 보니 빵집 안에서는 와이파이도 연결된다. 아아, 와이파이여. 인터넷이여. 전생의 기억처럼 아득하구나.

"어서 오세요."

맞이한 건 내 또래의 젊은 여자다.

"여기 사장님 좀 뵈러 왔는데……."

'아' 하며 젊은 여자는 혼자 수긍하더니, 안쪽을 향해 소리쳤다.

"사장님, 아르바이트 면접하러 왔어요."

정한호 선생 때는 제자로 오해받았는데…….

앞치마에 손을 닦으며 나타난 빵집 사장 양진욱은 거구다. 빵집 사장이라기보다는 유도나 씨름선수 같은 느낌. 중학교 앨범 사진에서는 키가 크고 날씬했는데, 빵 만드는 솜씨가 너무 좋아 자기가 먹고 살이 쪘나? 입은 여전히 크다. 큰 입으로 씨익 하고 웃으니 빵집 주인 같기도 하다.

빵 진열대 앞에는 두 개의 테이블이 있는데, 한갓진 창가 쪽 테이블은 양복 입은 남자 두 명이 차지했다. 양진욱과 나는 안쪽 테이블에 자리잡았다.

"학생?"

앉자마자 묻는다.

"아뇨. 저는 삼수생인데…….."

"그래? 공부하면서 아르바이트할 수 있어? 하긴 우리는 주말에만 필요하니까, 평일에는 공부하고 주말에는 일하고, 그럼 되긴 하는데, 주말은 9시까진 거 알지? 아침 11시부터 저녁 9시까지. 밥은 손님 없을 때 알아서 먹어야 하고…….."

쉴 틈 없이 아르바이트 조건을 읊어대는데, 결국 시급이 오천오백 원이라는 얘기까지 듣고 나서야 간신히 입을 열었다.

"저는 아르바이트하러 온 게 아니구요. 저기 여쭤볼 게 있어서…… 저 혹시 이런 거 본 적 있으세요?"

'자전거와 소년'을 테이블 위에 올려놓았다.

"이게 뭐냐면, 그러니까 유선희…….."

유선희라는 이름에 실내의 공기가 잠깐 움찔한 것 같다. 착각이겠지. 양 사장님 얼굴에서 웃음이 사라진 건 사실이다.

어쨌거나 15년 전의 보물상자에 대해 이야기했다. 보물상자 안에서 나온 '나무 인형'의 주인을 찾고 있다고. 하도 여러 번 하다 보니 이야기가 술술 나왔다. 딸랑 종소리가 나면 문이 열리고 손님이 들어오는데, 그때마다 양진욱 사장은 벌떡 일어나 '어서 오세요' 인사했다. 양 사장님에게는 어떨지 몰라도 나에게는 다행스럽게도 장사가 그렇게 잘되는 건 아닌가 보다. 이야기 중에 두 번 일어났을 뿐이다.

"그때 사장님께서 유선희…… 그 사람이랑 사귈 거라고 그랬다는데……."

"그 얘긴 누구한테 들었대?"

정보원을 보호하기도 전에,

"하하, 참 그게 벌써 15년이나 됐네. 내가 그때 3학년 1반이었는데 반 전체에다 대고 공약을 했어. 3학년 졸업 전까지 유선희랑 기필코 사귈 테다. 애들이 소리지르고 난리도 아니었어. 지들끼리 내기도 허구 사귄다. 못 사귄다. 뭐 못 사귄다 쪽이 압도적으로 많았지만……."

하하하, 혼자 웃는다.

"고백하셨어요?"

"고백? 했지. 그것도 세 번씩이나."

또 하하하 혼자 웃는다.

"맨 처음 고백은 화이트데이 때 했어. 교문 앞에서. 사탕이랑 편지를 줬는디 '미안' 그러더라고. 숨어서 보던 애들이 웃겨 죽는다고 난리도 아니었어. 뭐, 나도 한방에 잘될 거라고는 생각 안 했지. 그리고 한두 달쯤 있다가 우리 과수원에 사과꽃이 막 필 땐데, 꽃다발을 만들어서 또 고백했지. 사과 꽃다발, 로맨틱하지 않아?"

대답은 필요없나 보다. 곧바로

"그때도 '미안' 그러더라고. 그때는 좀 충격이더라구. 될 줄 알았거든. 그래도 오기가 있지. 여름방학 때 종갓집으로 찾아갔어. 집 구경 왔다고 하면서 접근하려고. 그런데 대문 앞에 서니까 엄두가 안 나더라고. 그래서 그냥 왔어."

하하하 큰소리로 웃기에 따라 웃었다. 뭐랄까? 양진욱 사장의 웃음소리는 듣고 있으면 따라 웃게 되는 그런 유쾌함 같은 게 있다.

"그래도 포기한 건 아니구, 말하자면 종갓집은 유선희 홈그라운드잖아. 나한테는 원정경기인 셈이고. 나중에 방학 끝나면 다시 시작하려고 그랬는데 그런 일이 생긴 거야. 네 명이 한꺼번에……."

양사장님의 말이 겨우 끊겼다.

"유선희……, 그분이 왜 거절하는지는 얘기 안 했어요? 따로 사귀는 사람이 있다든가."

"따로 사귀는 남자애는 없었어. 그건 확실해. 내가 계속 지켜봤거든. 뭘 좋아하는지, 누구랑 친한지. 남자가 있었다면 내가 바로 알았겠지. 남자는 없었어. 남자는 없었는데…….”

“그런데요?”

“아녀. 별거 아녀.”

뭐든 시원시원하던 양진욱 사장, 처음으로 한발 빼는 느낌
이다. 꽃돌이는 가능한 한 유선희에 대한 정보를 많이 모아오
라고 했다.

“유선희는 어떤 사람이었어요?”

“유선희? 이뻤지.”

단순하고 명쾌한 대답.

유난실에게 유선희는 ‘온실 속의 화초’처럼 늦됐지만 사랑
스런 아이였다. 정한호 선생에게는 보기와는 달리 지루한 소
녀였고, 유미숙에게는 재수없는 새침데기인 데다가, 고 실장
에게는 다가가기 힘든 만인의 연인이었다면, 양진욱 사장에게
는 그냥 이쁜 여학생이었다는 얘긴데……. 어쩌면 알수록
유선희 이미지는 점점 흐릿해진다.

양진욱 사장은 3학년 봄소풍 때 부른 노래가 사실은 유선희
를 향해 부른 노래였다는 둥, 하하하. 단체 체육수업 때 유선
희 쳐다보며 뛰다가 넘어졌다는 둥, 하하하. 유선희 지나갈 때
불려고 휘파람 부는 연습을 그렇게 했다는 둥, 하하하. 유선희
이야기를 가장한 자기 이야기만 한참 했다. 정한호 선생은 말
이 너무 없어서 수사에 지장을 주더니, 양진욱 사장은 말이 너

무 많아 수사를 방해했다. 쉴 새 없이 자기 일대기를 엮어내는데, 예의가 아닌 줄은 알지만 말을 끊었다.

"혹시 다임개술이라고 아세요?"

"다임…… 뭐?"

양진욱 사장은 '다임, 다임……' 생각을 더듬더니,

"이름 아니야? 손다임, 이다임. 하하하."

그럼 개술이만 찾으면 되는 건가? 박개술, 김개술. 하하하.

마지막 질문도 끝났고, 테이블 위에 뒤집어놓았던 스마트폰의 녹음정지 버튼을 누르는데,

"황부영 얘기는 안 궁금해?"

우리 양 사장님 오해하셨나 보다. 나는 네 명의 소녀 실종사건을 수사 중인 게 아니라, '자전거와 소년'을 추적중이다. 그보다는 다임개술의 정체가 궁금한 거고.

"계속 유선희를 관찰하다 보니까 알게 된 건데…… 그 일 있기 한두 달 전부터 유선희 옆에는 늘 황부영이 있는 거라."

그거야 같은 반이었으니까.

"내가 관찰한 바로는 유선희랑 황부영이랑 전혀 친한 사이가 아니었거든. 워낙 계급이 달랐다고 해야 하나. 분위기가 달랐다고 해야 하나. 근데…… 언젠가부터 둘이 같이 있는 게 눈에 띄더란 말여. 한번은 점심시간인데, 운동장 의자에 둘이 나란히 앉아 있는데 한마디도 안 하는 거야. 그냥 나란히 앉아

있다가 수업종 치니까 일어나더라구. 둘이 친한가 여자애한테 물어봤더니, 아니랴. 아이구, 시간이 벌써 이렇게 됐네."

롯데리아는 사람들로 북적거렸는데, 역시나 여학생들 시선이 향하는 곳에 꽃돌이가 있다.

"내 말이 맞잖아. 아줌마는 헛고생한 거야."

녹음 내용을 다 들은 꽃돌이 녀석, 뭔가 의기양양하다.

그래도 양 사장님이 마지막 말을 하기 전에 녹음기를 꺼서 다행이다 싶다. 정확한 이유는 모르겠지만, 양 사장님의 마지막 말을 꽃돌이에게 들려주면 안 될 것 같았다.

꽃돌이와 내가 빵집 사장 양진욱을 만나고 있을 때, 홍간난 여사는 우편배달부를 만나고 있었단다.

"큰일 날 뻔하셨어요."

안길웅 우편배달부에 의하면, 과수원집 큰아들 양진욱은 벌써 결혼해서 애가 둘이란다.

"너 때문에 나만 실없는 사람 됐잖어."

내가 그러라고 시킨 것도 아니고 자기가 좋아서 그래놓고는. 잘되면 자기 탓, 안 되면 남 탓이다.

홍간난 여사에게 애먼소리를 듣고 있는데, 뜻밖의 손님이 찾아왔다. '계세요' 소리와 함께 아직 잠그지 않은 대문을 밀치고 들어온 사람은 종손이었다. 저나 나나 같은 양반이라고 큰소리치던 홍간난 여사는 안절부절못하며 '올라와 앉으시라'고 수선을 떠는데, 대문간에 선 종손은 들어올 생각이 없나 보다.

"아닙니다. 그냥 지나가다가……. 학생에게 할 얘기가 좀……."

종손에게 지목을 받은 내가 밖으로 따라나갔더니, 할 얘기가 있다던 종손은 쉽게 입을 떼지 않았다. 그냥 지나가다가 들렀다는 말도 거짓말이 분명하다. 종손은 꽤 오랫동안 해 지기 전의 두왕리를 내려다봤는데, 아마 실제로는 그렇게 긴 시간이 아닌지도 모른다. 괜히 제 발 저린 도둑이 일각을 여삼추로 느낀 걸지도.

어쨌거나 종손은 말을 꺼내기 전 침묵의 시간에 비해 아주 짧은 한마디를 하고 가버렸다.

"학생이 선희에 대해 묻고 다닌다고? 그러지 않았으면 좋겠네."

어디서 말이 샌 걸까? 유난실? 고 실장? 정한호 선생? 꽃돌이 얘기는 따로 꺼내지 않은 걸로 봐서 아드님이 관여된 줄은 아직 모르시는 것 같은데.

"뭔 일이라니? 종손이 뭔 일이랴?"

우리 홍간난 여사, 귀만 밝았어도 엿들었을 텐데.

"그러게 쓸데없는 짓을 하더라니."

단박에 타박이다. 예, 예, 잘되면 자기 탓, 안 되면…….

그날 밤부터 비가 내렸다. 온다온다 말만 하고 안 온다고 짜증을 냈더니 '그럼 어디 당해봐라'라는 듯 무섭게 쏟아졌다.

첫날만 해도,

"시원하게 잘도 온다."

그랬던 홍간난 여사가 이틀 지나고 사흘째까지 쉴 새 없이 퍼부어대자 놀란 모양이다.

"팔십 평생 이런 비는 처음 본다."

도랑마다 필사적으로 물을 흘려보내는데도 마당에 물이 고일 정도였다. 이렇게 며칠 더 오면 모세 시절의 홍수도 가능하겠다.

비가 내린 지 사흘째, 방이 눅눅하다고 홍간난 여사는 아궁이에 불을 땠다. 습기는 가셨지만 삼복더위에 뜨끈뜨끈한 방구들이라니, 왜적에게 잡혀간 사명대사도 아니고. 나는 초저녁부터 대청마루로 나왔다.

뭔가 신경 쓰이는데 그게 뭔지를 모르겠다. 발바닥이 가려운데 어디가 가려운지 모르겠는 느낌.

마루에서 자는 잠은 한뎃잠이라 싫던 홍간난 여사.

"팔십 늙은이 쪄 죽겠다."

한밤중이 되자 베개를 들고 내가 누워 있는 마루로 나왔다.

나흘째 되는 날, 비가 그쳤다. 하늘은 더 이상 그럴 수 없이 파랬다. 그야말로 씻은 듯한 풍경이었다. 강우량에 비해 비 피해가 심각한 편은 아니었다. 군데군데 산이 무너져 누구네 밭에 토사가 들이닥쳤고, 논두렁이 무너졌고, 그래서 벼가 쓰러졌다. 홍간난 여사의 고구마밭에도 물이 들어와 고랑이 무너졌다. 그런 일은 매년 여름마다 일어나는 일이라 새삼스러울 것도 없는 일이란다.

그리고 조예은이 돌아왔다.

주
마
등

08

부흥슈퍼 할머니가 뭐라고 뭐라고 살인자를 달랜다. 살인자는 칼을
떨어뜨리고 주저앉는다. 부흥슈퍼 할머니가 칼을 걷어찼다.

내 딸 돌려줘.

살인자가 무릎을 꿇고 두 손을 모은다. 머리를 조아리며 사정한다.

말을 할 수 있다면 좋겠다. 그녀에게 말해주고 싶다. 나는 당신
딸에 대해서는 아는 게 없다고. 나는 당신 딸과는 무관하다고.

물론 나는 그녀의 딸을 알고 있다. 그녀의 딸은 15년 전 사라졌다.

네 명의 소녀가 사라졌을 때가 생각난다. 나는 마을 사람들과 함
께 걱정하고 아이들을 찾아다녔다. 누구보다 열심히 전단지를 돌
렸다.

경찰서에 불려가기도 했다. 그건 다른 사람들도 마찬가지였다. 사
라진 네 명의 아이들을 아는 모두가 한두 번은 경찰서에 불려갔다.
나는 가능한 한 경찰의 질문에 사실대로 대답했다.

그러나 모든 걸 이야기하지는 않았다.

사라진 네 명의 소녀 중 한 명과 내가 특별한 관계였다는 것은 우리 둘만의 비밀이었으니까.

09

여
름
,

별똥별 떨어질 때
짧은 소원을

아홉모랭이는 아홉 개의 모퉁이라는 건 앞서 말했다. 홍간난 여사의 집은 세 번째 모퉁이에 있다는 말도 했던가? 참고로 아홉모랭이를 전부 돌아가려면 30분쯤 걸리는데, 거기서부터는 송내면이다. 빵가게 양진욱 사장의 부모가 과수원을 한다는 곳 말이다. 말했다시피 아홉모랭이 일곱째 모퉁이는 말우지고개로 이어진다. 말우지고개에는 전설이 있다.

옛날 평범한 농사꾼의 집에 아들이 태어났단다. 자식 없던 부모는 '경사 났네' 했겠지. 그런데 이놈의 아기가 태어나자마자 일어서더니 다음 날엔 걷고, 다음 날엔 말을 하고, 바위를 번쩍번쩍 들고, 한걸음에 산을 뛰어넘고……. 아무튼 말도 안 되는 능력을 보이더란다. 웬만큼 뛰어난 자식은 부모의 기쁨이겠으나, 이건 뭐, 아무리 부모라도 감당이 안 되었던 거다. 부모는 마주앉아 걱정하다가 잠든 아들의 옷을 벗겨 봤단다. 겨드랑이에 날개가 있더라나. 겨드랑이의 날개는 왕의 상징! 평범한 집안에 왕의 재목이 태어난 거다. 역모가 발각되면 삼족이 몰살이다. 부모는 아들을 죽이기로 결심했다. 잠든 아들의 몸에 볏섬을 올려놓는데 한 개, 두 개째에도 살아 있더니 세 개를 올려놓으니까 그제야 숨이 막혀 죽더란다. 아기가 죽는 순간, 어디선가 말 우는 소리가 크게 들리고 날개 달린 백마가 땅을 박차고 하늘로 올라갔는데, 그 말은 아기가 커서 장수가 되면 타고 다닐 용마였단다. 주인이 죽자 하늘로 돌아 간 것이다. 그 말이 숨어 있다가 울면서 뛰쳐나온 고개가 말우지 고개인데, 그때 비통한 말이 땅을 차서 생긴 동굴이 말우지고 개 군데군데 아직도 남아 있단다. 홍간난 여사의 전설 따라 삼천리 되시겠다.

말이 차서 생겼다는 크고 작은 동굴은 그전부터 두왕리 아이들의 좋은 놀이터가 되었다. 우리 아빠 강남수 씨만 해도 초등학교 4학년 땐가, 가라는 학교는 안 가고 동굴 안에서 친구들과 짤짤이를 하다가 동네 아저씨한테 들킨 적이 있단다. 당시 30대 초반의 홍간난 여사는 '지 애비 닮아 어려서부터 노름이라면 사족을 못 쓴다'고 '저런 손모가지는 짤라버려야지 그냥 둬봤자 소용없다'며 장작 패는 도끼를 찾으러 가고, 강남수 어린이는 손목을 부여잡고 뒷문으로 도망쳤다가 한밤중에 몰래 들어오고, 어쩌고저쩌고…… 이 이야기도 나로서는 전설 따라 삼만리다. 당최 홍간난 여사에게 30대 초반, 우리 아빠 강 부장에게 초등학교 4학년 시절이 있었다는 것도 비현실적이다. 아기장수가 태어나자마자 걸었다는 것만큼이나 믿기 힘든 판타지.

어쨌거나 어린 노름꾼, 장래 우리 아빠를 현장에서 검거해 홍간난 여사에게 압송한 인물이 성근이 할아버지란 사람이다. 우리 할아버지보다 세 살 많지만 집도 가깝고, 할아버지 생전에는 친구로 지냈단다. 그러니까 올해 나이 여든네 살, 그런데도 현역 농사꾼이다. 아직도 콩농사를 어마어마하게 지어 여문콩된장에 납품하고 있다고. 홍간난 여사의 인물평에 의하면 자식들이 모두 살만하고, 이제 곡괭이 자루 놔도 될 텐데 일 욕심이 드글드글하단다. 원래 콩밭도 지금보다는 훨씬 작았는데 밭 한 번 맬 때마다 산을 야금야금 깎아대는 바람에 지금처럼 넓어진 거란다. 모르긴 몰라도 측량해보면 종갓집 산이 많이 들어갔을 거라나.

아무튼 두왕리 최고 부지런쟁이 성근이 할아버지가 나흘

내내 쏟아지는 비 때문에 일도 못하고 좀이 쑤셨겠지. 비가 그 치자마자 말우지고개 밑에 있는 콩밭을 보러 갔단다. 욕심껏 산을 깎아 만든 밭이라 군데군데 흙이 무너져 내렸다고. 콩꼬투리가 조랑조랑 달린 콩대가 엎어진 걸 보니 속이 엄청 상했을 거다. 살릴 건 살리고 버릴 건 버리면서 언덕을 이룬 토사를 치우다 보니 하얀 뼈가 나오더란다. 누가 개잡아 먹고 던져놓았나 별 생각 없이 옆으로 치우고 하던 일을 계속하는데, 이번엔 아까 것보다 더 작은 뼈가 나오더란다. 아무리 봐도 개뼈는 아니고, 몇 년 전에 부친의 묘를 이장하던 생각이 나더란다. 크기는 작지만 그건 사람의 손가락 뼈였다고.

처음엔 경찰차 한 대가 유람하듯 느리적거리며 오더니, 곧이어 서너 대의 차가 웰웰거리며 달려오고 '과학수사'라고 적힌 조끼를 입은 사람들이 줄을 친다, 증거를 수집한다 바빠졌다. 마지막으로 삼거리 큰길이 막힐 정도로 방송국, 신문사에서 몰려왔다.

흙이 무너져 내린 방향을 따라 올라간 과학수사팀은 동굴을 발견했다. 나흘 동안 흙이 몇 번이나 무너져 내렸는지 동굴 입구는 다시 막혀 있었다. 못 보고 지나칠 뻔한 걸 어느 둔한 수사요원이 미끄러지는 바람에 동굴 입구가 드러난 것이다.

무너지고 남은 동굴 깊이는 1미터 남짓. 그 안에서 남은 뼈가 발견되었다.

과학수사요원이 동굴에서 남은 뼈를 수거해간 다음 날, 나는 재실에서 꽃돌이를 만났다.

"아버지가 찾아갔었지?"

그렇다고 대답하기도 전에,

"그날 빵집에 우리 일가가 있었대."

빵 굽는 냄새 창가 쪽 자리에 있던 양복쟁이 두 사람.

"우리 아버지가 뭐래?"

요약하고 말 것도 없이 들은 말 그대로 전해줬다.

'유선희에 대해 묻고 다니지 않았으면 좋겠네.'

꽃돌이는 눈을 가늘게 뜨고 햇빛이 쏟아지는 잔디밭을 노려보았다.

"이해가 안 가."

딴 생각하던 나는 금방 못 알아들었다.

"아무리 자기 딸이 그렇게 사라졌다고 해도, 다른 사람들이 얘기도 못하게 한다는 거. 이상하지 않아?"

"그래? 나는 뭐…… 너무 속상하면 아예 생각하고 싶지도 않잖아. 그럼 남들이 말 꺼내는 것도 싫을 것 같긴 한데."

"그럼 제사는 왜 지내냐? 절에는 왜 가구?"

"제사 지내?"

대답 없는 꽃돌이.

"너네 집에서는 유선희가 죽었다고 생각해?"

다시 물었더니,

"됐어."

짜증낸다. 지가 먼저 말 꺼내놓고는.

어쨌든 따로 할 얘기가 있으니 그 얘기는 그만둔다.

조예은일지도 모르는 뼈가 발견됐으니, 유미숙 일가의 커밍 아웃은 앞당겨질 게 분명하다. 어차피 알게 되겠지만, 그 전에 알려줘야 할 것 같다. 미국 영화 같은 데서 보면, 경찰이 총에 맞았을 때 제일 친한 동료형사가 가족에게 전달하는 뭐 그런 거. 좀 오버인가?

유미숙 이야기를 하는 동안 꽃돌이는 풀잎을 잘게잘게 찢었다. 이야기가 다 끝난 뒤에도 풀잎만 찢어대는데, 긴 목덜미에 푸른 반점이 보인다. 얼핏 하트 모양이다. 하긴 꽃돌이 목덜미에 있으니 하트 모양인 거고, 다른 사람 목덜미에 있으면 엉덩짝인 거고.

"엄마 아버지가 들으면 좋아할까? 유미숙이 살아 있다는 건 유선희가 살아 있을 확률도 있다는 거니까."

글쎄다.

희망은 원래 재앙이었다. 전쟁, 질병, 살인 등과 같은 상자 안에 들어 있던 것.

"하긴 그 뼈가 조예은이라면 유선희가 죽었을 확률이 다시 높아지는 건가."

꽃돌이는 이래저래 심난한가 보다. 원래도 밝고 환한 느낌은 아니었는데, 말을 붙이기 힘들만큼 우울의 오오라를 뿜어낸다.

매미소리가 멈추는가 싶더니 오토바이가 지나갔다. 오후 3시 언저리. 우편배달부는 늘 이 시간에 지나간다. 오토바이 소리가 멀어지고 매미는 다시 울었다.

재실 전화가 울렸다. 종부에게서 걸려온 전화였다. '꽃돌이의 소재파악'을 위한 전화.

"학원도 가지 말래."

말우지고개에서 정체불명의 뼈가 나온 뒤로 종부는 걱정이 많아졌단다.

꽃돌이는 종가 쪽으로, 나는 반대쪽으로 고개를 내려왔다. 내려오면서 봤더니 산중턱이 시끌시끌했다. 말우지고개 입구에서 할머니 집까지 오는 동안 차를 네 대나 만났다. 하루 종일 차 한 대 지나갈까 말까 한 아홉모랑이 좁은 길에 차가 네 대나 지나간 거다. 길 한복판에 거미가 줄을 치고, 뱀이 지나가는 그 길에 말이다.

며칠 후, 오전 10시쯤 마을 이장이 방송을 했다.

"에…… 어제 오전에 말우지고개 밑 콩밭에서 발견된, 뭐시냐, 그 뼈 말입니다. 그것에 대해서, 에, 뭐시냐……. 오늘 마을회관서 저녁 5시에 발표가 있다고 허니께 궁금허신 분들은 자꾸 이렇다저렇다 수군대지 말고, 전화해쌌지도 말고⋯⋯. 이장이 당최 일을 볼 수가 없습니다. 그러니께 일단 나와서 들어보시고 궁금한 게 있으면 질문도 허시고 말입니다. 그러면 좋을 거 같습니다. 이상 이장이 말씀드렸습니다."

저녁 5시, 마을회관 앞에 마을 사람들이 모였다. 좋은 자리는 기자들이 벌써 꿰차고 있었다. 홍간난 여사는 부흥슈퍼 글래머 노파와 함께 소파에 끼어앉았다. 나는 사람들하고 좀 떨어진 화단 턱에 자리를 잡았다. 과학수사라고 적힌 검은색 조끼를 입은 통통한 남자가 등장해 뭐라고 하는데 잘 안 들렸다. 멀어서 안 들린 건 아니었나 보다. 앞줄에 있던 사람들도 '안들린다', '안 보인다'고 소리쳤고, 잠시 후 과학수사 조끼의 머리가 사람들 위로 나타났다. 호두나무 밑에 있는 평상에 올라선 모양이다.

"자세한 사항은 좀 더 확인해봐야 알겠지만. 이번에 동굴에서 발견된 유골의 신원은 대략 일곱 살에서 열 살 사이 아이의 것으로 보이며, 뼈의 상태로 보아 최소 3년 전의 것으로 추정됩니다."

그 말을 듣자마자 현장을 둘러쌌던 기자들이 우르르 내 앞을 지나 목사관으로 몰려갔다. 전에 텔레비전에서 본 다큐멘터리의 한 장면이 떠올랐다. 철새 떼의 군무!

"온다더니 진짜로 왔구먼."

그날 밤, 감나무 평상에 앉아 제초제 회사에서 나눠준 부채로 부채질을 하면서 홍간난 여사가 중얼거렸다. 웬일로 이른 저녁을 먹었다. 해가 졌는데도 더위가 가시지 않았다. 엉덩이에 땀이 차서 팬티가 자꾸만 달라붙었다.

3일 밤을 연거푸 우주와 통신한 뒤 사모님이 했다는 말, 고구마밭 예언은 우리끼리 알고 있기로 했다. '막내딸이 곧 돌아올 거라'고 했다는 말 말이다. 기자들이 들었다면 '편집장님, 특종입니다' 입이 귀에 걸렸을 텐데. '딸의 귀환을 예측한 모성' 따위의 최루성 기사를 무진장 써냈을 테고.

나와 홍간난 여사만 삐딱한 게 아니다. 마을 사람 대부분이 기자들에게 비협조적이었다. 그것은 기자들이 쳐들어오면서 유일하게 이익을 본 부흥슈퍼 글래머 노파도 마찬가지였다. 사건 이후 매상이 몇 배는 올랐을 텐데도, 주인 중심의 경영을 하는 부흥슈퍼 사장님은 기자들을 볼 때마다 가래침을 뱉었다.

두왕리 사람들이 특별히 심술궂어서 그런 건 아닐 것이다. 문 밖에만 나오면 어디에 숨어 있었는지 기자들이 달려드는데, 이쪽 형편은 안중에도 없다. 지금 심정은? 마을의 분위기는? 이사 갈 생각은? 막무가내로 말을 거는데, 전에 영등포에서 만난 '도를 아십니까'랑 똑같다.

알 권리? 그런 권리는 정치인의 비자금 수사나, 대기업의

부당한 유산 상속 같은 문제에서나 행사하란 말이다. 그저 손쉬운 시골 노인네들을 상대로 어르고 윽박지르지 말고.

기자들의 극성에 홍간난 여사는 곧바로 귀먹은 흉내를 냈다. 동굴에서 나온 뼈에 대해 어떻게 생각하냐는 질문에,

"뭐라구? 벼? 벼는 아직 벨 때 안 됐지……. 멀었어요. 벼 벨라면."

다른 아이들은 어떻게 됐을 것 같으냐는 질문에는,

"애들 말이요? 그런 걸 왜 물어본댜. 나는 3남 2녀를 두었어요. 그중에 하나는 일찍 잃어버렸어요. 아들이었는디 갓 돌이지나가지고……."

홍 여사의 보청기 CF급 연기에 나가떨어진 기자들은 만만한 나한테 달려들었다. 안 들리는 흉내도 못 내고 그저 젊은게 죄다. 파파라치를 때린 할리우드 배우들이 이해가 간다. 평범하게 태어난 게 얼마나 다행인지. 괜히 부모 잘못 만나 이쁘게 태어났어봐. 얼레벌레 연예인이라도 됐다가는 맨날 이 짓을 당했을 거 아닌가. 끔찍해라.

그러잖아도 기자들에 대한 감정이 부글부글하는 와중에 대형 사건이 일어났다. 홍간난 여사의 절친, 재경이 할머니네 앵두나무가 부러진 것이다. 사진 찍는 데 걸리적거린다고 어떤 손모가지가 분질러놨단다.

"그 앵두가 얼마나 달고 맛있는데…… 어떻게 물어줄 거

여?"

재경이 할머니가 기자들을 향해 삿대질을 하며 따져 묻자, .
마을 사람들이 죄다 불만을 토해냈다. 이제 막 삐죽삐죽 나오
는 배추모를 짓밟아놔서 김장은 다했다는 얘기. 새끼 밴 암소
가 놀라서 여물을 안 먹는데 그러다가 유산하면 누가 물어줄
거냐는 얘기. 기자들이 타고 다니는 차 때문에 경운기며 트랙
터가 지나다니지를 못 한다는 얘기.

결국 마을회관에서 기자 대표와 마을이장, 부녀회장, 청년
회장, 여문콩된장 조합장 등 마을 유지들이 모여 대책을 합의
했다.

첫째, 차는 회관 앞에 세워두고 걸어다닌다.

둘째, 밭에 함부로 들어가지 않고 나무든 콩이든 절대 꺾지
않는다.

셋째, 남의 집에 함부로 들어가지 않는다.

그렇다고 쌍알놈의 기자들, 이건 홍간난 여사의 표현이다.
아무튼 그 쌍알놈의 기자들이 갑자기 점잖아지는 것도 아니
고, 집 안에 못 들어오는 대신 시도 때도 없이 전화를 해댔다.

상황이 이렇다 보니 호두나무 밑 브리핑이 끝난 후 목사관
으로 몰려갔던 기자들이 물세례를 받았다는 말을 들었을 때
는 '쌤통이다' 싶었다.

마당이 좁다고 들어선 기자들이 '산사태로 발견된 어린아

이의 유골에 대한 소감'을 물어보며 카메라를 들이대자 사모님은 주섬주섬 어디선가 호스를 꺼내 수도꼭지에 연결하더니, 기자들을 향해 물을 뿌렸단다.

우왕좌왕하는 기자들을 향한 사모님의 일갈.

"그런 걸 왜 나한테 물어? 나랑 무슨 상관이 있다구."

하지만 그 말을 하고 하루가 지나기도 전에 상관이 있다는 증거가 발견됐다.

그때도 나는 꽃돌이와 함께 재실에 있었다. 기자들 등쌀에 벙어리 흉내라도 내야 하나 궁리하다가 재실이 생각났다. 잊힌 고갯길 중간, 그것도 나무들 틈에 가려져 있으니 동네 사람 말고는 찾기 힘든 곳이다. 기자들을 피하기에도, 더위를 피하기에도 더할 나위 없는 곳.

재실에는 꽃돌이가 먼저 와 있었다.

"네가 웬일이냐?"

물었더니,

"여기 우리 재실이거든."

요 며칠 꽃돌이도 가택연금 상태였단다.

기자들이 등장하자마자 종손과 종부는 두문불출했단다. 극성맞기가 초파리 같은 기자들, 아, 이것도 홍간난 여사의 표현이다. 초파리같이 극성스러운 기자놈들도 종갓집 문은 함부로 밀고 들어가기가 그랬는지 대문 밖에 진을 쳤단다. 하긴 기호지방의 대표적 양반 주택은 그 자체만으로도 그림이 될 테니까. 엄마 아버지의 당부도 있고, 집 안에서만 지내던 꽃돌이는 더는 참지 못하고 오늘 아침 별채 담을 넘었단다.

사건의 또 다른 당사자, 유미숙네와 황부영네도 곤욕을 치르긴 마찬가지였다. 한여름 농사일을 팽개칠 수도 없고, 홍간난 여사에 의하면 죄인도 그런 죄인이 없단다. 자기 발끝만 보고 밭으로 나가고, 손끝만 보고 풀을 뽑는데, 기자새끼들이 밭고랑까지 따라 들어와서 말을 시켜쌌는단다. 아, 사라진 소녀의 가족 중 유일하게 자유로운 사람이 있긴 있다. 공기 집는 남자, 황일영 말이다. 여자 기자들은 오히려 황일영을 피해 다닌다는데, 보기만 하면 '공기 집자'고 달려들기 때문이란다. 황일영 만세!

소나무 그늘이 진 재실 마당에는 잠자리가 날아다녔다. 꼬리가 노란 송장 잠자리. 무덤가에 많아서 그런 이름이라는데.

꽃돌이는 밥상을 책상 삼아 수학문제집을 풀었다. 학원 숙제가 잔뜩 밀렸단다. 네 명의 소녀 중 하나가 백골로 돌아왔대도 숙제는 숙제인 거다. 수학이라. 이제는 무덤덤하구나. 예전엔 듣기만 해도 머리가 아팠더랬다. 수학이라. 각종 정리와 공식이 난무하는 세계. 근의 공식, 2차 방정식, 피타고라스의 정리. 피타고라스여! 네 명의 소녀가 사라졌는데 한 명은 살아 있고 한 명은 죽었다면, 나머지 두 명은 어떻게 되었는지 정의 내려 보게.

숫자를 붙들고 낑낑대던 꽃돌이가 연필을 내려놓았다. 어이, 학생. 나는 이미 커밍아웃했다네. 수학은 중1 함수 나올 때 포기했다고. 언감생심 질문 따윈 꿈도 꾸지 말게나.

"유미숙 얘기…… 엄마 아버지한테 말 안 했어."

"왜?"

"그냥. 말 꺼낼 분위기도 아니구, 자기들도 말 안 하는 게 있는데, 뭐……."

"너네 엄마 아빠가 말 안 하는 게 뭔데?"

"바보냐? 말을 안 하는데 어떻게 아냐?"

"너. 너네 엄마 아빠한테 뭔가 비밀이 있다고 생각하냐?"

대답을 안 하는 꽃돌이, 조금 있다가 대답한다.

"입양을 보내도 좀 평범한 집안에 보내든가 할 것이지."

'평범한 집안이면 입양 같은 거 안 하지'라는 생각이 떠올랐지만 입밖에 내지는 않았다.

우울한 얼굴을 싹 지우면서 꽃돌이가 말했다.

"위로할 타이밍이잖아."

"그래? 옛다. 위로!"

농담했는데 안 웃으면 대략 뻘쭘이다.

누군가 다가온다. 오토바이 소리가 없는 걸로 봐서 우편배달부는 아니고, 마을 사람도 아니다. 그렇다고 기자는 더더욱 아니다. 어떻게 확신하냐면, 등장인물은 만삭의 여자였다.

계단을 올라와 마당에 선 여자는 손수건으로 목덜미를 닦다가 우리를 보고는 '어' 하고 놀랐다. '여기 사람이 있었네' 하는 감탄사. 그녀는 햇빛 속에 서 있었다. 왼쪽으로 조금만 움직이면 그늘인데도 땡볕 피우듯 그렇게 서 있다가 문득 여기에 온 이유가 생각난 듯 했다.

"물 좀 마실게."

대답을 기다리지 않고 마당 한쪽에 있는 수도로 향했다. 거기에 수도가 있다는 걸 이미 알고 있는 것 같았다. 수도꼭지에서 물이 쏟아졌다. 만삭의 여인은 먼저 손수건을 적셔 목덜미와 겨드랑이를 닦아내고, 그다음에 세수를 하고, 팔을 닦고, 그러고도 한참을 물이 쏟아지는 걸 서서 지켜보다가 충분히 차가워졌을 때쯤 자루가 달린 빨간 바가지에 물을 받아 마셨다.

꽃돌이와 나는 여인이 하는 대로 지켜보고 있었다. 물을 다 마신 만삭의 여인은 스스럼없이 마루 끝에 걸터앉았다.

"너는 종가댁……?"

꽃돌이를 쳐다보는데, 눈 밑에 거뭇거뭇하게 기미가 깔려 있다. 배는 불룩한데 하늘색 임부복 밖으로 나온 팔다리는 하얗고 가늘다.

"삼거리 쪽엔 사람이 너무 많더라. 지나가기 그래서……."

말했다시피 기자들은 삼거리 마을회관을 베이스캠프로 사

용 중이다.

"어릴 적에 여기서 놀았었어. 숨바꼭질도 하고, 무궁화꽃이
피었습니다도 하고."

만삭의 여인이 재실을 둘러본다. 마치 어른이 돼서 고향집
에 돌아온 얼굴이다. 꽃돌이 표정으로 봐서는 아는 사람 같지
는 않은데…… 꽃돌이는 이상하게 얌전하다. 나를 대할 때와
는 딴판으로 순하고 조심스런 눈으로 여인이 움직이는 걸 훔
쳐봤다. 만삭의 배 때문인지도 모르겠다.

막내고모가 동재를 임신했을 때 생각이 난다. 기분이 이상
했었다. 그때 나도 중학생이었는데, 생명의 숭고함, 탄생의 신
비까지는 아니지만, 임산부에게서는 뭔가 독특한 아우라가 뿜
어져 나온다는 걸 느꼈다. 끙 하고 일어나다가 방귀를 뀌든 말
든 그런 것과는 상관없이, 징그러우면서도 경이로운 어떤 것
말이다. 꽃돌이는 그때의 나와 같은 기분일지도 모르겠다. 지
금 만삭의 여인에게는 그것 말고도 뭔가 다른 게 있는 듯한
데…….

"마을은 어때?"

말투 때문인가? 질문을 하지만 딱히 대답하지 않아도 상관
없다는 여유와 체념의 중간쯤에 있는 말투.

누군지도 모를 사람에게 마을의 분위기를 미주알고주알 대
답하기도 그래서 꽃돌이와 서로 눈치만 보고 있는데,

"나, 조예은 언니야."

신분을 밝히면서 웃는다. 웃음을 보자 만삭의 여인에게서 느껴지는 이질의 느낌이 뭔지 떠올랐다. 사막이다. 새벽 2시가 넘으면 케이블의 내셔널 지오그래픽이란 채널에서 세계 각지의 오지를 보여주는데, 사막을 건너는 카라반 얼굴이 저와 비슷했다. 그날 걸어가야 할 길을 걷는 것 외엔 아무것도 생각하지 않는 얼굴.

이름이 아마 하나님의 은혜였지.

"조하은……."

중얼거리자,

"나를 알아요?"

만삭의 여인이 돌아봤다.

"전에 자주 놀러갔었는데, 교회 위에 감나무집. 거기 손녀예요. 강무순이라고."

"아, 예은이 졸졸 따라다니던……."

그것보다는 같이 놀았다는 표현이 어떨까 싶지만, 뭐…….

조하은이 물끄러미 나를 본다. 좀 민망하다 싶을 정도로 오래 쳐다보더니,

"못 알아보겠네."

이쪽은 못 알아보겠다가 아니라 아예 기억이 없다. 그때 조하은은 열한 살. 조예은만큼은 아니어도 조하은과도 자주 어

울렸을 텐데 전혀 기억나지 않는다. 그후 여러 가지 이야기를 듣기도 했지만 조예은 얼굴은 기억난다. 앞짱구 뒷짱구에 올려묶은 머리. 조예은이 너무 인상적이어서 그런가? 기분 따라 홱홱 변하는 조예은이 선명한 원색이라면, 조하은은 희미한 배경색 같았다. 재밌게 땅따먹기를 하다가도 일찍 밑천이 털린 조예은이 '그만 가자'라고 하면 우물쭈물 일어나주던 사람.

"우리 엄마는 어떻게 하고 있어?"

기자들과 매일같이 싸운다고 대답하기는 좀 그렇다. 꽃돌이와 서로 눈치를 보고 있는데, 조하은은 질문한 것을 잊어버린 것처럼 마당 한쪽을 물끄러미 바라보다가 끙 소리를 내며 일어섰다. 가야겠다면서.

그늘 속에서 햇빛을 바라보면 어지럽다. 조하은은 기우뚱기우뚱 계단을 내려갔다. 왠지 위태롭다. 나만 그렇게 생각하는 건가, 꽃돌이를 봤더니 꽃돌이 역시 조하은을 따라 몸을 움찔거린다. 계단 밑, 감색 체크무늬 가방이 햇빛을 받고 있다. 조하은은 가방을 들고 언덕을 내려간다.

몇 시나 됐나 핸드폰을 열어보는데, 꽃돌이가 벌떡 일어난다. 왜 그러냐고 묻기도 전에 재실마당을 뛰어가는 거다. 쫓아갔더니, 조하은이 엉덩방아를 찧은 자세 그대로 앉아 있다. 달려온 꽃돌이와 나를 보며 멋쩍게 웃는다.

"미끄러졌어."

꽃돌이와 내가 양쪽에서 손을 잡고 일으켜 세웠더니, 엉덩이를 툭툭 턴다. 꽃돌이가 가방을 집어 들고 앞장을 서는 바람에 나는 어쩔 수 없이 조하은의 손을 잡았다.

"괜찮은데……."

말은 그렇게 했으면서 조하은은 나를 잡은 손에 체중을 실었다. 아홉모랑이로 내려왔을 땐 팔이 저렸다. 조하은 몸무게의 절반은 내 팔이 들고 온 기분이었다. 꽃돌이와 내가 없었더라면 어쩌려고 그랬나 싶다. 어려서 자주 다녔던 길이라 얕잡아본 걸까? 열한 살 조하은은 얌전했는데 임산부 조하은은 조심성이 없구나 싶었다.

아홉모랑이길은 조용했다. 며칠 북적거리더니 더 이상 나올 게 없나 보다. 지나면서 봤더니 홍간난 여사 집 대문이 닫혀 있다. 홍간난 여사가 집에 있나 보다. 잠잘 때도 대문을 잠그지 않던 홍간난 여사는 요즘 집에 있을 땐 꼭 문을 닫는다. 오히려 외출할 땐 대문을 열어놓는다.

아홉모랑이의 두 번째 모퉁이를 돌아가는데, 앞서 걷던 꽃돌이가 멈춰 선다. 목사관 앞에 기자들이 잔뜩 모여 있었다. 좋은 자리를 차지하지 못한 기자들은 사다리에 올라가기도 하고, 나무에 올라가기도 했다. 주춤거리는 나와 꽃돌이를 추월해 조하은이 앞장서 목사관으로 향했다.

"좀 비켜주세요."

씨도 안 먹힐 소리를 하는 게 누군가 돌아보던 기자들이 만삭의 배를 보자 주춤한다. 별난 데서 생명 탄생의 위대함을 느끼게 된다. 기자들은 만삭의 몸에 접촉하면 큰일이라도 날 것처럼 조심하면서 어떻게 어떻게 간격을 좁혀 길을 내줬다. 몇몇 카메라가 피사체를 바꾼다. 뭔가 극적인 상황을 바라면서…….

목사관 안에서 쇳소리 섞인 고함이 터져 나왔다.

"내 딸 아니라고 했지. 우리 예은이가 왜 거기서 나와? 우리 예은이는 시리우스에 가 있어. 시리우스 A! 태양 다음으로 밝은 별."

카메라를 가진 기자들이 연이어 카메라 버튼을 눌러댔다. 사모님은 마루에 버티듯 서 있었다. 기자들과 사모님 사이에는 과학수사 조끼가 있다. 볼이 통통한 과학수사 조끼는 형사라기보다는 부농의 막내아들 같은 젊은 남자였는데, 삼거리 호두나무 밑 브리핑을 한 사람이기도 하다. 아마 마당에 있는 그 누구보다 많은 땀을 흘렸지 싶다. 사모님은 오래된 노트를 펼쳐 마치 웅변대회 나온 연사처럼 읽어내려갔다.

"1997년 4월 4일 금요일. 날씨 맑음. 오늘은 현실이랑 경미랑 동섭이랑 재실에서 놀았다아. 숨바꼭질을 했다아. 나는 재실 벽에 숨었다아. 잠깐 잤다. 외계인을 봤다아! 아는 척을 하려고 했는데 사라졌다아아! 정말 신기했다아! 봐! 여기 그림도 있어."

사모님은 노트를 홱 돌려 과학수사 조끼에게 들이댔다. 기자들이 노트를 향해 카메라를 들이댔다. 인간이 하기엔 도저히 불가능한 자세로 재실 벽에 붙어 있는 어린아이와 동그랗고 커다란 머리에 팔다리는 막대기 같은 외계인 그림이 그려져 있었다. 외계인이라기보다는 졸라맨에 훨씬 가까운 그림인데, 그거에 비하면 강무순의 보물지도는 예술이다.

"니들만 증거가 있는 줄 알어. 나도 증거가 있어. 왜 내 증거는 안 믿어? 그게 뭐? 그까짓 게 뭔데 확인을 해라 마라 지랄들이야."

사모님은 그림일기를 흔들어댔고, 그때마다 과학수사 조끼는 움찔거렸다. 과학수사 조끼는 증거 봉투를 들고 있었는데, 그 안에는 플라스틱 구슬이 한 개 들어 있었다. 칠이 벗겨졌지만 원래는 빨간색이었던 방울.

조하은이 과학수사 조끼에게 다가갔다. 그러잖아도 사모님의 포스에 눌려 어쩔 줄 몰라하던 과학수사 조끼는 등 뒤에서 다가온 만삭의 여인을 보고 뒷걸음질쳤다.

"이게 거기서 나왔나요? 그…… 어린애 뼈하고 같이?"

담담한 질문.

과학수사 조끼가 대답을 해야 되나 말아야 되나 망설이는데, 기자 중 누군가 '그렇다'고 말했다.

놀람도 없이, 슬픔도 없이 만삭의 여인이 결론을 내렸다.

"그거 우리 예은이 거 맞아요."

그 순간 마루 위에 서 있던 사모님이 어찌나 빨리 뛰어나와 만삭의 여인을 후려쳤는지, 수많은 카메라가 있었지만 단 한 대도 그 장면을 찍지 못했다. 그저 마당에 쓰러진 조하은과 뒤돌아서는 사모님을 찍었을 뿐.

낮에 큰딸을 쓰러뜨린 사모님은 그날 밤 일찍부터 작은딸과 이야기를 나눴다. 언젠가 홍간난 여사에게 물었다. 사모님은 왜 짐승처럼 우냐고. 말이 달라서 그렇단다. 외계인이 쓰는 말과 인간이 쓰는 말이 달라서 말로 해봤자 소용이 없단다. 그래도 감정은 통한단다.

한밤중에 전화가 왔다. 밤 11시가 넘은 시간, 당연히 홍간난 여사는 자고 있었다. 전화를 건 사람은 조하은이었다.

"좀 와줄 수 있어?"

바쁘면 안 와도 괜찮다는 말투였다.

"미안한데…… 하혈을 시작해서……."

하혈이라는 말에 속이 울렁거렸다. 홍간난 여사를 깨워 목사관에 도착했을 때 조하은은 마루 기둥에 기대앉아 있었다. 낮에 봤던 체크무늬 감색 가방 손잡이를 쥔 채.

"왜 누워 있지 않고."

홍간난 여사가 허둥지둥 다가가자,

"아, 칫솔………."

빼놓은 게 생각났다는 듯 조하은이 일어나려고 꿈지럭거렸다. 홍간난 여사가 조하은의 손을 꼭 잡았다. 그러고는 주름진 입술을 덜덜 떨면서 조하은의 손등을 쓰다듬었다. 마당 한쪽, 수도꼭지가 튀어나온 벽 위에 거울이 걸려 있고, 그 아래 선반이 있다. 선반에는 파란색 플라스틱 컵이 있고, 그 안에 두 개의 칫솔이 꽂혀 있었다.

"초록색."

홍간난 여사에게 잡힌 조하은을 대신해 초록색 칫솔을 챙겨준 다음 나는 삼거리로 갔다. 고 강두용 할아버지 때를 돌이켜봐도 119구급차가 단번에 아홉모랑이를 찾기는 어려울 것 같다. 삼거리는 조용했다. 두왕리의 하루는 밤 9시를 기점으로 끝난다는 걸 기자들도 깨달은 거겠지. 마을에 하나뿐인 가로등만 환했는데, 불에 이끌린 날파리들이 부산스러웠다.

말했다시피 두왕리의 여름밤은 조용하지 않다. 개구리도 울고 소쩍새인지 부엉새인지도 울고 사모님도 울었다. 마을 사람들이 죄다 입을 다물고 있는 탓에 기자들은 저 소리가 사모님이 우주에 있는 딸에게 말을 거는 소리라는 걸 알지 못했다. 그저 짐승이 울부짖는 소리쯤으로 알았겠지. 처음에 내가 그랬듯이. 모르고 듣는다면 그야말로 다친 짐승이 울부짖는 소리다. 나는 외계인도 아니고, 신도 아니지만 사모님의 말을 알아들었다.

'제발 돌려줘!'

부탁한 대로 119구급차는 사이렌을 울리지 않고 달려왔다. 나는 두 팔을 허우적거려 존재를 알린 다음, 목사관 쪽을 가리켰다. 구급차를 먼저 보내고 걸어서 목사관에 도착했더니, 구급대원 두 명이 홍간난 여사를 구급차에 싣느라 애를 쓰고 있었다. 한 명은 잡아끌고 한 명은 홍간난 여사의 엉덩이를 밀고, 아마도 그 부분이 이번 출동에서 가장 진땀 빼는 과정이었나 보다. 구급차 뒷문을 닫으며 구급대원이 한숨을 쉬었다.

올 때와 마찬가지로 구급차는 사이렌도 경고등도 없이 사라졌다. 두왕리에 체류하는 기간이 길어질수록 잠드는 시간이 빨라져 이러다가 아침형 인간이 되는 건 아닌가 싶었는데, 그날은 아무리 해도 잠이 오지 않았다. 창밖이 희뿌연할 때까지 깨어 있었던 것 같다. 우주와의 교신은 그때까지 계속됐다.

다음 날 산에서 돌아온 사모님은 동굴에서 나온 유골이 조예은임을 인정했다.

"외계인을 따라갈 때 육신은 너무 무거워서 올라갈 수가 없었다네요. 몸은 거기다 벗어두고, 혼만 따라갔대요."

나중의 일이지만 DNA검사를 바탕으로 국과수도 동굴 속 유골이 조예은의 것임을 공식적으로 밝혔다. 다만 혼이 거기 있었는지 없었는지에 대해서는 아무 말도 하지 않았다.

딸 하나를 우주에 보낸 엄마는 병원에 실려간 딸에게는 무심했다. 사모님의 무심한 태도 덕분에 기자들도, 마을 사람들도 조하은이 한밤중에 병원에 실려간 걸 몰랐으니 그나마 다행이라고 해야 하나.

"자다 말고 실려왔으니 어떡헌다니."

밭매던 차림 그대로 공주까지 갔다온 홍간난 여사는 속바지만 입고 병원에 있는 게 당최 남부끄러워 죽겠단다.

할머니의 갈음옷을 챙겨 6인용 병실에 들어갔을 때 조하은은 베개를 겹쳐 비스듬히 앉아 있었다. 다섯 명의 다른 환자들도 모두 깨어 있는데 코고는 소리가 요란한 거다.

보호자 침대에서 홍간난 여사가 정신없이 자고 있었다. 절반은 빠져나온 틀니는 대롱대롱 금방이라도 떨어질 것 같고, 푸푸거릴 때마다 바람 새는 풍선 주둥이처럼 입술이 떨리는데, 정말이지 남부끄러워 죽을 지경이다.

"어제 한숨도 못 주무셨거든."

조하은이 할머니를 내려다보며 소리 없이 웃는다. 그녀는 어제와 똑같은 얼굴로 똑같이 웃었다. 전화로 갈아입을 옷을 갖다달라면서 홍간난 여사는 다른 소식도 전했다.

"애는 잘못됐다는구먼."

그런데도 조하은은 어제와 똑같이 웃었다.

"밖에 덥지? 냉장고에 주스 있는데……."

권하는 대로 토마토 주스를 꺼냈다.

"거기 의자……, 앉어."

시키는 대로 앉았다.

"어제는 고마웠어."

창문마다 죄다 블라인드를 내린 채였다. 플라스틱 블라인드의 중간이 살짝 일그러져 있어서 조하은의 침대 위에 햇빛 무늬가 만들어졌다. 어떻게 보면 나비 같다. 조하은은 햇빛 무늬를 감싸듯 두 손으로 원을 만들었다. 손으로 만든 원 안에서 햇빛이 만든 나비가 흔들흔들.

상대방이 애통해해야 위로라도 할 텐데, 별로 슬퍼 보이지 않는 사람한테 '너무 슬퍼 마세요' 하기도 그렇고, 딱히 할말도 없어서 홍간난 여사가 빨리 일어나기만 바랄 뿐이었다. 주스를 다 마실 때까지 안 일어나면, 실수를 가장해서라도 보조 침대를 걷어찰 생각이었다.

"앞으로 어떤 일이 닥칠지 모르지만, 하나님은 우리가 견딜 만큼만 시련을 주신단다."

뜬금없는 말을 중얼거리더니 조하은이 또 슬며시 웃는다.

"그때 말이야, 아빠가 목회자 모임에 갔다가 타임캡슐을 사오셨어. 그때 서울에서는 그런 게 유행이었나 봐. 20년 뒤에 열어보기로 하고 교회 마당 한쪽에 묻었는데. 생각나?"

뭐가요?

"그때 너도 끼워달라고 그랬잖아. 우리 아빠가 안 된다고, 이건 우리 가족 행사라고…… 넌 삐져서 울구."

기억 안 난다.

"그러고 나서 금방 예은이가 그렇게 된 거야. 신문에서 가출이라고 그러니까 아빠가 타임캡슐을 파냈어. 예은이가 타임캡슐 안에 뭘 넣었는지, 정말 가출할 생각이었으면 단서가 될 만한 게 묻혀 있을 거라고. 20년 뒤에 열기로 했는데 2주도 안 돼서 열게 된 거지. 예은이는 머리핀을 넣었더라. 그것도 고장 난 거. 좋은 거, 진짜 아끼는 건 넣기 싫었던 거야……. 예은이는 그런 애였으니까. 나는 가족 그림하고, 소공녀 책. 오빠는 야구공. 아빠는 십자가. 엄마는 20년 후의 우리 가족에게 보내는 편지를 넣었는데, 그 마지막에 그렇게 써 있었어. 앞으로 어떤 일이 닥칠지 모르지만 하나님은 우리가 견딜 만큼만 시련을 주신단다……. 아마 하나님이 고난의 양을 잘못 측정하셨나 봐."

조하은은 또다시 소리 없이 미소를 지었고, 그녀의 두 손 안에서는 나비가 너울거렸다.

조하은이 갑자기 두 손을 움켜쥐었다.

"이런 느낌이었을까?"

얼마나 꽉 쥐었는지 손마디가 하얗게 튀어나왔다. 나비는 조하은의 손등으로 자리를 옮겼다.

"동굴이 무너졌을 때 말이야. 이런 느낌이었을까? 순식간이었을까? 아니면 시간이 좀 걸렸을까?"

텔레비전에서는 박자도 음정도 안 맞는 여름 노래가 나왔다. 전국노래자랑이다. 그러고 보니 일요일이었다.

"예은이는 깜깜한 거 무서워해서 밤에 불도 못 끄게 했는데……."

움켜쥔 조하은의 손등에서 찌그러진 나비가 춤을 춘다.

국과수의 발표에 의하면, 동굴 속에서 나온 두개골에는 함몰 자국이 있단다. 타살이든 사고사든 두개골 함몰이 사인이라면 다행이라고 생각했다. 죽음까지 오래 걸리지는 않았을 테니까.

움켜쥔 손의 힘을 풀며 조하은이 '하아' 하고 한숨을 쉬었다.

"그날 말이야, 엄마 아빠가 생일잔치로 온천여행 간 날…… 그날 아침에 예은이가 그러는 거야. 머리 묶어달라고. 묶어줬는데 다시 해달라는 거야. 더 올려다 묶어달라고. 엄마가 해주는 것처럼. 다시 해줬는데도 그게 아니라고 막 뭐라 그러는 거야. 그럼 네가 하라고, 머리 묶는 끈을 집어던졌어, 내가……. 그랬더니 이게 엄마가 나랑 잘 놀아주라고 그랬는데 왜 안 그러냐고, 왜 소리지르냐고, 엄마한테 일러준다고……. 그래서 맘대로 하라고 그러고서는 집을 나왔어. 그전부터 예은이가 꼴보기 싫었거든. 삼촌이 필통 두 개 보냈는데 지가 먼저 고르는 것도 밉고. 지 맘대로, 나도 분홍색 갖고 싶었는데. 뭐든 자기 맘대로야. 뭐든지……."

말하는 동안 조하은의 목소리가 점점 커졌다. 말도 빨라졌다.

"기억나? 너한테도 그랬잖아. 엄마가 팬케이크 만들어주면, 가위바위보로 먼저 고르자고 해놓고 자기가 지면 연습이었다고 다시 하자고 막 우기고."

기억난다.

"기억나? 숨바꼭질하자고 해놓고, 잘 놀다가 제가 술래 되면 그만하자고, 딴 거 하자고 그러던 거."

그건 잘 모르겠다.

"웃기지도 않아. 제가 필요하면 언니, 언니 하고 매달리다가, 내가 학교에서 뭣 땜에 좀 혼나잖아? 제일 먼저 달려와서 엄마 아빠한테 이른 게 예은이었어. 나는 제가 학교에서 오줌 싼 것도 비밀로 해주고, 어린이예배 때 줄 초코파이 먹은 것도 모르는 척해 주고……. 근데도 내가 한마디만 하면 소리지르고, 울고, 엄마한테 이르고. 엄마 아빠도 그래. 맨날 예은이 편만 드니까 그 지지배가 점점 못되게 그러는 거잖아. 내가 미쳐, 진짜."

'내가 미쳐, 진짜'라고 할 때는 거의 고함 수준이었다. 마치 어제 그런 일을 당한 것처럼 조하은은 흥분했다. 얼굴이 붉으락푸르락했다. 병실 사람들은 전국노래자랑보다 더 재밌는 걸

힐끔힐끔 시청했다.

조하은은 몇 번이나 숨을 몰아쉬었다.

"그날 집을 나와서 나는 탱자나무 뒤에 숨어 있었어. 조금 있으면 예은이가 따라나올 걸 알았으니까. 예은이가 큰길까지 나와서 나를 찾는데…… 언니, 언니 부르는데…… 대답하지 않았어. 그날은 예은이랑 놀지 않을 생각이었거든. 숨어서 보니까 지가 머리를 묶었더라구. 완전히 삐뚤어지게 엉망으로 묶어서는…… 언니야, 언니야 나를 부르는데…… 나는 끝까지 대답하지 않았어."

6인용 병실은 조용했다. 보호자까지 합해서 열 명이 훨씬 넘는데도 텔레비전에서 나오는 음악소리만 짠짠 신이 났다. 그러고 보니 언젠가부터 홍간난 여사의 코고는 소리도 들리지 않았다.

"예은이가 큰길에 그렇게 서 있다가 아홉모랑이 쪽으로 가는데, 속으로 되게 고소했어. 그러고 있는데 부영이 언니가 지나가는 거야. 책가방을 메고. 아직 방학인데……. 이상하다 생각을 하면서도 그냥 가만히 있었어. 예은이한테 들킬까 봐. 그날은 진짜 예은이랑 놀기 싫었거든."

코 들이마시는 소리가 났다. 보조침대에 누운 채로 홍간난 여사가 입술을 부들부들 떨며 울음을 참느라 애쓰고 있었다.

"그날 밤 늦게 엄마 아빠가 오고 예은이 어디 갔냐고 그

291

러는데, 난 모른다고 했어. 아침 먹고 나가서 안 들어왔다구…… 엄마한테 혼날까 봐 아무 얘기도 안 했어. 싸웠다는 얘기도, 어디로 갔다는 얘기도, 그날 하루 종일 예은이 없이 놀아서 진짜 재밌었다는 얘기도."

조하은은 어제보다 홀쭉해진 배 위에 두 손을 무방비하게 올려놓고 있었다. 저 손을 잡아주면 위안이 될까 잠깐 생각해 봤지만, 쑥스러워서 그렇게 하지는 못했다.

긴 이야기가 끝나고 조금 있다가 눈이 큰 남자가 들어왔다.

조하은이 남자를 맞이했다.

"왔어?"

아마 예산에서 딸기농사를 짓는다는 조하은의 남편이겠지.

그제야 홍간난 여사가 부스스 일어났다. 조하은 남편이 어리둥절하지 않았을까 싶다. 웬 자다 깬 할머니가 눈은 빨갛게 충혈돼서 코를 훌쩍거리니 말이다. 슬픈 꿈이라도 꾼 줄 알았으려나?

이렇든 저렇든 그는 멀뚱히 서 있을 뿐, 유산한 아내를 똑바로 보지도 않았다. '좀 어떠냐'고 묻지도 않았다.

"신랑이 왔으니께 우린 가봐야겠네."

홍간난 여사와 나는 인사를 하는 둥 마는 둥 병실을 나왔다.

"그러게 가지 말라고 그랬잖어. 한두 번도 아니구 매번……."

문을 닫으면서 돌아보니 눈이 큰 남자는 아내의 발치쯤을 향해 잔뜩 인상을 쓰고 있었다.

돌아오는 길, 버스에서 내려 아홉모랑이길을 걸어가는데, 길 한복판에서 살육이 벌어지고 있었다. 지렁이를 향한 개미의 살육. 오늘 아침 잠깐 날이 흐렸는데, 지렁이는 비가 오는 줄 착각했나 보다. 그야말로 치명적인 실수.

홍간난 여사의 전설의 고향에 의하면, 옛날에 지렁이는 눈이 있었단다. 땅속에서 살지도 않았단다. 매미는 눈이 없었다. 대신 아름다운 허리띠를 갖고 있었고. 지렁이는 허영쟁이라서 매미 허리띠가 부러웠다. 매미여! 당신은 아름다운 허리띠를 갖고 있군요, 칭찬했다. 매미가 거래를 신청했다. 눈과 허리띠를 바꾸자고. 오케이, 거래 성립. 눈을 잃고 나니 고운 허리띠가 무슨 소용인가? 거래 무효를 주장했지만, 매미는 포르르 날아가버리고 지렁이는 자신의 허영과 실수가 부끄러워서 땅속으로 숨게 됐단다. 매미 허리에는 지금도 띠를 둘렀던 흔적이 남아 있고, 지렁이는 고운 띠를 허리에 두르게 됐지만 눈은 없다고.

죽은 줄 알았던 지렁이가 크게 꿈틀거렸다. 개미들이 우르르 물러났다가 다시 달려들었다. 지렁이는 긴긴 세월 동안 땅속에 숨어 후회하고, 후회하고, 또 후회했겠지. 그날 그 순간을 후회하고, 후회하고, 또 후회하고……

"뭐 헌다니?"

앞서가던 홍간난 여사가 돌아봤다.

개미가 끌고 가는데도 지렁이는 더 이상 꿈틀대지 않았다.

아참, 다임개술! 다임개술은 타임캡슐이었다. 여섯 살 강무순의 한글 실력이 만든 불필요한 미스터리였다. 이에 대해 다음 날 재실에서 만난 꽃돌이에게 브리핑을 했다.

"정리하면 이래. 여섯 살 때 내가 할아버지를 따라 너네 집에 놀러갔어. 할아버지들은 장기두고, 나 혼자 놀고 있는데 이빨이 빠진 거야. 미풍양속에 따라 지붕에 던지려고 아홉모랭이 집으로 가다가, 창밖을 내다보고 있던 유미숙을 만났어. 그때 유미숙은 방 안에 갇힌 상황이라 심심해 죽을 지경이었어. 그래서 나한테 말을 시켰고, 이빨을 지붕 위에 던지면 구렁이가 물고 간다고 한 거야. 여섯 살 강무순은 고민에 빠졌겠지. 그러다가 문득 생각난 거야. 조예은 가족이 타임캡슐을 묻던 거. 자기도 끼워달라고 했는데 안 끼워줘서 삐졌던 거. 그래서 타임캡슐을 묻기로 한 거야. 어때?"

완벽하다.

"근데 왜 하필 홍살문 밑에 묻은 거야?"

그런데도 꼬투리를 잡는 꽃돌이 녀석.

"그거야, 뭐. 거기가 좋아 보였던 게지."

"그럼 그 배지는?"

"그거야, 뭐…… 주웠거나, 훔쳤거나. 그게 중요한 게 아니잖아. 다임개술이 타임캡슐이라는 게 중요한 거지."

꽃돌이 녀석은 툴툴대며 방학숙제로 돌아갔다. 녀석은 그저 내 칭찬을 하고 싶지 않은 거다. 이보게, 젊은이. 칭찬에 인색하면 큰 인물이 될 수 없는 거라네.

다음 주나, 늦어도 그다음 주말에는 서울로 떠날 것이다. 꽃돌이를 볼 날도 며칠 안 남았다. 그전에 다임개술이 뭔지 알아내서 다행이다. 안 그랬더라면 이빨 사이에 낀 걸 그냥 둔 것처럼 찜찜할 뻔했는데. 다른 것들? 그거야, 뭐…… 관심 있는 다른 분들이 해결하든가 말든가.

지금까지 단서를 바탕으로 그럴듯한 이야기 하나는 만들어 볼 수 있다.

황부영은 찌질한 학생이었다. 가난한 집안, 폭력을 휘두르는 알콜릭 아버지, 바보 동생, 우울한 외모, 불행의 교과서 같은 환경. 이런 아이가 학교생활에서 무사하려면 방법은 두 가지다. 공부를 아주 잘하거나, 날라리가 되거나. 실제로 황부영의 세 살 많은 언니는 정학을 몇 번이나 당한 문제아였다고 했다. 공부든 날라리든 아무나 할 수 있는 건 아니고, 안 되면 찌그러져서 지내는 수밖에 없다. 실제로 왕따를 당했는지는 모르지만, 황부영은 기피 학생이었을 것이다. 찌질한 황부영이 유선희 주변을 맴돌았다? 좀 과장하자면 마을 영주의 따님이며 만인의 연인이었던 유선희! 유선희는 왜 그런 황부영을 그 냥 뒀을까? 왜 쫓아내지 않았을까? 왜 피하지 않았을까? 가장 그럴듯한 대답은 둘 사이에 어떤 비밀이 있다는 것, 그 비밀이 엄청난 거여서 절대로 남한테는 말 못할 그런 수준이라는 것. 예를 들면? 성 정체성 같은 거 말이다. 마을의 가장 사랑받는 공주님과 마을에서 제일 우울한 천덕꾸러기가 사랑하는 사이 였다면…… 그래서 둘이 도망치기로 했다면……? 유미숙 말마따나 '그날'은 손 없는 날이나 마찬가지였다. 어른들은 모두 온천욕을 가고, 마을은 텅 비었다. 엄마를 끔찍이 생각했다는 황부영과 집을 나갈 이유가 없었던 유선희! 이 시나리오라면 두 사람의 가출 동기가 동시에 설명된다.

"아줌마. 뭐 해? 졸아? 왜 이렇게 조용해?"

"네가 몇 살이지?"

"왜?"

꽃돌이는 열다섯 살이다. 미성년자 보호 차원에서 자체 검열이다. 이 시나리오는 나만 아는 걸로.

"나이는 왜 물어보는데?"

"나랑 여섯 살 차이네. 딱 좋아."

발끈할 줄 알았는데 조용하다.

"왜 가만 있어? 발끈해야 재밌지."

"아줌마 주책은 이제 놀랍지도 않아."

그날 꽃돌이는 독후감 숙제를 했다. 권장도서 중 세 권을 읽고 독후감을 쓰는 건데, 짜식이 독후감을 무슨 짜깁기인 줄 안다. 여기서 한 대목, 저기서 한 대목 통째로 베껴 쓴다.

"그래갖고 그게 네 지식이 되겠냐?"

"삼수생한테 그런 말 들어봤자거든."

망할 놈. 삼수생이니까 그런 말할 자격이 되는 거지. 남들보다 세 배나 더 공부한 사람인데.

앞산의 나무들이 흔들린다. 바람이 분다는 증거다. 옛날 양반들은 이런 풍경을 보면서 시조를 읊고 그랬겠지.

이보게 꽃돌이 모르는 게 약이라네.

알고자 애쓰는 건 공부할 때뿐이라네.

어즈버……

흐음. 마지막 연에서 꽉 막혔다. 끙끙대고 있는데 누군가 올라온다. 최근 들어 재실이 너무 노출된 거 같다. 재실의 생명은 고요함인데 개나 소나 드나들면…… 에구, 종손이다. 조예은의 뼈가 발견된 이후 두문불출한다더니, 웬일이시래? 지난번 대문간에서 주의를 받은 이후 종손을 대하기가 어째 껄끄럽다.

"어디 숨을 데 없냐?"

재실은 거풍 중이라 문을 모두 열어놓았다.

"다락이 있긴 한데…… 늦었어."

우리를 발견한 종손이 주춤한다. 어쩔 수 없이 꾸벅 인사를 올렸다. 종손은 곡괭이와 삽을 든 남자들에게 집 뒤쪽을 가리키며 뭔가를 지시하더니, 아드님을 똑바로 쳐다보지도 않은 채 말했다.

"엄마가 찾는다."

그러고는 남자들을 따라 건물 뒤쪽으로 갔다. 이번 비에 재실 뒤쪽 흙이 무너진 모양이다.

말우지고개를 내려오면서 꽃돌이는 회초리를 칼처럼 휘둘러 풀잎을 무찔렀다. 그 고운 얼굴에 불만이 그득했다. 꽃돌이가 무찌른 풀들이 푹푹 쓰러졌다.

꽃돌이는 기호지방의 대표적인 양반 가옥의 뒷문으로 들어갔다.

기자들이 나타난 뒤로 덕을 본 게 딱 하나 있는데, 그건 삼거리를 맘 놓고 지날 수 있게 됐다는 거다. 마침 기자들 10여 명이 삼거리에 있었다. 평상에서 낮잠도 자고, 노트북을 두드리고, 담배도 피고, 공기도 집고…….

어라, 커트머리 젊은 여자가 황일영과 마주앉아 공기를 집고 있다. 선블록을 얼마나 발랐는지 얼굴이 하얗다. 황일영이 다가오면 도망다니기 바쁘더니, 이젠 익숙해진 걸까? 두왕리 유배 이후 한 달 가까이 지켜봤지만 황일영이 누군가랑 같이 공기를 집는 건 처음 본다.

"누나 말이야, 누나 얘기 좀 해봐."

커트머리 여자가 말하는 걸 듣는지 마는지 황일영은 공깃돌에만 집중할 뿐이다.

"누나 안 보고 싶어?"

황일영이 '앗' 하더니 공깃돌을 내려놓는다.

"나 죽었어. 너 해."

커트머리 여자는 공깃돌을 던졌다가 떨어뜨렸다. 성의라고는 눈곱만큼도 없는 동작. 그런데도 황일영은 박수까지 치며 좋아했다.

"죽었지? 내 차례."

"누나 얘기 안 하면 공기 안 집는다."

황일영이 손을 멈추고 커트머리 여자를 쳐다본다.

"누나 보고 싶지?"

황일영이 고개를 끄덕인다.

"누나 좋아해?"

"때릴 때는 싫은데…… 나보구 불쌍하다고 할 땐 좋아. 머리를 이렇게 이렇게 해줘."

황일영이 자기 머리를 쓰다듬는 시늉을 하자 커트머리 여자가 바싹 다가앉는다.

"누나가 때렸어? 왜?"

"많이 먹는다구."

"언제?"

"지난번에 왔을 때."

호두나무 평상에 누워 있던 남자 기자들이 키득거렸다.

"지금 누구 얘기하는 건데?"

"큰누나."

커트머리 여자는 입을 앙다물고 쏘아보았다.

"작은누나 말이야. 황부영, 부영이 누나 얘기를 해봐."

황일영은 공기집기에 열중할 뿐.

"작은누나 보고 싶지?"

황일영이 고개를 흔든다.

"왜?"

황일영은 또 고개만 흔들었다.

거기까지 보다가 아홉모랑이 쪽으로 올라가는데 짜증이 솟
구친다. 기자면 다야? 왜 판판이 반말이야. 기껏해야 스물다섯
도 안 돼 보이는 게……. 저래봬도 황일영은 스물아홉이라고.
내일 모레면 삼십이야. 동방예의지국에서 기자라는 것이, 배
웠다는 것들이 그러면 되겠냐고 열변을 토했더니, 감나무 평
상에 앉아 늙은 오이 껍질을 벗기던 홍간난 여사,

"저도 일영이, 일영이 했으면서."

나? 나는 세대를 초월해 우정을 나눈 사이니까, 뭐…….

기자들이 안달이 날 만도 했다. 조예은의 두개골에 함몰 자국이 있다는 국과수 발표 이후 이렇다 할 뉴스거리가 없는 상황. 경찰과 자원봉사대, 해병전우회, 또 무슨무슨 단체에서 온 사람들 수백 명이 말우지고개를 일일이 막대기로 쑤시고 다니며 찾았지만 더 이상 아무것도 나오지 않았다. '유가족은 말을 아끼고, 마을은 슬픔에 잠겼다'라는 말도 한두 번이지, 편집장은 원고지를 흩뿌리며 '기사를 가져와, 기사를'이라고 불호령을 내렸을 것이다.

그러나 그날도, 그다음 날에도 별다른 일은 일어나지 않았다. 기자들은 평상에서 낮잠을 자기도 하고, 냇가에 발을 담그기도 했다. 전체적으로 슬슬 짐을 싸는 분위기랄까.

그리고 그다음 날, 그러니까 커트머리 여기자가 황일영과 공기를 집은 지 사흘째 되던 날, 두왕리에 민란이 일어났다.

주마등

09

나에게 문제가 있다는 걸 안 건 스물세 살 때였다.

여자와의 육체적 접촉이 전혀 흥분되지 않았다. 당황스러웠다. 처음 한두 번은 상대에게 문제가 있다고 생각했다. 여자를 바꿔봐도 소용없었다. 여자는 나를 흥분시키지 못했다. 그렇다고 남자에게 관심이 있는 것도 아니었다.

내가 관심있는 건 특별한 시기의 여자아이였다. 굴곡없이 가느다란 종아리, 크지 않은 엉덩이, 이제 막 생기기 시작한 가슴, 솜털이 가시지 않은 목덜미.

어렸을 때도 그 시기의 여자아이들을 좋아했다. 그래도 그건 그냥 좋아하는 거라고 생각했다. 아홉 살 때 어떤 여자아이를 쫓아갔다가 길을 잃은 적도 있었다. 죽은 누나를 그리워하는 거라고 어머니는 안쓰러워하기까지 했다.

몇 번의 실패 끝에 나는 확실히 깨달았다. 어른 여자는 징그럽다.

내가 갖고 싶은 건 그런 무섭고 징그러운 여자들이 아니다.

나는 나 자신을 숨길 수밖에 없었다. 결혼도 했다. 아이도 낳았다.

나는 소녀들을 지켜보는 걸로 만족했다. 보는 것만으로는 누구도 상처받지 않았다. 그렇게 죽을 때까지 나는 나를 숨길 수 있을 거라 생각했다.

그 아이를 만나기 전까지는……

10

여
름
,

인간의 기분 따위 아랑곳없구나,
파리 한 마리

사실 이런저런 사건 때문에 유미숙에 대한 건 까맣게 잊고 있었다.

유미숙 측에서야 가능한 한 조용히 커밍아웃할 생각이었을 것이다. 마을 사람들 불러놓고 우리에게 했던 것처럼 조근조근, 눈물도 가끔 섞어가면서 설명했더라면 이해 못할 사람들도 아니었을 테고.

그런데 조예은이 백골로 귀환한 것이다. 차일피일 미루고 있는데, 어떻게 된 일인지 마을에 먼저 소문이 돌기 시작한 거다.

"미숙이 말이여. 들킨 모양이여."

점심 먹고 배추 모종하러 간다고 나갔던 홍간난 여사가 예상보다 일찍 들어와서 마을 분위기를 전했다. '이게 어찌된 일이라니' 하며 마루 끝에 앉아서 한동안 작은 눈을 껌벅대더니, 부리나케 세수를 하고는 다시 나가는 거다.

한참 있다가 돌아와서는,

"대문이 잠겼다."

재경이 할머니네 놀러가는 척, 유미숙네 집을 보고 왔단다.

"기자 놈들이 암만 두들겨대고 이름을 불러도 기침소리 하나 없어야."

홍간난 여사가 시켜서 전화도 해봤다. 신호는 가는데 받지를 않는다.

"어디 갔다니?"

홍간난 여사는 부채질을 하다가도, 저녁을 먹다가도 유미숙 엄마 아빠 걱정을 했다.

나중에 알게 된 거지만, 그 시간에 유미숙 엄마 아빠는 경찰서에 있었다. 마을에 소문이 돌기 시작했다는 걸 알고는 더 이상 늦어졌다가는 안 되겠다 싶어 딸 내외를 불러 경찰서에 갔단다.

된다, 안 된다 기자들과 경찰 사이에 실랑이가 오가고, 한 시간쯤 후에 전격 기자회견을 열게 됐다고 한다. 평생 고추농사, 콩농사 지어온 중늙은이 부부가 그렇게 많은 사람들 앞에 서봤을 리 없다. 그건 미용실 원장 겸 미용사 유미숙도 마찬가지일 테고. 나름 준비를 하긴 했단다. 평소 쓰지 않는 어려운 말을 연습까지 하고. '사건 초기에 수사 방향을 흐리게 한 점, 진심으로 사과드립니다'라거나 '15년 내내 다른 세 명의 가족들을 생각할 때마다 죄스러운 마음 금할 길 없었으며⋯⋯' 등.

처음엔 그럭저럭 준비한 대로 되어갔는데, 기자들의 전투적인 질문이 계속되자 '그날 어떻게 마가 껴서 그런 거지, 일부러 그런 건 아니구요'라고 퉁퉁거렸고, '우리라고 뭐 마음 편하게 지냈겠어요'라고도 했다. 잘 웃는 버릇도 화근이 되어서 '그때 같이 도망갔던 남자하고는 어떻게 됐습니까?'라는 질문에 '지금 애아빠예요'라며 저도 모르게 얼핏 웃었다가 '기자회견 중에 웃는 생존녀'라는 제목으로 인터넷을 점령해버렸단다. 나도 9시 뉴스 시간에 그 장면을 봤는데, 좋아서 웃었다기보다는 멋쩍어서 나온 헛웃음 같은 거였는데⋯⋯.

9시 뉴스가 끝나자마자 동생이란 이름의 망할 자식에게서 전화가 왔다. 하나밖에 없는 누나가 낙오된 이후 아주 잊은 줄 알았더니 저 궁금한 게 생기니까 기억이 돌아왔나 보다. 몹쓸 놈.

인터넷 세상이 난리란다. 개인적인 신상이 속속 공개되고 있다고. 공주에 있는 미용실 주소가 인터넷에 돌아다니고, 유미숙 본인은 물론, 남편과 아이들 사진, 아이들이 다니는 유치원 이름, 유미숙의 학교 때 성적표까지 공개됐단다. 정말이지 이 나라 네티즌 수사대는 대애애애단하다. FBI, CSI 안 부럽다. 경찰청장은 뭐하나 몰라, 그들을 수사에 활용하지 않고. 미제 사건이 절반으로 줄 텐데.

문명 세계의 동생이 전한 루머.

"유미숙이 남자랑 놀 돈 마련하려구 다른 애들 인신매매한 거라던데?"

시간만큼은 칸트 뺨치게 정확한 홍간난 여사가 이날만큼은 9시 뉴스를 시청하고도 잠자리에 들 생각을 안 하는 거다. 오늘 하루 종일 똥마려운 강아지처럼 안절부절못하는 게 영 수상쩍다. 뭔가 걱정이 가득 찬 듯한 저 작은 눈. 이거이거, 홍간난 여사!

"왜 자꾸 쳐다본다니……?"

"소문이 왜 났을까, 갑자기?"

"그걸 내가 어떻게 안다니?"

있지도 않은 방바닥 먼지를 손바닥으로 쓸면서 내 눈치를 흘깃 본다.

"비밀이 어딨어? 비밀이…… 어디서 새도 새게 마련이지."

괜히 퉁퉁거리다가 갑자기 화를 냈다.

"지들이 잘못헌 거지. 안 그려? 한동네서 눈 뜨면 얼굴 보고 사는 사람들끼리 속이구 그러믄 쓴다니?"

방바닥을 두드리며 목소리를 높였다.

"아무한테두 말 안 했다니게. 재경이 할머니한테만 살짝······."

재경이 할머니가 기자들한테 시달리는 유미숙 엄마 아빠를 하도 불쌍하다고 안쓰러워하길래 '아무한테도 말하지 말어' 하고 얘기해줬단다. 그다음부터는 민들레 홀씨다. 혼자만 알고 있으라면서 전달, 전달.

"그놈의 할망구, 덩치는 산만 해가지고 주뎅이는 잽싸기도 허지."

둘도 없는 친구를 욕하더니,

"뭐, 별일이야 있겠어?'

끙끙대다가 잠자리에 들었다.

그다음 날이다, 마을 사람들 십여 명이 유미숙네 집에 쳐들어간 것은.

앞장을 선 건 세상에, 황부영 엄마였다. 그 뒤를 허리를 잔뜩 뒤로 젖힌 채 황부영 아빠가 따라갔고, 목사관에 와 있던 조예은의 외삼촌과 이모가 가세했다. 여기에 마을 사람들이 우르르 따라붙은 데는 조금 설명이 필요한데.

그동안 마을 사람들은 알 수 없는 죄책감에 시달렸단다. 재경이 할머니가 그랬단다.

"내가 미숙이 엄마 아빠 앞에서는 손녀딸도 마음 놓고 못 안아줬어. 괜히 미안하고, 죄스러워서……. 나는 그런 마음으로 살았는디 말여. 워치게 지들이 그럴 수가 있댜?"

네 명의 소녀가 사라진 뒤 할머니 할아버지가 한동안 손자 손녀를 볼 때, 특히 나를 시골에 못 오게 했을 때도 그런 기분이었을 거다.

그런데 유미숙이 버젓이 살아 있다는 거다. 마을 사람들 모르게 왕래도 해왔단다. 부글부글 하던 참에 유선희 엄마, 즉 종부가 쓰러졌다. 조예은의 유골이 발견되면서부터 두문불출, 당최 얼굴을 볼 수 없던 종부가 유미숙이 9시 뉴스에 나온 다음 날 아침 쓰러진 거다. 양반 쌍놈 사라진 지 오래라지만, 경산 유씨 종가는 마을의 상징이다. 마을 사람의 태반이 멀건 가깝건 경산 유씨의 일가다. 종부를 실은 구급차가 앵앵거리며 삼거리를 지나간 게 대략 오전 9시. 나야 아직 한밤중인 시간이지만 밭에서, 논에서 구급차를 구경하던 사람들이 하나둘 삼거리에 모였는데, 황부영네가 들고일어난 거다.

"아이고, 이게 뭔 난리라니."

홍간난 여사의 다급한 소리에 잠에서 깼다.

홍간난 여사는 오랜만에 나온 햇빛에 장독 뚜껑을 열어놓고 쉬가 슬었나 어쨌나 살피던 중이었는데, 누군가가 민란 소식을 전하러 온 것이다. 내가 마루에 나왔을 때는, 여든 살 홍간난 여사와 50대 후반의 아줌마가 앞서거니 뒤서거니 언덕을 내려가고 있었다. 여든 살의 홍간난 여사가 50대의 아줌마와 대등한 속도를 보인 것은 사건의 발단에 모종의 책임감을 느꼈기 때문이겠지.

마음이야 저 둘을 앞질러 뛰어가고 싶지만, 뭐 그럴 능력도 충분하지만, 적당한 거리를 유지하며 두 사람을 쫓아갔다.

사람들이 겹겹이 유미숙네 집 대문을 둘러싸고 있었다. 다들 뭐라 뭐라고 제각각 소리질러대서 정확하게는 모르겠지만 '나와라' 하는 소리는 알아듣겠다.

홍간난 여사는 기자들을 뚫고 전선의 앞으로 나아가느라 분투 중이었다. 편집장이 활짝 웃을 만한 기사거리를 앞에 두고 경로사상을 발휘할 기자는 없다. 순순히 길을 내주지 않자 홍 여사는 기자들 뒤통수도 때리고 꼬집기도 하면서 조금씩조금씩 최전선에 합류했다. 구급차 뒤를 바짝 따라가는 얌체 자동차처럼, 홍간난 여사 뒤에 바짝 붙어 가볼까 궁리 중인데, 집 뒤에서 뭔가 반짝반짝하는 거다. 두왕리 대부분의 집이 그렇듯 유미숙네 집도 언덕 밑에 붙어 있는데, 기자들 몇 명이 언덕 위에서 대포카메라를 설치 중이었다. 유미숙네 집 마당을 내려다볼 수 있는 위치다. 민란의 기세로 봐서 대문은 곧 함락될 테고.

예상대로다. 언덕에서는 유미숙네 집 안마당과 마루가 한눈

에 내려다보였다. 민란꾼들은 아직 입성하지 않았고 빈 마당
엔 빨랫줄이 걸려 있다. 대문 밖에서는 '우워, 우워' 함성소리
가 합창하듯 들리는데, 함성과 함성 사이에 뭔가가 부서지는
소리가 났다. 그다음에 일어난 일로 보건대 그것은 도끼가 대
문을 뽀개는 소리였다.

뭔가 엄청난 소리가 나더니, 곧이어 대문이 통째로 쓰러졌
다. 도끼로 대문을 찍는 한편 사람들이 대문을 밀어 넘어뜨린
거다. 넘어진 대문을 밟고 사람들이 한 덩어리로 밀려들어갔
다. 제일 앞에 선 황부영 엄마는 도끼를 들었다.

고부민란古阜民亂이 이랬겠지? 전봉준이 농민들을 이끌고 쳐
들어왔을 때 그 사람 이름이 뭐더라, 탐관오리 고부 군수. 그
양반 되게 무서웠겠다. 구경하는 나도 아드레날린이 퐁퐁 솟
구치는데.

"내 딸 내놔라, 이 씨발놈들아!"

황부영 엄마 목소리에서는 쇳소리가 났다. 사람들은 발에
걸리는 건 걷어차고, 손에 잡히는 건 낚아챘다. 빨랫줄을 잡아
당겼는데 소용이 없자, 누군가 낫으로 잘라버렸다.

스테인리스 세숫대야를 걷어찬 저 턱이 긴 할아버지는 나
도 아는 사람이다. 몇 살 때인지는 모르겠지만, 추운 때였던
걸로 기억하니까 설날 아니면 할아버지 생신 때였을 거다. 그
때 시골집에는 늙은 개 한 마리가 있었는데, 그 개한테 도깨비

바늘을 던지며 놀았다. 엉덩이에 달라붙은 도깨비바늘을 입으로 떼려고 뱅뱅 도는 게 엄청 웃겼다. 그때 턱이 긴 할아버지, 지금도 할아버지지만 그때도 할아버지였던 그 할아버지가 떽하고 소리를 질렀다.

"너한테 그러면 좋겠냐? 너도 해보자."

실제로 그 할아버지는 나한테 도깨비바늘을 던졌다. 울면서 도망가다가 돌아봤더니 턱이 긴 할아버지는 도망치려는 개를 붙들고 도깨비바늘을 하나하나 떼주고 있었다. 집에 와서 할아버지한테 일렀다가, 혼나도 싸다며 또 혼났다. 그러고 보니 내가 턱이 긴 사람을 무서워하는 게 그때 트라우마 때문이었구나.

아무튼 늙은 개를 불쌍히 여겼던 턱이 긴 할아버지는 남의 집 세숫대야를 걷어차며 각목을 흔들었다. 턱이 긴 할아버지뿐만 아니라, 죄다 딴 사람 같다. 두왕리 사람들의 무덤덤한 삶 어디에 저런 정열이 숨어 있었나 모르겠다. 나보고 '아기엄마'라고 했던 눈썹 문신 아줌마는 '이년 저년' 하며 방문을 향해 삿대질을 했다. '동네 망신', '화냥년 딸', '15년을 감쪽같이' 등 파편적인 단어들이 연거푸 쏟아졌다. '삼복더위에 문 걸어 잠그고 뭐하는 거야' 같은 질문 같은 비난도 들렸다.

역시 로얄석이다. 홍간난 여사가 고군분투하는 게 고스란히 내려다보인다. 이사람 저사람 붙들고 뭐라 그러는데 먹히는 분위기가 아니다.

안마당은 마을 사람들과 취재진으로 옴짝달싹 못하도록 꽉 찼는데, 그렇게 밀리면서도 누구 하나 마루에 올라서지는 않았다. 대문은 도끼로 쾅쾅 찍어놓고, 마루 위로는 안 올라가는 건 또 뭐지? 민란꾼의 예의?

방문은 꼼짝도 하지 않는다. 빈집 같다.

"안에 있는 거 다 알어. 방문짝도 뽀개버리기 전에 당장 나와!"

황부영 엄마가 도끼로 마루를 찍었다. 마당을 가득 메운 사람들이 한순간 조용해지더니 아까보다 더 큰 함성이 쏟아졌다. 누군가 '확 불 싸질러버리기 전에 당장 나와'라고 소리 지르자 여기저기서 '불 질러', '불 싸질러' 하고 따라 외쳤다. 5월 노사분규 때 빨간 머리띠 두른 사람들만큼 딱딱 맞는 구호는 아니지만, 그래서 더 무섭다. 진짜로 불을 지를 것 같다.

함성과 함성 사이 우연히 생긴 침묵 속에 불쑥 튀어나오는 홍간난 여사의 목소리.

"이러면 안 되여. 경찰이 알면……."

"어떤 년이 경찰 부른댜?"

"그년부터 잡어."

홍간난 여사가 재경이 할머니 뒤로 슬쩍 숨는다. 홍간난 여사가 위기에 처하면 나는 어째야 하나? 저 난리통으로 뛰어들어야 하나 말아야 하나 고민스러운데, 그 순간 방문이 열리더니 유미숙 엄마 아빠가 나왔다. 불과 며칠 전에 봤을 때만 해도 둥그렇던 유미숙 엄마에게 턱이 생겼다. 역시 다이어트엔 맘고생이 최고다.

유미숙 부모의 등장으로 안마당엔 잠깐 정적이 흘렀다. 문 잠그고 숨어 있을 땐 미웠는데 막상 얼굴을 보자, 또 그 얼굴이 폭삭 늙은 걸 보자 폭도들의 기세가 한풀 죽는 느낌.

"딸년두 데리고 나와."

처음 보는 아줌마가 소리쳤다. 새카맣게 탄 동네 사람들 속에서 혼자만 뽀얀 얼굴을 한 걸로 봐서 도시에서 왔다는 조예은의 이모나 뭐 그쯤 되는 것 같다. 기자들은 하이에나처럼 다음 소동을 기다리고.

유미숙 아빠가 마루에 털썩 주저앉았다.

"미숙이는 여기 없고…… 죽이든지 살리든지 맘대로들 허유."

유미숙 엄마도 남편 옆에 앉았다. 나란히 앉은 두 사람은 눈까지 내리깔고 완전 무방비 상태다. 간디의 비폭력 운동이 참 효과적인 방법이었구나, 직접 보니 이해가 간다. 한쪽이 전투 의지를 보이지 않으면 다른 쪽의 전투 의지도 사그라든다. 민란은 소강상태가 되었다. 그 틈을 타 홍간난 여사의 측면 지원.

"쯧쯧…… 그사이 얼굴이 반쪽이 됐네."

혀를 차며 재경이 할머니 옆구리를 쿡 찌른다.

"그려. 그저 자식이 웬수여. 부모가 뭔 죄여?"

재경이 할머니 말에 사람들의 시선이 사방으로 흩어졌다. 땅을 보기도 하고, 하늘을 보기도 하고. 나는 봤다. 턱이 긴 할아버지가 각목을 슬그머니 숨기는 걸.

전세가 바뀐다 싶은 순간,

"내 딸 어딨대요?"

마루를 두 손으로 짚으면서 황부영 엄마가 물었다. 꽉 잠긴 목소리.

유미숙 아버지는 고개를 흔들었다.

"우리가 어떻게 알아? 알면 벌써 알려줬지. 부영 엄마. 우리도 몰러."

유미숙 엄마는 반쯤 울먹인다.

그때다. 그걸 무슨 소리라고 해야 하나? 아무튼 그런 소리가 사람의 목에서 나는 걸 들어본 적이 없었다.

옛날 중국의 어떤 사람이 뱃놀이를 갔다가 새끼원숭이 한 마리를 주웠단다. 새끼원숭이를 배에 태워 돌아오는데, 강둑을 따라 어미원숭이가 울부짖으며 따라왔단다. 결국 어미원숭이는 쓰러져 죽고, 그 배를 갈라봤더니 창자가 아홉 마디로 끊어져 있었단다.

창자가 아홉 마디로 끊어지면 저런 소리가 나는지도 모르겠다. 황부영 엄마는 창자든 숨이든 뭔가가 끊어지는 것 같은 소리를 내며 가슴을 쥐어뜯었다. 몸부림을 치며 뒤로 넘어가려는 걸 아줌마들이 달려들어 붙잡았다. 이러지 말어, 부영 엄마. 몸 상허겠네. 아줌마들이 따라 울었다.

"부영아, 내 딸아. 넌 어디 가서 죽었느냐, 살았느냐? 부영아."

황부영 아버지가 사설을 늘어놓으며 땅을 두드리는데도, 카메라 기자들은 한마디도 못하고 '끅끅'거리며 뒤로 넘어가려는 황부영 엄마만 찍어댔다.

한참을 몸부림치던 황부영 엄마는 기진맥진 숨을 헐떡거리고, 제정신이 돌아온 사람들은 서로 눈치를 봤다. 슬슬 끝냈으면 좋겠다 싶은 느낌. 누구는 손톱 밑 때를 긁어내고, 누구는 종아리에 붙은 파리를 쫓으면서 누군가 '그만하자'고 말해주길 기다리는데 사모님이 등장했다.

사건의 또다른 당사자가 등장하자, 기자들은 알아서 길을 내줬고, 모세처럼 등장한 사모님은 깻잎이 든 바구니를 옆구리에 낀 채 마을 사람들을 스윽 둘러보더니 한마디 했다.

"뭔 일 있대요?"

먼저 조예은의 일가들이 사모님을 데리고 빠져나갔고, '콩대 뽑는다는 걸 깜빡했네' 혹은 '고추 널어야 하는디' 중얼거리며 남은 사람들이 돌아섰다. 마지막에 남은 몇 명은 황부영 부모를 일으켜 세웠다. 한때 유혈사태까지 걱정했던 '민란'은 그렇게 딱 알맞은 선에서 수습됐다.

유미숙의 부모는 홍역을 치름으로써 면죄부를 받았고, 이런저런 이유로 불만이 쌓여가던 마을은 한 번 확 터지고 나서 평화로워졌다. 기자들은 좋은 사진을 잔뜩 찍었으니, 손해 본 사람은 아무도 없다.

아. 우리 홍 여사는 엄청 손해를 봤다. 집에 돌아왔더니 열어놓은 된장 항아리에 쉬파리가 까맣게 앉아 있었던 거다. 그날 오후 내내 똥파리가 앉았던 된장 표면을 걷어내고, 다독이고, 혹시 벌레가 생겼나 뒤적여보고 얼마나 속상해하던지, 그 좋아하는 일일드라마를 보다가도 불쑥불쑥 탄식을 쏟아내는 거다.

"동네 똥파리들 잔치했겠다. 누구를 탓혀? 늙은 게 병신이지."

자기 탓을 했다가,

"늙은 년이 허둥대면 어린 년은 뭐를 헌 겨? 그런 거 하나 알아서 못하고."

내 탓도 했다가,

"망할 놈의 동네, 이사를 가든가 해야지. 자고 나면 시끄러우니."

동네 탓도 했다가,

"잘 망했다, 그놈의 집구석. 남의 눈에 눈물 나면 지 눈엔 피눈물 나는 거여."

이건 드라마 이야기.

그날 밤 9시 뉴스에 '두왕리의 민란'이 방송됐다. 텔레비전에 나온 자기를 보면서 홍간난 여사는 '늙고 쭈글쭈글허게 나왔다'고 불만스러워했다. 대체 뭘 바라는 건지…….

도끼에 찍히고 쓰러진 대문을 배경으로 기자는 말했다. '누가 피해자고 누가 가해자겠습니까? 그 자리에 있던 사람 모두가 가슴 아픈 피해자일 뿐입니다.'

민란 이후 황부영 엄마는 이틀 동안 앓았다.

그 소식을 들은 홍 여사는,

"허긴 아플 만도 허지."

그랬다가 금방,

"살다 살다 부영이 엄마 아프단 소리를 다 듣네."

신기해했다.

민란 이후 기자들은, 홍간난 여사 표현에 의하면 '갯벌에 극젱이 빠져나가듯' 사라졌다. 단군 이래 최대 미스터리 운운하며 잔뜩 부풀려놓았는데, 조예은 이외의 실종자 유골이 발견되지 않은 데다가, 유미숙의 생존 사실이 알려지면서 그저 우연이 겹친 가출 사건이 돼버렸기 때문이다. 게다가 서울 어딘가 공원에서 여대생의 시체가 발견됐단다. 피해자가 대단한 미모란다. 뉴스마다 그 이야기를 하기 바빴다. 피해자도 이쁘면 대접이 달라지는 세상이다.

성근이 할아버지네 밭에 둘러놓았던 노란색 접근 금지선도 제거됐다. 삼팔선 너머에 고운 임 둔 것마냥 매일같이 금지선 너머 콩밭을 바라보던 성근이 할아버지는 봉인이 풀리자마자 호미를 들고 잡초를 뽑았다.

조하은이 돌아왔다. 퇴원은 벌써 했는데, 예산 집에 들렀다가 왔단다. 두왕리에 다시 오던 날 아버지 무덤 앞에서 그렇게 울었단다. 목사님 무덤은 여문콩된장 사무실 뒷산에 있다. 삼거리가 내려다보이는 곳이다. 죽어서라도 딸이 돌아오는 걸 제일 먼저 보라고 그곳에 무덤을 썼단다. 조예은의 뼈가 발견되고 얼마 안 되었을 때 홍간난 여사가 그랬다.

"지척에다 두고 엉뚱한 쪽을 보고 있었구먼."

사무실 뒤편, 옛날 두봉초등학교 뒷산에서는 말우지고개가 보이지 않는다.

조하은이 아버지 무덤 앞에서 울 때, 재경이 할머니는 그 밑에 있는 콩밭을 매고 있었다.

"예은아, 예은아 불러싸며 우는데, 그렇게 애달플 수가 없더라구."

그 이야기를 전하면서 재경이 할머니도 울고, 들으면서 홍간난 여사도 울었다. 책 보는 척 등 돌리고 앉아 나도 울었다.

15년 전 탱자나무 뒤에서 '예은아' 하고 불렀더라면 좋았을걸.

큰딸이 집에 머무는데도 사모님은 소 닭 보듯 한다고 했다. 대신 밤마다 우주와 기나긴 교신을 했다. 여우가 우는 것처럼.

옛날 여우들은 아기 무덤을 파헤쳤단다. 아기 해골을 얼굴에 대고 재주를 넘으면 죽은 아기 얼굴이 되고 그 얼굴, 그 목소리로 찾아가 '엄마, 엄마' 불렀단다. 그러면 엄마들은 다 알면서도 문을 열어줄 수밖에 없었다고. 정말이지 엄마란 슬프고 미련 맞은 족속들이다.

유미숙네는 부서진 대문을 아예 떼버렸다. 큰길에서도 안마당과 대청마루가 훤히 들여다보인다. 높은 담장과 닫힌 대문이 '소 잃고 외양간 고친 격'인 줄 알았는데, 비밀을 지키려고 그런 거였나 보다.

홍간난 여사가 쟁반 위에 쌀알 크기의 납작한 씨앗을 널고 있기에, 뭐냐고 했더니 오이씨란다.

"뭐 허긴 뭐 헌다니? 내년에는 오이 안 먹을 거라니?"

내년 오이 심을 준비를 벌써 하는 셈. 할아버지의 농담 같은 죽음을 봤으면서도 내년 여름까지 살아 있을 거라 철석같이 믿나 보다.

"그럼 어떡헌다니? 죽는 날까지는 살 걱정을 해야니께."

하루 종일 집 안에서 뒹굴대다보면, 아무리 게으름에 특화된 나라도 머리가 띵해진다. 저녁 5시. 산그늘을 따라 슬슬 나가봤다. 전시용으로 책 한 권 들었다. 누가 봐도 공부하다가 바람 쐬러 나온 고시생 느낌으로. 시골 생활에 대한 노하우를 겨우 깨달았는데 귀환의 날이 다가온다.

기자들이 빠져나간 삼거리 호두나무 밑, 황일영이 공기를 집고 있다. 그는 다시 혼자가 되었다. 목적이야 어떻든 지난 며칠 황일영은 사람들의 관심을 받았다. 다시 혼자가 됐다고 더 외로워 보인다는 건 그냥 내 생각이겠지. 황일영은 처음 만났을 때랑 똑같이 도토리 같은 헤어스타일과 몸에 맞지 않는 꽉 끼는 옷을 입었다. 그리고 보니 황일영의 한쪽 발이 맨발이다. 발등에 핏자국이 보인다. 피와 살이 검붉은 색으로 엉겨붙었다. 오래된 상처는 아닌 듯하다. 상처가 난 발등이 하필 슬리퍼 끈에 닿는 위치라 신발을 아예 벗어버렸나 보다. 슬리퍼 한쪽이 황일영 엉덩이 옆에 놓여 있다. 파리는 집요하게 발등 상처를 노리고 달려든다. 파리를 쫓다가 나를 발견한 황일영.

"공기 집자."

이 남자. 지치지도 않는다. 수도 없이 거절당했을 텐데 '공기 집자'고 말할 때마다 씩씩하다. 영업하면 잘하겠다. 부흥슈퍼 앞, 솜이 삐져나온 낡은 소파에 앉은 글래머 노파는 언제나 같은 얼굴에 '살 테면 사든지' 하는 표정으로 앉아 있다.

"나 잘 못하는데……."

황일영에게서 제법 떨어져 앉았는데도 이상한 냄새가 났다.

황일영이 집는 공기는 내가 아는 공기놀이와는 달랐다. 다섯 개로 하는 게 아니라 가능한 한 공깃돌을 많이 쌓아놓고, 누가 더 많이 가져가나 하는 게임이다. 공깃돌을 던지고, 그 사이 땅바닥의 돌을 집은 다음에, 던진 공깃돌을 받는다. 손에 쥔 공깃돌들을 다시 던져 손등에 올렸다가 그걸 꺾어 잡으면 내 돌이 되는 거다. 말로 설명하려다 보니 올림픽 체조경기만큼이나 복잡해 보인다. 옆으로 한 바퀴 반 비틀고 앞으로 두 바퀴 돌아 착지!

"저기, 발 안 아파요?"

공기 집는 남자가 쳐다본다. 존댓말이 어색한가?

"왜 다쳤어요?"

"재떨이에 맞았어. 아빠가 던졌어. 밥 많이 먹는다고."

황일영은 올림픽 체조선수만큼이나 집중한다. 황일영의 통통한 손등에 돌이 자석처럼 척척 올라앉았다. 일곱 개를 한꺼번에 잡으려다가 아웃. 나는 두세 개씩 차근차근 따라잡는다는 작전이다. 해보니 재밌다. 내 손등에서 돌이 떨어지자 황일영이 박수를 친다. 황일영이 연거푸 득점한다. 역시 노력엔 장사 없다. 매일같이 혼자 연습하더니, 솥뚜껑같이 둔해 보이는 손으로 잘도 꺾어댄다. 게다가 새끼손가락이 유난히 짧다는 핸디캡까지 갖고 있으면서…… 남자의 득점 실패.

"나 죽었어. 너 해."

"새끼손가락……."

"이건 안 아퍼. 원래 그래."

사실 게임의 승패는 오래 전에 결정된 거나 마찬가지였다. 남자 앞에는 따간 돌이 수북했다. 그래도 올림픽 정신으로 마지막까지 최선을 다했다. 게임이 끝나고 일어서는데 다리가 저리다. 서지도 못하고 앉지도 못하고 엉거주춤 피가 통하기를 기다리는데, 부흥슈퍼 글래머 사장님이 요구르트를 불쑥 내미는 거다. 먹으란다. 유통기한이 3일밖에 안 지나서 아직 신선하단다.

"뜬금없이 부영 엄마 손가락은 왜?"

바싹 마른 오이씨를 편지봉투에 갈무리하던 홍간난 여사.

"맞어. 부영 엄마 새끼손가락이 병신여. 양쪽 다 생기다 만 것처럼 남들 반토막여."

말우지고개에서 토하던 여자 새끼손가락을 보며, 저 여자는 음악가는 될 수 없겠다고 생각한 게 떠올랐다. 저 짧은 새끼손가락으로 바이올린은커녕 피리도 못 불겠다고.

주
마
등

10

나의 소녀.

나는 그 아이가 아주 어렸을 때부터 지켜봤다. 어렸을 때는 그냥 아이였다. 수많은 아이들 중의 하나. 세월이 지났고, 그 아이는 어느 순간 요정이 되어 있었다.

아. 지금도 그 순간이 눈에 선하다. 중학교 교복을 입고 있던 아이. 조금은 헐렁한 듯싶었던 교복 밑으로 갸냘픈 어깨를 느꼈다. 곡선이라기보다는 직선에 가까운 몸을 느낄 수 있었다.

그 후 그 아이를 똑바로 볼 수 없었다. 내 마음을 들킬 것 같았다. 그 아이는 늘 그렇듯 나를 똑바로 봤다. 유혹도 경계도 없는 눈. 남자를 알지 못하는 눈은 까만 보석 같았다.

나는 그 아이를 사랑했다. 누가 뭐래도 그것은 사랑이다. 용납되지 않는다고 해도 사랑은 사랑이다.

하루하루가 행복했다. 그 아이가 있어서 내 초라한 나날에 의미가 생겼다. 가끔 견딜 수 없는 갈증을 느꼈지만 보는 것만으로도 행복했다.

맹세컨대 나는 그렇게 시간을 보낼 생각이었다. 다른 아이들에게 그랬던 것처럼, 보는 것만으로 만족하려 했다. 어쨌든 시간은 지날 것이고, 나의 그 소녀도 변할 것이다. 어린아이에서 요정이 된 것처럼 어느 순간 보통의 여자가 되어버릴 테니까.

그런데 그해 봄, 그 일이 일어났다.

11

여
름
,

하루살이가
꿈꾸는 세상

1998년 산내중학교 졸업사진에 유선희나 황부영은 없었다.
아니, 아주 없는 건 아니다. 앨범 맨 앞장 반별로 찍은 단체 사
진 속에는 있다. 배경에 철쭉꽃이 만발한 걸로 봐서 단체 사진
은 봄에 찍은 것 같다. 보통 개인 사진은 가을에 찍는다. 단체
사진과 개인 사진 사이에 유선희와 황부영은 사라진 거다.

　말우지고개에서 토하던 여자 이야기를 했더니 꽃돌이는 다
음 날 다시 앨범을 가져왔다. 꽃돌이와 절친하다는 도서위원
이 또 야로를 부린 것 같다.

"잘 봐. 같은 사람인가."

꽃돌이가 두 번째 줄 가장 왼쪽의 소녀를 가리킨다. 커트머리의 가무잡잡한 소녀는 뭔가 잔뜩 주눅 든 느낌이다. 목을 움츠리고 있어서 그런가?

"어때? 비슷해?"

꽃돌이가 재촉한다. 아무리 재촉해도 소용없다. 15년의 세월도 세월이지만, 토하던 여자는 선글라스로 얼굴의 절반을 가리고 있었단 말이다.

"그래도 분위기란 게 있잖어. 잘 봐봐."

우리 꽃돌이 반장님, 너무 적극적이다.

"그 여자가 토하던 데가 조예은 뼈가 나온 근처라며?"

굳이 따지자면 그렇긴 하다.

"황부영은 알고 있었던 거야. 조예은이 거기 묻혀 있다는 걸."

급기야 그 여자가 황부영이라고 단정짓더니,

"설마 황부영이 조예은을 죽인 거 아냐?"

폭주하기도 했다.

"그치만 죽일 이유는 없는데⋯⋯. 가출하는 거 들켰다고 죽였을 리는 없잖아."

사실대로 말하자면 말입니다, 반장님. 동기가 아주 없는 건 아닙니다.

단순 가출이 아니라 이유가 있는 가출이라면? 그 이유를 아무한테도 들켜서는 안 된다면? 비밀을 덮기 위해 죄를 짓는 건 성경 이래로 가장 흔한 범죄 동기다.

"왜 그렇게 힐끔힐끔 쳐다봐?"

"똑바로 보기에 넌 너무 눈부시거든."

"집중 좀 해."

"그게 황부영이라도 이제 와서 무슨 소용이야?"

그렇다. 설령 토하던 여자가 황부영이라 한들 뭘 어쩌란 말인가? 이미 한 달 전에 사라진 사람인데. 심청이 장님 잔치하듯 새끼손가락이 짧은 사람을 찾는다고 광고를 할 수도 없고.

꽃돌이가 내 스마트폰 속 사진을 다시 불러낸다. 아무리 확대하고 눈이 시도록 쳐다본대도 토하는 여자가 찍혔을 리 없다. 배경이 도시라면 유리창이나 거울에 비친 모습을 찾는다고나 하지, 산속이었다. 안 되는 건 안 되는 거다.

"아이고, 데어 죽겠다."

홍간난 여사가 돌아오자 꽃돌이가 철수했다.

"별걸 다 묻는다. 부영이 생긴 게 뭐가 궁금허다니?"

홍간난 여사는 밥맛이 없다고 찬밥을 물에 말았다.

"부영이가 인물은 없었어. 즈이 엄마 안 닮고 아배 닮어갖고는 살성이 까무잡잡해서, 인물은 지 언니가 훨씬 웃길이지."

밥맛 없다면서 된장에 풋고추 찍어 잘도 드신다.

"그래도 심성은 부영이만 한 애가 없구."

심성은 단서가 되지 않는다.

다음 날 일찍 꽃돌이가 찾아왔다.

"방법이 있어."

대문간에 앉아서 옥수수 껍질을 벗기는 홍간난 여사를 의식해 목소리를 낮추며 말했다.

"아줌마가 찍은 사진 말이야."

꽃돌이가 손짓하기에 핸드폰 비밀번호를 풀고 사진을 불러냈다.

"자동차가 찍혔잖아."

얼짱 각도로 찍은 내 얼굴 뒤에 자동차 번호판의 일부가 같이 찍혔다. 꽃돌이가 사진을 확대한다. 아무리 해도 앞자리 숫자 하나와 뒷자리 숫자 하나는 안 보인다.

"우리 재종조할아버지가 운산경찰서 서장이거든."

"사적인 일에 공권력을 쓰겠다구?"

"쓰면 좀 안 돼?"

실종자 찾는 게 원래 경찰의 일이긴 하니까 안 될 건 없으려나.

꽃돌이는 운산경찰서장에게 전화를 걸었다. '학원에서 돌아오는 길에 어떤 여자의 차를 얻어탔는데, 방학숙제를 두고 내렸다. 다시 할 수 없는 숙제라서 어떻게 해서든 그걸 찾아야 한다. 내가 기억하는 차 번호를 불러줄 테니 혹시 알아봐줄 수 없냐. 차종은 소나타고 운전자는 30대 초중반의 여자. 엄마 아버지가 아시면 걱정하시니까 비밀로 해달라. 이 번호는 친구 집인데 여기로 전화해 달라.'

"하하하, 우리 찬찬한 차종손이 어쩌다가 그런 실수를 하셨을까? 운전자가 엄청난 미인이었나 보네. 크하하."

경찰서장님은 호탕하게 웃으셨다.

30분쯤 있다가 전화가 왔다. 세 개의 이름과 전화번호를 불러주면서 운산경찰서장님 또 웃으신다.

"연상도 좋긴 하지만 너무 연상은 곤란해. 크하하."

여섯 살 연상은 괜찮나요? 크하하.

김선혜, 남유정, 조은성 셋 중 하나가 토하던 여자란 얘긴데……

"김선혜부터 전화한다."

맨 처음 전화번호를 누르려는데,

"남유정이야."

꽃돌이가 핸드폰에 찍힌 사진을 확대해 보여줬다. 사진 속 자동차 앞 운전석, 운전자 연락처 일부가 보이는데, 다른 글자는 뭉개져서 확인이 안 되지만 끝자리 숫자는 '1'이 분명하다. 세 사람 중 남유정의 핸드폰 번호 끝자리가 1이다.

누누이 말하지만 뭐든 첫 마디가 어렵다. 사랑 고백도, 이별

선언도, 누군가의 정체를 까발리는 전화도.

"우리는 당신의 정체를 알고 있습니다……. 이건 어때?"

"장난 전화 같잖아?"

"그럼 최대한 법조인 말투로 7월 25일 화요일 당신은 왜 충남 운산군 산내면 말우지고개에 갔습니까?"

"안 갔는데요."

"봤습니다."

"잘못 보셨겠죠."

"야, 꽃돌이, 반대만 하지 말고 의견을 내봐, 의견을."

"생각 좀 하게 입 좀 다물어. 생각이 나려고 하면 말 시키고, 나려고 하면 말 시키고. 엉덩이는 무거우면서 입은 진짜 가벼워."

망할 놈의 꽃돌이. 이쁘다 이쁘다 해줬더니 아주 기어오른다. 내가 아무리 꽃돌이 애호가라지만.

"근데 왜 남유정이지? 황부영이 아니라."

"그럼 이 바보야. 신분을 숨기고 사는 사람이 본명을 쓰겠냐? 너야말로 생각 좀 하고 입을 열어라. 포장지만 그럴싸해 갖고 그 속은 텅텅 비었지."

따끔하게 혼내줬더니 꽃돌이 녀석, 코웃음을 친다. 이 자식이 기어코 매를 버는구나. 쥐어박으려는데, 어느새 왔는지 홍간난 여사가 전화 버튼을 꾹꾹 누른다. 버튼 하나 누를 때마다 한 자 한 자 확인하는 저 메모지는 꽃돌이의 재종조할아버지 겸 경찰서장이 불러준 그 전화번호다.

할머니, 뭐 하시려고요? 아직 작전회의 중인데. 수화기를 뺏으려는데, 저쪽의 우아한 컬러링이 멈췄다.

"부영이냐?"

헉!

그쪽에서도 헉 했나 보다. 한동안 침묵 후에 대답했다.

"전화 잘못 거셨습니다."

"부영아, 나 민실이 엄마다. 교회 지나서 말우지고개 전에 있는 감나무집 민실이 엄마. 기억나지?"

대답이 없자, 조금 더 부드러운 목소리로,

"부영아?"

그래도 대답이 없자 홍간난 여사, 귀에서 수화기를 떼고 우리를 쳐다본다.

"끊은 겨?"

사실을 말하자면 '나 민실이 엄마다' 하는 순간부터 홍간난 여사는 혼잣말을 한 셈이다.

"이놈의 지지배가……. 부영이 아니면 아니라고 허면 되지 뚝 끊어, 끊기를. 이런 못 배운 년이 있나."

수화기를 향해 삿대질을 하는 홍간난 여사.

그사이 꽃돌이가 재다이얼을 누른다.

"꺼져 있어."

한 번 더 확인해도 마찬가지.

"황부영이 아니라면 핸드폰을 꺼놓을 리가 없잖아."

꽃돌이 녀석 흥분했나 보다. 눈동자를 이리저리 굴린다.

"어떡하지? 재종조할아버지한테 다시 전화할까? 황부영이 찾았다고?"

나는 왠지 얼떨떨하다. 황일영의 새끼손가락과 토하던 여자의 새끼손가락이 비슷하다는 생각을 하면서도 설마했다. 설마 황부영이겠어? 근데 황부영이라니……

홍간난 여사는 작은 눈을 끔벅이더니,

"이럴 게 아니라 부영이 엄마 아빠한테 알려줘야지."

홍간난 여사가 슬리퍼를 신기도 전에 전화벨이 울렸다. 꽃돌이도 나도 전화기에 손을 못 대고 홍간난 여사를 바라보았다.

"여보세요."

이 상황에서 말하기는 좀 그렇지만 '여보세요'는 홍간난 여사가 구사하는 유일한 표준어다.

"전화해놓구 어째 말이 없다?"

홍간난 여사가 수화기를 든 채로 중얼거리다가 입을 다문다. 잠시 후.

"누구여? 증말 부영이냐?"

전화기 한 대에 얼굴 세 개가 붙어 있는 상황. 한참 후에 전화를 끊은 홍간난 여사.

"만나자믄 만나는 건디…… 어쩨 즈이 엄마 아빠한테는 암 말도 말라구 그런다니?"

토요일 오후 3시. 약속 장소는 대전에서 가장 큰 호텔 꼭대기 커피숍. 알 만한 사람은 스카이라운지라고도 부르는 럭셔리한 장소 말이다. 운산군까지는 죽어도 안 오겠다고 그쪽에서 버티는 바람에 할 수 없이 중간쯤에서 만나기로 한 것이다.

네 이년, 오라면 올 것이지! 뭐 이럴 수도 있지만, 칼자루 쥐었다고 함부로 휘둘렀다가 그쪽에서 그냥 숨어버리면, 전문가도 아닌 우리로서는 대략 난감이다. 버스 삯 들여가며, 멀미약 먹어가며 가는 수밖에.

공주 미행 때 멀미로 죽다 살아난 홍간난 여사는 하루 전날 멀미약을 붙였다. 그래야 효과가 생긴단다. 먹는 멀미약은 졸려서 안 된단다. 미리 챙긴 주민등록증으로 버스비 할인을 받은 건 물론이다.

안 졸린 멀미약이라 그런지 홍여사는 푹 잠들지 못하고 계속 자다 깨다 했다. 고개가 등받이에서 뚝 뚝 떨어지는데, 떨어질 때마다 입맛을 다시며 묻는 거다.

"다 왔다니?"

알다시피 약속 장소에는 일찍 도착하는 게 예의다. 우리는…… 1시간 10분쯤 일찍 도착했다. 지나치게 예의를 차리게 된 건 버스 시간 때문이다.

대전에서 제일 큰 호텔 스카이라운지 커피숍에 등장했을 때 우리는 시선을 한 몸에 받았는데, 조선시대 주막집에 양복 입은 선교사가 들어왔을 때의 풍경이 대충 그랬을 거다. 과장이 아니다. 한복 입은 할머니, 추리닝 차림의 삼수생, 교복 입은 꽃돌이! 따로따로 들어와도 눈에 띌 텐데 일행이다. 종업원이고 손님이고, 우리를 쳐다보는데…… 그나마 손님이 몇 안 된다는 걸로 위안을 삼았다.

하긴 황부영, 혹은 남유정이 '스카이라운지'라는 꼬부랑말을 이해 못하는 홍간난 여사에게 '제일 큰 호텔 꼭대기 커피 파는 데'라고 어렵게 설명하면서까지 이 장소를 고른 것도 가급적이면 사람이 없는 곳, 그중에서도 운산군 산내면 두왕리 사람들은 절대 오지 않을 곳을 고르느라 그랬겠지.

물잔을 들고 온 종업원이 또다시 움찔한다. 방금 전 함께 들어온 수상한 손님 세 명이 테이블 두 개에 나눠 앉은 것도 모자라 칠판을 향해 앉은 학생처럼 일렬로 나란히 앉았으니. 그의 종업원 경력이 얼마나 되었는지는 모르지만, 이렇게 불가사의한 손님은 처음이었을 거다.

우리도 일부러 그런 건 아니다. 황부영이 홍간난 여사 혼자 나오라고, 다른 사람 데리고 나오면 약속 장소에 나타나지 않겠다고 거듭 말했기 때문에 할 수 없이 따로 앉은 거다. 일렬로 앉은 거? 꽃돌이 녀석, 맞은편에 앉으라고 했더니 말을 안듣는다. 자기도 황부영 얼굴을 봐야 한다나. 뭐, 나야 좋다. 연인들끼리는 나란히 앉기도 하니까.

이런 사정을 알 리 없는 종업원은 홍간난 여사 앞에 물잔을 놓으며 물었다.

"일행이 계십니까?"

홍 여사, 멀미 뒤끝이라 그런지 한번에 못 알아듣는다.

"한 시간쯤 후에 일행이 올 거예요."

내가 대신 말해줬다.

"그럼 주문은……?"

역시 못 알아듣는 홍 여사.

"뭐라니?"

아주 대놓고 물어본다. '뭐 먹을 거냐'고 통역했다.

"단거 뭐 있댜? 멀미약을 먹었더니 입이 아주 소태 같네."

종업원의 도움을 받아 아이스 코코아를 주문한 홍간난 여사는,

"니들도 뭐 먹고 싶은 거 시켜."

메뉴판을 건네준다.

꽃돌이와 나는 오렌지 주스를 시켰다.

종업원이 가고 물었다.

"할머니 돈 있어? 여기 코코아 한 잔이 만 원. 오렌지 주스 만이천 원. 다 합해서……."

꽃돌이가 거든다.

"삼만사천 원."

홍간난 여사, 의외로 담대하다.

"뭐…… 지가 여기서 만나자고 했으니께 부영이 지가 내겄지."

손님은 우리 빼고 세 테이블이다. 부장님과 평사원으로 보이는 회사원 테이블, 사리마다 같은 핫팬츠를 입은 젊은 여자 두 명, 그리고 부부라기엔 나이 차이가 있어 보이고 딸이라기엔 어색한 남녀 커플. 뭐, 남자는 노안이고 여자는 동안인 동갑내기 커플일지도 모른다. 알고 보면 아무것도 아닌 일들이 우리 주변에 얼마나 많은가.

두왕리 네 명의 소녀 실종사건 역시 거대하고 치밀한 미스터리 같은 게 아니었다. 따로따로 일어났으면 사건이라고 부르기도 애매한 해프닝이 어쩌다 보니 한꺼번에 일어났고 거대해진 거다. 그러고 보니 우리 세 사람 같다. 따로따로 있으면 그다지 눈에 띄지 않는데, 같이 있으면 수상해지는 할머니와 삼수생과 꽃돌이 일행.

비싼 커피숍이라 그런지 잔이 비면 청하지 않았는데도 종업원이 와서 계속 물을 따라줬다. 나는 세 번이나 물을 리필

받아 마셨는데, 나도 모르게 긴장했나 보다. 시간이 갈수록 꽃돌이를 괜히 데려왔다는 불길함이 진해졌다. 꽃돌이에게 미리 경고하는 게 나을까? 어쩌면 네가 알고 싶은 것보다 더 많은 것을 알게 될지도 모른다고.

"왜?"

"남들 눈에 우리가 연인처럼 보이겠다. 응?"

"긴장 좀 해라."

이제 와서 말해봤자다. 매도 일찍 맞는 게 낫다지만, 일찍 맞아봤자 일찍 아프기만 할 뿐이다. 중2면 야동도 보는 나이인 데다가, 친누나도 아닌데, 뭐.

종업원이 네 번째 물을 따라주러 왔을 때 그 여자가 나타났다. 토하던 여자! 금방 알아봤다. 그날과 똑같이 까만색 선글라스를 끼고 있다. 내가 긴장한 걸 눈치챈 꽃돌이가 소곤거린다.

"저 여자야?"

그녀는 종업원의 안내를 기다릴 것도 없이 실내를 한바퀴 둘러보더니 곧바로 홍간난 여사 앞에 앉았다. 그때 홍간난 여사는 멀미약 기운으로 쏟아지는 잠과 싸우던 중이었는데, 느닷없이 앞자리에 앉은 여자를 멀뚱멀뚱 쳐다봤다.

황부영은 선글라스를 벗어 테이블에 올려놓으며,

"아이스 커피요."

메뉴판을 쳐다보지도 않고 주문부터 하더니, 종업원이 놓고 간 물을 벌컥벌컥 마셨다. 땀으로 얼굴이 번들거렸다. 더위를 심하게 타는 체질인가? 루이비똥 가방에서 손수건을 꺼내 이마와 목덜미의 땀을 닦았다. 명품에 대해 잘 아는 건 아니지만, 그녀의 루이비똥은 진짜처럼 보였다.

중요한 건 아닌데, 황부영의 목은 길지도 짧지도 않은 평균. 그러니까 졸업사진 속 황부영의 거북이 같은 목은 신체적 특징이 아니라 심리적인 거였다는 말씀.

그때까지도 홍간난 여사는 눈만 꿈뻑꿈뻑하고 있다가,

"진짜 부영이냐?"

하나 마나 한 질문을 했다.

"그냥 길에서 만났으면 못 알아볼 뻔했다. 나는 알아보겠니? 아홉모랭이 민실이 엄마."

황부영이 고개를 끄덕였다.

"그려. 그려. 네가 어떻게 이렇게 살아 있다니. 얼마나 고생했다니……."

황부영 손을 덥석 잡는 홍간난 여사, 금방이라도 울 것 같은데.

"엄마 아빠한테는……?"

황부영의 온도는 한참 낮다.

"말 안 했어. 왜 허지 말라고 그러는지는 몰러도 아무한테도 말 안 했다. 그려. 그동안 어떻게 살았니?"

황부영은 홍간난 여사에게 잡힌 손이 영 부담스러운 듯, 슬그머니 손을 빼내 커피잔을 움켜쥔다.

"그보다…… 절 어떻게 찾으셨어요?"

"말하자면 긴디, 너 저번이 말우지고개 왔었다며?"

"예?"

"우리 무순이가 우연찮게 널 보구……"

이런, 홍간난 여사가 내 쪽을 보는 거다. 그 바람에 황부영도 나를 보게 되고.

황부영이 벌떡 일어났다. 그 바람에 테이블을 밀쳐 물잔은 넘어지고, 홍간난 여사는 '부영아' 소리를 지르고, 꽃돌이는 통로를 막아서는데, 워낙 순식간의 일인지라 나는 '어, 어'만 했다.

손님이고 종업원이고 일제히 쳐다보는데다가, 꽃돌이에게 퇴로가 막힌 황부영은 잠시 생각하는 듯하더니 자리에 앉는다.

나는 엉거주춤 목례를 했다.

"그날 봤다며? 우리 손녀여. 무순이라고. 우리 둘째아들 큰딸."

첫째아들 둘째딸이든 둘째아들 막내딸이든 황부영 입장에서야 궁금하지도 않을 테고, 자리에 앉는 꽃돌이를 본다.

"저기는 종갓집 차종손. 창희여, 유창희."

역시나 홍간난 여사의 친절한 설명. 황부영이 갸웃한다.

"이이, 야중에 양자 들어왔어. 니들 그렇게 되고 다음 해."

황부영이 꽃돌이를 빤히 쳐다보는데, 참 냉정한 시선이다. 비 오기 직전, 불쾌지수 최고인 꿉꿉한 날에 봐도 저절로 미소가 나오는 그 고운 얼굴을 한참 쏘아보더니 묻는다.

"몇 살이지?"

"열다섯요."

열다섯이 뭐가 어쨌다는 건지 황부영이 얼핏 웃는다.

아이스 커피를 가져온 종업원은 궁금해하는 걸 포기했나 보다. 따로따로 앉은 손님들이 통로를 사이에 두고 이야기하는 걸 보고도 못 본 척, 할 일만 하고 돌아섰다. 어차피 이렇게 될 거 뭐 하러 따로 앉았나 싶기도 하고, 계속 통로 너머로 이야기하기도 그렇고, 꽃돌이와 나는 얼음만 남은 주스잔을 들고 옆 테이블에 합석했다. 2인용 좌석에 세 사람이 끼어 앉아 황부영과 1 대 3 구도를 만들었다.

어쩐 일인지 황부영은 좀 전보다 훨씬 침착해졌다. 나에게 묻는데, 말투가 꼭 법조인 같다. 언젠가 우리가 흉내내려고 했던 그 말투 말이다.

"난 줄 어떻게 알았어요?"

"손가락⋯⋯."

그때 황부영은 두 손을 테이블 위에 올려놓고 있었는데, 얼핏 손을 테이블 밑으로 가져가려는 듯하다가 그만두었다. 대신 주먹을 쥐었다.

"동생 손도 똑같고, 어머니 손도 똑같다고⋯⋯."

황부영이 피식 웃는다.

"일영이."

이름을 중얼거렸지만, 그립다거나 하는 느낌은 없다.

"그려, 네 동생 일영이 생각은 나냐? 네 엄마도 그렇고, 아빠도 그렇고, 너 없어지고 나서 아주⋯⋯."

"원하는 게 뭐예요?"

어쩌나 차갑던지 보통 때 같았으면 '어디서 어른 말을 끊어 먹냐'고 한마디 했을 홍간난 여사가 눈만 꿈뻑거린다. 딱히 원하는 게 뭔지 나도 모르겠다. 두루뭉술하게 말하자면 진실이라고나 할까. 어쨌거나 제일 궁금한 것부터 질문한다.

"왜 거기 있었던 거예요?"

황부영이 아이스커피 빨아먹는 소리만 쪼로록 들린다.

"그러니까, 거기서 왜 토했어요?"

다시 쪼로록.

"조예은이 거기 묻혀 있다는 거 알고 있었어요?"

"그게 무슨 소리라니?"

홍간난 여사의 반문.

"조목사 딸이 거기 묻힌 걸 애가 어떻게 알아?"

"알고 있었어."

황부영이 시인하자 홍간난 여사는 그야말로 입을 떠억 벌렸다.

"일영이."

황부영이 다시 동생 이름을 중얼거렸다.

"일영이가 없었더라면, 조예은 대신 내가 죽었을 거예요. 그 동굴에서."

황부영은 잠시 커피잔을 노려보다가 말을 이었다.

"그날 아침에 막 집을 나가려는데, 일영이가 라면을 끓여달라는 거예요. 날 무서워하는 애였는데 그날은 그러더라구요. 라면 끓여달라고. 먹고 싶다고. 아침 먹은 지 얼마 되지도 않았는데…… 보통 때 같으면 들은 척도 안 했을 텐데 마지막이라고 생각하니까 너그러워져서…… 라면 끓여주느라고 생각보다 늦어졌었어요. 그래봤자 10분 정도? 삼거리에서 버스 타면 사람들한테 들킬 테고, 송내면에 가서 버스 타려고 아홉모랑이를 지나가는데, 갑자기 비가 오더라구요. 집 나가는 마당에 비까지 맞기는 싫어서 말우지고개 밑에 있는 동굴에 들어가려고 하는데…… 조예은이 들어가는 거예요. 그 안으로."

황부영이 두 손으로 커피잔을 잡았다. 그렇게 하고 있으니 새끼손가락이 진짜 짧아 보였다.

"속으로 욕했어요. 저 기지배는 왜 하필 저기 있어서……

이런 날 집에 있지 못하고, 왜 싸돌아다니는 거냐고. 마지막까지 나는 운이 없다고. 나한테는 요만큼의 행운도 따라주지 않는다고. 그러고 있는데……."

황부영이 이마의 땀을 닦았다.

"그때 동굴이 무너졌어요."

이야기가 남은 줄 알았는데 끝인가 보다. 황부영이 빨대를 빼버리고 커피를 벌컥벌컥 마셨다.

"그래서?"

홍간난 여사가 재촉한다.

"그래서 그다음엔 어떻게 혔는디?"

"뭘 어떻게 해요?"

"그래서 부영이 넌 어떻게 혔냐구?"

묵묵부답.

"그냥 쳐다만 보고 있었다니?"

묵묵부답.

"그래서 넌 그냥 네 갈 길 갔냐구?"

홍간난 여사는 흥분해서 테이블을 두드리는데,

"예."

황부영은 차분하다.

"그냥 갔어요. 흙은 계속 쏟아지는데 나는 맨손이었고, 뛰어가봤자 불러올 어른도 없고, 불러와봤자 늦을 테고…… 그래서 그냥 갔어요."

"너 참……."

홍간난 여사는 무슨 말을 할 것처럼 입을 벌렸다가 다물기를 몇 번 했다.

"네가 사람이냐? 어떻게 그럴 수가 있다니……. 아이고, 무서워라. 거기 사람이 있는디. 거기 어린애가 묻혔는디…… 살리지는 못헌다고 혀도 즈이 부모헌테 알려주기는 했어야지. 시신이라도 찾게 해줬어야지. 죽었는지 살었는지 그거는 알게 해줬어야지! 집 나가는 게 그렇게 급허디? 너 참, 너무헌다."

"제가 너무해요? 뭐가요?"

"뭐여?"

"누군 뭐 그런 거 보고 싶어 본 줄 알아요? 나는 왜 그런 걸 봐야 하는데요? 왜 나한테만 그런 일이 일어나는데요. 나는 뭐 마음이 편한 줄 알아요? 내가 너무해요? 세상이 나한테 너무한 거죠. 그때 걔가 그렇게 죽는 걸 보지만 않았으면 나도……."

흥분해서 목소리를 높이던 황부영의 얼굴이 한순간 일그러졌다. 매끈한 유리가면에 균열이 가면서 순간적으로 뛰쳐나오는 얼굴, 그게 황부영의 맨얼굴이었을까? 그러나 황부영은 말을 뚝 끊은 채로 심호흡을 몇 번하더니 다시 매끈한 얼굴이 됐다.

대전에서 제일 큰 호텔의 스카이라운지 커피숍에는 들어올 때부터 오래된 팝송이 흘러나오고 있었다. 아까부터 흐르는 노래는 〈you're my sunshine〉 어쩌고 하는 노래였다.

"그려. 뭐 지난 일이야 지난 일이구, 넌 엄마 아빠가 보고 싶지도 않디? 네 엄마가 어떻게 사는지 궁금허지도 않디? 네 엄마, 아주 볼 수가 없어야. 너 없어지구 사람이 아주…… 숨만 쉬지 그게 사는 게 아니여. 네가 혼인을 해서 애를 뒀는지 어쨌는지 몰라도, 자식 잃은 부모 심정은……."

흥간난 여사, 자기 말에 취해 코를 훌쩍이는데, 황부영은 심호흡 몇 번으로 이미 변호사 말투를 회복한 뒤였다.

"그만하세요. 그런 얘기 들으려고 나온 거 아니니까."

"부영아, 네가 다른 사람헌티는 몰라도 니 엄마한티는 안 그랬잖니? 니 엄마헌테는 끔찍했잖니? 보아허니 먹고 사는 것도 괴롭지 않은 모양인디, 느이 엄마헌티는 연락해라. 이이?"

"엄마한테 연락을 해요?"

황부영이 웃는다.

"세상사람 다한테 연락해도 엄마한테는 연락 안 해요. 아까 집 나가는 게 뭐가 급했냐구 물으셨죠? 네. 나는 그날 아니면 안 됐거든요. 그날이 마지막 기회였거든요. 지긋지긋한 집구석에서 벗어날 수 있는 마지막 기회. 안 그러면 나 대신 엄마가 집을 나갈 테니까."

"그게 뭔 소리라니? 니 엄마가 집을 나가? 왜 나가?"

"몰라서 물어요?"

홍간난 여사가 충격을 받긴 받았나 보다. 황부영이 코웃음을 치는데도 듣고만 있는 걸 보면.

"우리 엄마는 아무도 모르게 돈을 모으고 있었어요. 지긋지긋한 집구석에서 벗어나려고. 해수온천욕 가던 날 아빠가 술 마셔도 엄마가 뭐라 안 그랬죠? 술을 따라줬는지도 모르죠. 그날 밤에 아빠가 술에 취해 잠들면 엄마는 쌀독 속에 숨겨놓은 천만 원 들고 집을 나갈 생각이었어요. 나한테 다 떠넘기구."

황부영이 웃었다. 명백한 비웃음! 누구를 비웃는 건지는 모르겠다.

"그 며칠 전부터 엄마가 나한테 뭐라고 그랬는지 알아요? 부영아. 내가 없으면 네가 엄마나 마찬가지다. 일영이 잘 챙겨라. 일영이 챙겨라……. 내가 엄마를 얼마나 좋아했는데. 엄마가 힘들까봐 얼마나 노력했는데. 아빠, 언니, 일영이 다 엄마를 너무 힘들게 해서 나까지 그러면 엄마가 죽어버릴까봐 내가 얼마나 걱정했는데. 그런데 엄마는 나한테 다 떠넘기려고 한 거예요. 병신아빠랑 바보동생을 나한테 떠넘기고 혼자 빠져나가려고 한 거예요. 나 없어지고 나서 엄마가 슬퍼했다구요? 잃어버린 돈이 슬펐겠죠. 놓쳐버린 기회가 아까웠던 거예요."

홍간난 여사는 고개를 흔들었다. '네가 뭘 잘못 알고 있는 거여' 하며 황부영 말을 부인했지만, 바로 옆에 앉은 나한테도 들리지 않을 만큼 작은 목소리였다.

"믿든 안 믿든 상관없어요. 사실은 오늘 여기 나올 때까지 만 해도 어떡하나, 뭐라고 말해야 날 봤다는 말을 하지 않을까 걱정했는데…… 이젠 상관없어요. 경찰에 연락하든, 엄마 아 빠한테 연락하든 마음대로 하세요. 그럼 나도 내가 아는 얘기 를 할 거예요. 전부 다, 엄마 얘기도…… 유선희 얘기도."

황부영이 꽃돌이를 똑바로 응시한다.

내 머릿속 어딘가에서 경고음이 울리기 시작했다.

"근데 너 유선희랑 많이 닮았다. 선희도 너처럼 하얗고 깨 끗했는데. 유선희한테는 늘 좋은 냄새가 났는데……."

말을 끊기 위해 '저기'라고 말을 걸었지만, 황부영은 내 쪽 을 쳐다보지 않았다.

"여름방학 전에 아마 6월이었을걸. 양호실에 갔었어. 허리 가 아파서. 그 전날 아빠가 엄마 때리는 거 말리다가 허리를 다쳤거든. 양호실에 누워 있는데 누가 들어오더라구. 좋은 냄 새랑 같이. 그애는 아무도 없는 줄 알았나 봐. 나도 없는 척 조 용히 있었지. 얻어맞아 누워 있는 주제에 밝게 인사하긴 좀 그렇잖아. 근데 그 여자애가 선반에서 뭔가를 꺼내더라. 그애 가 나간 다음에 그게 뭔가 찾아봤어. 보통 여자애라면 몰랐겠지만 난 알고 있었어. 우리 언니가 그걸 쓰는 걸 몇 번 봤으니까."

황부영은 잠깐 말을 끊고 이미 얼음물에 가까운 아이스커피를 마셨다. 꽃돌이는 황부영을 거의 노려보다시피 했다. 그때라도 황부영의 이야기를 멈췄어야 했다.

"그건 말이지. 임신테스트기였어."

아무도 움직이지 않았다. 고함을 지르며 테이블을 내려치지도, 그런 말을 하는 사람의 뺨을 후려치지도, 물을 뿌리지도 않았다. 드라마였다면 '쿠쿵' 하는 효과음과 함께 그중의 하나를 행동에 옮겼을 텐데. 아니면 차례대로 다 하거나.

"유선희…… 종갓집 아기씨가 말이야. 깨끗하고 하얗고 구겨진 데 없이 늘 좋은 냄새만 나던 유선희가 임신테스트기를 훔쳐간 거야."

"그게 뭔디?"

홍간난 여사의 질문.

나는 황부영에게 물었다.

"그래서 유선희를 협박했나요?"

황부영이 나를 쳐다본다. 무슨 말인지 이해 못하는 얼굴이다.

"사라지기 전에 유선희 주변을 맴돌았다던데……"

황부영이 피식 웃는다.

"유선희 주변을 맴돌았다? 내가 그랬나? 모르지, 뭐. 그전엔 유선희 옆에만 가도 주눅 들고 그랬거든. 내 몸에서 지린내가 날 거 같고. 그래서 멀리 피해 다녔는데…… 그럴 필요가 없다는 걸 알게 됐으니까. 유선희한테도 그런 얼룩이 있고, 유선희한테서 나던 좋은 냄새도 그냥 비누냄새였을 뿐이고. 가까이 가도 괜찮을 것 같더라구. 협박? 그런 걸 왜 해? 겨우 친근감이 들었는데."

황부영은 홍간난 여사와 나와 꽃돌이를 차례로 쳐다보더니 말했다.

"하고 싶은 말은 이게 다예요. 어떻게 할지는 알아서 하세요. 그만 일어날게요."

마지막으로 홍간난 여사에게 고개를 까딱 하고는 자리에서 일어났다.

"방금 저것이 한 얘기가 뭔 소리여? 선희가 뭘 가져갔다는 거여?"

꽃돌이가 화장실에 간 사이 홍간난 여사가 다시 물었다. 간단하게 설명했더니, 홍간난 여사가 펄쩍 뛰었다.

"터진 입이라구 그 쌍알년이 별소리를 다 허네. 원, 망할년!"

화장실에서 돌아온 꽃돌이에게는,

"마음에 둘 거 없어. 자기 허물 가리려고 뭔 소리를 못헌다니. 없는 말도 지어내고, 못 본 것도 봤다 그러구. 그년이 미친

게여. 아까도 봐라, 멀쩡한 에레베이톤가 그걸 못 타고 계단으로 오지 않대? 이 높은 데를 말이여. 땀을 철철 흘리면서……어디가 고장 나도 단단히 고장 난 년이여, 그년이. 썩을 년."

버스가 삼거리에 도착하고 헤어지기 전에 꽃돌이에게 다시한 번 다짐을 췄다.

"마음에 둘 것도 없고, 들었다고 헐 것도 없어. 이이?"

꽃돌이는 꾸벅 인사를 하고 다리 쪽을 향해 걸어갔다. 그때가 밤 9시가 되기 전이었는데, 낮이 밤으로 변하는 무경계 속으로 걸어가는 꽃돌이 등이 구부정했다.

사실과는 전혀 다른 시나리오를 상상한 주제에, 어쩌면 이것을 예상했던 거 아닌가 하는 뻔뻔한 생각이 들었다. 원래 기시감이란 그런 거니까. 상황이 벌어지고 나서야 확실해지는 것,

"꼭 얽힌 실타래 같구먼."

집에 오자마자 이불도 펴지 않은 채 베개만 베고 누운 홍간난 여사가 중얼거렸다.

"실타래라는 게 말이여. 처음부터 얽힌 데를 찾아서 살살풀어야 하는디, 그냥 막 잡어댕기다 보면 야중에는 죄다 얽혀갖고는 어디가 얽힌 줄도 모르게 되지 않디? 딱 그짝이란 말이지."

나도 비슷한 생각을 하던 참이었다. 스도쿠 같다고. 숫자 하나가 잘못되면 가로줄이 망가지고, 세로줄도 망가지고, 판 전

체가 엉망이 돼버리는 스도쿠, 결국엔 어디서 어떻게 잘못되었는지 알 수 없게 돼버리는 그 게임 말이다.

아참! 홍간난 여사에겐 천만다행으로 고액의 음료수 값은 황부영이 내고 갔다.

주마등

11

15년 전, 그해 봄은 유난히 따뜻했다. 산골이라 다른 데보다 꽃이 늦게 피는데도 진달래꽃이 피었던 게 생각난다.

4월 초의 어느 날이었다. 그때 왜 재실에 들렀던 걸까? 목이 말랐던 걸까? 다른 때 같았으면 그냥 말우지고개를 넘어갔을 것이다. 그랬더라면 우리의 추억은 없었을 것이다.

재실 마루에는 나의 소녀가 잠들어 있었다. 낮잠 자기 딱 좋은 봄볕이기도 했다.

맹세코 그냥 바라보기만 할 생각이었다. 마음껏 그 아이를 바라볼 수 있다는 것만으로도 행복했다.

그리고 봤다. 자전거를 탄 소년의 그림.

어째서일까? 그림을 보면 그린 사람의 마음을 알 수가 있다. 나의 소녀는 남자를 알게 된 것이다.

화가 났다. 그저 바라보는 것만으로 만족하며 나는 저를 지켜주고 있는데, 그것은 배신이었다.

앞으로의 일이 마치 본 것처럼 떠올랐다. 이 아름다운 요정은 곧 여자가 될 테고, 남자를 알게 될 것이다. 징그럽고 무서운 여자가 될 것이다. 이제까지 수도 없이 많은 소녀들이 그렇게 날 배신했다.

어차피 타락해버릴 요정이라면 나의 인내는 무슨 소용이 있는 걸까?

12

여
름
,

어느 골짜기에서
시체가 썩어간다 할지라도

수요일 밤에 아빠한테서 전화가 왔다. 주말에 구조선을 띄우 겠단다. 약속한 한 달을 꽉 채우고도 이틀 초과. 작별인사를 하려고 꽃돌이에게 전화했더니, 종부가 받아서 바꿔줬다. 평 소와 다름없음을 강조하기 위해 조금 더 활기차게 물어봤다.

"바쁘냐, 꽃돌이?"

"방학 숙제 잔뜩 밀렸는데 좀 도와줘라."

얼른 끊었다. 산내중학교 개학 전날이었다.

다음 날 저녁 무렵, 학교에서 돌아오는 꽃돌이를 봤다. 교복을 입은 꽃돌이가 자전거를 타고 삼거리를 지나가면서 나를 향해 손을 흔드는 거다. 깨끗하고 하얗고 구겨진 데 없는, 정말이지 사진 찍어놨다가 우울한 날에 보고 싶을 정도로 흐뭇한 광경이었다. 괜히 손해난 기분도 들었다. 크리스탈인 줄 알고 노심초사했는데 플라스틱이었잖아, 하는 느낌. 어디 금갔을까봐 이 누님이 얼마나 걱정했는데.

목요일 저녁 유미숙 엄마가 놀러왔다.

"저녁이 늦으셨네요?"

유미숙 엄마는 빈손으로 오기 그렇다면서 뻥튀기 한 바가지를 들고 왔다.

설거지를 하면서 들으니 이사를 갈까 생각 중이란다. 바깥양반도 찬성했다고.

"왜 아직도 사람들이 뭐라 그려?"

"대놓고 욕먹어도 지금이 속은 편혀요. 그것 때문이 아니라 아무래도 미숙이 옆에 있어야 될 거 같아서요."

아무 상관없는 사람들이 계속 유미숙을 괴롭힌단다. 한창 때보다는 줄었지만, 핸드폰으로 섬뜩한 문자가 날아오고, 공들여 합성한 사진이 배달되고……. 누군가 죽었다면 누군가는 살아남은 것만으로 가해자가 되나 보다. 이사는 집이랑 논이 팔리는 대로 한다고 했다.

대문까지 배웅을 나간 홍간난 여사에게 말했다.

"그때는 노인네가 오지랖도 넓다 속으로 욕했는디, 지금 생각허니께 그때 민실이 어머니한테 들키길 잘헌 거 같어요."

전에도 말했지만 민실이는 우리 막내고모고 민실이 어머니는 홍간난 여사를 지칭한다.

들켜서 속편한 사람이 있으면, 새로운 비밀 때문에 부대끼는 사람도 있다. 유미숙 엄마를 배웅하고 돌아온 홍간난 여사는 팔베개를 하고 모로 누웠다. 되게 심난한가 보다. 베개를 가져다가 머리 밑에 넣어주었더니 한숨을 폭 쉰다.

"저이 마음을 이제야 알았다. 누구한테 말을 헐 수도 없고, 모르는 척헐 수도 없고. 그러게 비밀은 갖는 게 아니여."

그러니 임금님의 이발사가 죽음을 무릅쓰고 땅속에다 외쳤겠지. '임금님 귀는 당나귀 귀!'

'두왕리 민란' 이후 앓아누웠던 황부영 엄마는 옛날로 돌아간 지 오래다. 아무것도 안 보고, 아무것도 안 듣고, 아무것도 말하지 않는 생활.

열무비빔밥을 과하게 먹은 저녁, 부흥슈퍼에 사이다를 사러 갔다. 낮이 밤으로 바뀌는 그 시간, 대문 없는 집 처마 밑에 황부영 엄마가 또 쭈그리고 앉아 있었다. 그녀가 뭘 바라보는지 알 것 같았다. 그녀는 길을 보고 있는 거다. 어딘가로 이어지는 길. 지금 여기가 아니라 다른 곳으로 그녀를 데려다줄 길. 오래 전에 가려고 했지만 끝내 가지 못했던 그 길 말이다.

말우지고개에도 가봤다. 들꽃이라도 꺾어갈까 생각했지만 그건 아무래도 낯간지러웠다. 조예은이 묻혀 있던 동굴 근처에는 개망초꽃이 무성했다. 하느님도 부처님도 믿지 않으니 기도라는 걸 할 수 없다. 고인의 명복을 빌 수도 없다. 무신론자는 이럴 때 참 불편하다. 그냥 콩밭 너머 붉은 흙이 드러난 곳을 쳐다보며 황부영의 말을 생각했다.

"그때 걔가 그렇게 죽는 걸 보지만 않았으면 나도……."

황부영은 그다음에 무슨 말을 하려고 했을까? 그때 조예은이 죽는 걸 보지만 않았어도 자기는 훨씬 행복했을 거라고? 그때 조예은이 죽는 걸 보지만 않았어도 엘리베이터를 타고 다닐 수 있었을 거라고? 그때 조예은이 죽는 걸 보지만 않았어도 고향에 돌아올 수 있었을 거라고? 대답이 뭔지 이제는 영원히 알 수 없게 되었다.

두왕리에서 보낸 한 달 조금 넘는 시간 동안 많은 것이 밝혀지고, 많은 것이 변한 것 같은데, 어떻게 보면 변한 건 별로 없는 것 같기도 하다. 공기 집는 남자는 계속 공기를 집고, 황부영의 아버지는 계속 술을 마시고, 사모님은 여전히 종가 뒷산에 올라가 우주와 통신한다. 홍간난 여사가 아침저녁으로 열어보는 된장도 아직까진 무사하다. 주말에 오는 구조선을 타고 두왕리에서 벗어나면, 나 역시 예전의 생활로 돌아갈 것이다. 삼수생과 백수의 중간 어디쯤. 나의 초라함과 무력함을 남들이 알아챌세라 먼저 낄낄대는 생활 말이다. 아무렇지 않은 건 아니지만 어쩔 수 있는 것도 아니니까, 뭐 그냥 그렇게.

깔끔하지 않아도 어쩔 수 없다. 뭔가 개운하지 않은 게 당연한 건지도 모른다. 우리 주변의 어떤 일이 칼로 자른 무처럼 깨끗한 시작과 결말을 갖는 걸 본 적이 없다. 낮과 밤은 분명구분할 수 있지만, 낮이 밤이 되는 순간을 특정할 수 없는 것처럼. 누군가 그랬다. 인생은 그렇게 명료하지 않다고. 인터뷰까지 할 정도로 훌륭한 사람이 한 말이니까 아마 맞는 말이겠지. 두왕리의 사건도 한참 지나서 돌아보면 그때 명확해질지모르겠다. 그 시작과 끝이.

홍간난 여사는 해가 똥꾸녕을 처들 때까지 자는 꼴을 안 봐서 속이 시원하단다. 말은 그렇게 해놓고 장독대 뒤에서 눈물을 훔치나 봤는데, 남이 볼 때나 안 볼 때나 씩씩하다. 진짜 시원한가 보다. 그렇다면 나도 시원한 쪽으로 해두지, 뭐. 내일들어올 구조선에 실려 보낼 보급품 보따리가 대청마루에 한가득이다. 풋고추, 들기름, 애호박……. 시장에 가면 다 있다고했는데 '그게 그게 아니'란다. '뭐가 뭐가 아니'라는 건지 당최모르겠다.

홍간난 여사의 드라마 사랑도 여전하다. 주인공네 회사를말아드시려던 기획실장은 얕은 술수가 들통난 뒤 자살 결심만3일쨌데, 지켜보는 홍간난 여사는 볼 때마다 조마조마한가 보

다. 며칠 전만 해도 '저런 쳐죽일 놈'이었는데 어저께부터는,

"그러게 왜 그런 짓을 했어?" 하는 사이다.

홍간난 여사가 TV와 대화를 나누는데, 공이가 콩콩 짖는다. 문을 흔드는 소리도 들렸다.

꽃돌이가 희미한 어둠 속에 구부정하게 서 있었다.

우리는 감나무 밑 평상에 앉았다. 홍간난 여사가 저녁 먹기 전에 피워놓은 모깃불 때문에 매캐한 냄새가 났다.

"내일 간다며?"

"이 누님이 그리울 땐 북쪽 하늘을 바라봐."

"가서 오지 마."

"네 나이 때에는 진심을 말하는 게 쑥스럽게 느껴지긴 하지."

"주접."

"싸가지."

밤바람이 불어왔다. 한낮의 기온은 여전히 30도를 넘지만, 밤바람은 조금 시원해진 느낌이다. 낮이 밤으로 변하는 것처럼 여름이 가을로 변하는 것도 특정할 수 없다. 슬금슬금 그렇게 되다가 어느 날 '아, 여름이 지나갔구나' 깨닫게 된다.

꽃돌이는 말이 없다. 원래도 말이 많은 아이는 아니니까. 싸가지 없는 말투도 그렇고, 뭔가 생각할 때마다 미간에 힘을 주는 것도 그렇고, 평소의 꽃돌이다. 비록 한 달 남짓 관찰했지만,

꽃돌이 애호가로서 자신할 수 있다. 꽃돌이는 평소와 똑같다.

그래서 신경 쓰인다. 이 상황에서 평소처럼 행동한다는 건 아무래도 이상하다. 평소처럼 방학 숙제를 하고, 학교에 가고, 평소처럼 농담을 하고, 평소처럼 침묵한다는 건 너무 이상하단 말이다.

"나랑 닮은 거 같어?"

꽃돌이가 두 번 접힌 종이를 건넸다.

안방 창문으로 새어나오는 불빛에 확인해보니, 프린트된 사진. 안경 낀 30대 남자다.

"한국 이름은 유민준, 독일 이름은 프란츠 유."

"어디서 났어?"

"인터넷."

사진 속 남자와 꽃돌이가 닮았을까? 모르겠다. 꽃돌이가 '우리 친아버지야' 소개하면 별 거부감 없이 '안녕하세요' 인사할 만큼은 닮은 것도 같다. 그렇게 말했어야 했을까? 꽃돌이가 유민준이라는 사진 속 남자보다는 유선희랑 훨씬 더 많이 닮았다는 내 안의 의심 따위 모르는 척하고 그렇게 말했어야 했는지도 모른다.

꽃돌이는 다가오는 어둠을 한동안 응시하더니,

"아, 짜증나."

조금 있다가 다시 중얼거렸다.

"진짜 짜증나. 남들은 그냥 당연한 걸. 나는 왜 일일이 확인하고…….."

위로의 타이밍인데, 뭐라고 위로해야 할지 모르겠다. 대신 큰길까지 들리도록 볼륨을 키워놓은 드라마 대사들이 침묵을 메워줬다.

'너만 힘든 줄 알아? 다들 그렇게 살아. 넘어지기도 하고, 오물에 빠지기도 하고. 그래도 살아. 다들 살잖아. 너도 살아. 죽을 힘으로 살아.'

착한 나라 주인공의 설득인가 보다. 그 정도 설득에 넘어갈 거라면 애초에 죽으려고도 말았어야지.

꽃돌이가 픽 웃었다.

"굉장하지 않냐? 나 드라마 주인공 같지?"

그러게 말이다. 드라마 같을 바엔 하이틴 드라마였으면 좋았을걸. 희망과 긍정이 유치찬란해서 도저히 두 눈 뜨고 못 봐줄 정도여도 해피엔딩으로 끝나는 성장 드라마 말이다.

드라마라고 상상해보자. 결혼할 커플이 있다. 여자가 결혼할 남자의 집에 인사드리러 간다. 시아버지 될 사람이 여자를 유난히 마음에 들어하며 지나가는 말로 한마디 한다.

"근데 아가씨, 어디선가 많이 본 듯한 얼굴인데."

예비시아버지와 여자의 엄마가 그 옛날 사랑하는 사이였다는 데 내 전 재산을 걸겠다.

응용문제도 만들 수 있다.

그 여자에게 아빠가 없다면? 예비 시아버지가 사실은 여자의 친아빠였다는 데 내 전 재산과 콩팥 한쪽을 걸어도 좋다.

드라마라고 해보자.

15년 전에 실종된 누나가 있다. 그 뒤 이런저런 문제로 입양된 남동생이 있다. 그런데 이 누나는 실종되기 전에 임신테스트기를 훔쳤다. 드라마라면 간단한 문제다. 유의미한 대화와 운명적인 만남의 연속. 하지만 일상은 다르다. 쓰잘 데기없는 대화, 우연한 만남, 허튼 정보의 홍수 속에서 살고 있단말이다. 임신이 아닌 헛구역질을 무수히 하고, 뇌졸중이 아닌그냥 두통이 훨씬 많다.

"그거 알아? 아이가 사라지면 경찰은 제일 먼저 그 부모를의심한다는 거."

꽃돌이가 큭큭 웃었다.

"나는 우리 아버지를 의심했어. 아버지가 뭔가 숨기는 거같았거든. 엄마도 이상하긴 했지만…… 아버지는 가끔 날 이상하게 쳐다봤어. 어렸을 때는 그게 무섭고 슬프고…… 나중엔 기분 나빴어. 그렇게 마음에 안 들면 양자는 왜 들였대 싶기도 하고. 나중에 유선희 사건을 알게 되고 아, 뭔가 있구나.내가 파헤쳐주겠다고 생각했어. 그런데 아버지가 숨기려는게……."

꽃돌이는 말을 끝맺지 못했고, 드라마가 끝이 났다. 엔딩곡이 들린다.

"9시다."

9시가 되면 꽃돌이가 마당쇠로 변하기라도 할 것처럼 갑자기 일어나더니, 어둠을 향해 뭐라고 중얼거렸다.

"꽃돌아!"

내 목소리가 떨리는 게 느껴졌다. 꽃돌이는 돌아보지 않았다. 아홉모랑이길이 달빛에 유난히 환하게 보였는데, 소년은 길을 따라 조금씩 멀어지더니 어느 사인가 보이지 않게 되었다.

"무순아! 얘가 어디 갔냐?"

그제야 TV 삼매경에서 빠져나온 홍간난 여사는 손녀딸이 실종된 걸 눈치챘나 보다.

"들어올 때 대문 잠궈라."

대문을 잠그는데 좀 전에 꽃돌이가 한 말이 마음에 걸렸다.

새벽 전화는 늘 불길하다. 아무리 해가 뜨기 전에 하루가 시작되는 시골이라지만, 6시는 남의 집에 전화하기에 이른 시간이다. 평소 같으면 못 들었을 텐데 전화벨이 울리자마자 눈이 떠졌다. 아니, 전화가 울리기 전부터 깨어 있었던 것 같은 기분이다.

"창희 학생이요? 요 근래는 통 못 봤는데⋯⋯."

창희가 누구더라? 홍간난 여사가 전화를 끊고 나서야 누군지 기억이 났다.

"아이구, 깜짝이야. 일어났으면 일어났다고 기척을 하든가."

홍간난 여사가 등짝을 후려쳤다.

어젯밤 종부는 저녁 먹고 들어간 아들이 내내 방에 있는 줄 알았단다. 한밤중에 화장실에 다녀오다가 그때까지도 방에 불이 켜져 있기에 들여다봤더니 방이 비어 있었다고. 12시가 한참 넘은 시간이라 어디 연락할 수도 없고, 날이 밝기를 기다렸다가 여기저기 전화를 하는 중이란다.

아침밥 먹은 설거지를 끝냈을 때 마을 이장이 방송을 했다. 종갓집 차종손이 어젯밤 집에 돌아오지 않았으니, 농사일에 바쁘신 줄 알지만 다들 마을회관에 모여주시기 바란다는 내용이었다.

홍간난 여사와 함께 마을회관으로 갔다. 대략 40명 가까운 사람이 모여 있었다. 하늘이도 와 있는데, 나랑 눈이 마주치자 울 것처럼 입을 삐죽거렸다. 꽃돌이가 걱정돼서 학교도 안 갔나 했는데, 나중에 생각해보니 토요일이었다.

어젯밤 밤바람은 속임수였나 보다. 여름이 보여준 속임수. 아침부터 찌는 듯 더웠다. 마을을 뒤지는 사람들은 순식간에 땀으로 젖었다. 수색작업은 이상할 정도로 조용히 진행됐다. 아이들 몇몇이 '창희야, 창희야' 이름을 불렀지만, 그건 대답을 기대했다기보다는 침묵을 견딜 수 없어서 그런 것 같았다.

냇가, 웅덩이, 산속, 빈집. 그중에서도 가장 꼼꼼히 뒤진 건 말우지고개였다. 혹시나 금방 무너진 흙더미가 보이면 저마다 달라붙어 파헤쳤다.

점심 때쯤 엄마 아빠가 왔다.

점심을 먹고 다시 수색이 시작됐다. 누구 생각이었는지 모르겠지만, 여문콩된장의 고 실장을 비롯한 젊은 남자들이 대나무 장대로 저수지를 휘저었다. 다른 영혼을 잡아다 놔야 그 자리를 빠져나갈 수 있다는 물귀신이 사는 저수지.

일요일 아침, 경찰이 나타났다. 얼굴이 붉은 50대 남자는 꽃돌이의 재종조할아버지라는 경찰서장인지도 모르겠다. 마을을 한 바퀴 둘러보고 종갓집에 들어갔다가 나오더니 가타부타 말없이 가버렸다. 마을 사람들은 경찰이 느리적거린다고 욕을 했지만, 경찰 입장에서야 애매했을 것이다. 길을 잃을까 봐 걱정되는 나이도 아니고, 성적 공격의 대상인 여자도 아니고. 그나마 일요일 아침에 나타나준 것만도 이런저런 연줄이 작용했겠지.

엄마 아빠는 저녁을 먹은 뒤 9시 넘어 출발했다. 일요일이라 차가 막힌다고 늦게 출발한 것이다.

엄마 아빠를 배웅하고 완전히 어두워졌을 때, 홍간난 여사와 나는 종갓집을 찾아갔다. 할 얘기가 있다고 미리 전화를 해놓은 뒤라 대문은 열려 있었다. 종손도 종부도 마당에 나와 있다가 우리를 맞았다. 홍간난 여사는 하늘색 치마와 하얀색 블라우스를 입었다. 재경이 할머니네 갈 때는 몸뻬바지 입고 잘도 다녔으면서, 역시 같은 양반이 아닌 거다. 나야 늘 입던 칠부 추리닝과 하얀색 티셔츠를 입었다. 그래도 양말은 신었다.

종부가 할머니 손을 잡고 안방으로 안내했다. 말했다시피 종갓집은 고택이고, 사방 몇 리인지는 모르지만 주변에 다른 집이 없다. 마루가 아니라 바깥마당에 서서 얘기한데도 엿들을 사람이 없다. 그런데도 종손과 종부는 우리를 안방으로 데려갔다.

종부가 방석을 내줬다. 나는 할머니보다는 약간 뒤쪽에 앉았는데, 무릎 꿇고 앉을까 잠깐 고민했지만, 이야기가 길어질 것 같아 양반다리를 했다. 뭐, 책잡힌다 해도 할 수 없다.

"우리 종부님 얼굴이 아주 반쪽이 됐네."

위로를 받으면 울고 싶어진다. 그건 아이도 어른도 양반도 상놈도 마찬가진가 보다. 종부 얼굴이 순식간에 일그러졌다. 그러나 숨을 몰아쉬었을 뿐 울음을 터뜨리지는 않았다.

"우리 손녀딸이 할 얘기가 있다고 해서……."

홍간난 여사가 바통을 넘겼다. 종손과 종부가 나를 바라봤다. 절벽에 매달리면 저런 눈이 될까? 나는 구원이 아닌데도 그들은 구원의 말을 기다린다.

"말혀."

홍간난 여사가 재촉했다.

"엊그저께 금요일 날 저녁에 창희가 찾아왔어요. 누구 사진을 들고……."

"누구?"

종부가 내 쪽으로 쏟아질 듯 집중한다.

"유민준이라고. 독일에 있다는……."

종부와 종손이 서로를 바라봤다. 종부의 눈이 불안하게 흔들렸다. 대체로 자식들은 부모들이 생각하는 것보다 훨씬 더 많은 걸 알고 있다. 또 훨씬 더 어른스럽다. 나도 자식이라서 좀 안다.

"그 사람이 친아버지라는 건 전부터 알고 있었대요."

"그럼 왜 이제 와서……."

종부가 다그쳐 묻는다.

"그게, 그 사람이 자기 친아버지가 아닐 수도 있다고 생각해서……."

그들이 당황하는 모습을 보지 않기 위해 나는 방바닥을 내려다봤다. 비닐 장판은 아닌 것 같은데 반들반들 윤이 나는 방바닥.

종손과 종부는 말이 없다. 우리가 얼마만큼 알고 있나 가늠하는 중인지도 모르겠다. 홍간난 여사는 그동안의 일을 쭉 설명했다. 보물상자인 줄 알았던 타임캡슐부터 그 안에 들어 있던 목각 인형, 말우지고개에서 토하던 여자, 짧은 새끼손가락.

"부영이가 말입니다. 그게 뭐라고 했냐면……."

홍간난 여사는 황부영의 마지막 이야기를 하기 위해 안간힘을 썼다. 종손과 종부는 홍간난 여사가 이야기하는 동안 숨도 쉬지 않는 것 같았다.

"참 말도 안 되는 얘긴 데다가…… 부영이 그게 지 허물 가릴려고 억지를 쓰는 거다 싶지만서두……."

"말씀하세요. 무슨 말이든 괜찮으니까."

종부는 홍간난 여사에게 바짝 다가앉았다.

홍간난 여사는 더욱 난처해하다가 말했다.

"집 나가기 전에 선희가 애를 갖고 있었다고……."

나는 아까부터 장판을 내려다보고 있었기 때문에 둘 다 어떤 표정을 하고 있었는지는 모르겠다. 종부가 숨을 삼키는 소리가 들렸다.

"그러게 하도 흉악한 소리라 나도 믿기지도 않고…… 부영이한테도 따끔허게 그랬어요. 그런 말도 안 되는 소리 허지 말라고. 창희 학생한테도 귀담아 들을 거 없다고, 선희는 그럴 애가 아니라고……."

홍간난 여사가 횡설수설하는데, 종부가 허물어졌다. 방바닥에 얼굴을 묻은 채로 어깨를 흔들며 울었다. 목덜미에 찌그러진 원모양의 푸른 반점이 흡사 멍 같았다. 고풍스러운 경산 유씨 고택 안방에는 종부의 흐느끼는 소리가 한동안 계속됐다.

홍간난 여사는 의외로 침착했다. 말을 꺼내기가 힘들어서 그렇지, 아마 이런 상황을 짐작했나 보다. 가만가만 종부의 어깨를 쓰다듬었다. 종부의 비탄에 찬 통곡이 잦아들기를 기다렸다가 종손이 '큼' 기침을 했다.

"그 애 얘기가 맞습니다."

15년 동안이나 등이 휘도록 짊어지고 있던 비밀이 툭 떨어졌다.

그들이 유선희의 이상을 눈치챈 건 여름이 시작되던 6월 말부터였다. 잘 웃던 아이가 말수가 적어지고 자꾸 혼자 있으려고 했다. 늦게 사춘기가 오느라고 그런가 보다 했다. 그렇게 여름방학이 됐고 유선희는 공부한다는 핑계로 제 방 안에서만 지냈다. 고등학교는 서울로 보낼 예정이었다. 시키지 않는데도 공부에 열심인 것 같아 흐뭇한 마음도 들었다. 개학을 얼마 앞둔 어느 날 유선희가 쓰러졌다. 방 안에서 신음하고 있는 딸을 엄마가 발견하고 병원으로 데려가려는데, 죽어도 병원에는 안 가겠다고 억지를 부렸다. 간다, 못 간다 몸싸움을 벌이다가 배를 꽁꽁 싸맨 복대를 보았다. 유선희가 울면서 털어놓았다. 그해 봄 개교기념일이라 학교에 가지 않은 날, 재실에 갔다가 잠이 들었는데 뭔가가 얼굴을 가리더란다. 곧바로 목을 조르며 귓가에 속삭이던 말, '제발 조용히 해'.

동네 사람들 모르게 8월 23일, 문제의 그날 마을을 빠져나갔다. 서울에는 유선희 외삼촌이 하는 병원이 있었다. 다음 날 친척 일가 겸 마을 이장으로부터 전화가 왔다. 선희 무사하냐고. 가슴이 철렁했다. 곧바로 조예은, 황부영. 유미숙이 사라졌다는 이야기를 들었다. 이장은 계속해서 '선희 거기 있냐'고 하는데, 어쩔 수 없이 딸아이도 사라졌다고 신고했다. 그렇지 않으면 모든 것이 들통나버릴 것 같았다.

나쁜 일은 연거푸 일어났다. 유선희는 중절수술을 할 수 없었다. 약물 알레르기가 있었다. 다음 해 2월 3일 유선희는 예정일보다 일찍 아들을 낳았고 닷새 뒤에 숨을 거뒀다. 마지막 남긴 말은 '엄마, 미안해.' 의사도 사인을 알 수 없다고 했다.

처음에는 아기를 버리려고 했다. 그러다가 아기 목덜미에 푸른 반점을 보았다. 종부에게서 유선희에게로 유전된 동전만 한 푸른 점. 종부는 아기를 키우겠다고 했다. 종손은 반대했다. 누군지도 모르는 놈의 자식한테 경산 유씨 차종손의 자리를 내줄 수는 없었다. 아기를 버리면 자기는 죽겠다고 종부가 고집을 부렸다.

입양 이야기는 전부터 있었다. 유선희 할아버지는 자기 생전에 차종손을 보고 싶어했다. 경산 유씨 종친회에서 장학금을 받는 젊은 부부가 있었다. 그들은 독일 유학을 준비 중이었지만 학비가 부족한 상태였다. 그들에게서 호적을 빌렸다. 늙은 아버지는 돌아가시기 전 반년 동안 어린 후계자를 몹시 사랑했다. 갓난아기를 안고 어르는 아버지를 종손은 차마 똑바로 볼 수가 없었단다.

"창희 볼 때마다 마음이…… 지옥입니다."

종손의 이야기가 끝날 때쯤 종부의 오열도 가라앉았다.

확인할 게 있었다.

"그날이 며칠이죠? 그러니까 산내중학교 개교기념일이……."

"그게 식목일 직전이니까 4월 3일인가 4일인가…… 근데 그게 왜?"

나는 별일 아니라고 고개를 흔들었다.

종손과 종부는 대문 앞까지 배웅을 나왔다. 종부가 다시 한 번 물었다. 마지막으로 본 꽃돌이의 모습을. 나는 있는 그대로 다 말해줬다. 엄마 아버지가 뭔가 숨기고 있다는 느낌을 어려서부터 받았다는 것, 아버지가 복잡한 시선으로 자기를 바라봤다는 것, 아홉모랑이를 걸어가던 구부정한 뒷모습까지. 그러나 마지막 말, 돌아서기 전 꽃돌이가 했던 그 말만큼은 차마 전할 수가 없었다.

"나는 어쩌자고 태어났을까?"

돌아오는 길, 다리가 휘청거릴 만큼 기운이 쏙 빠졌다. 종갓집에 머문 시간은 두 시간 남짓. 대부분의 시간을 그저 앉아 있기만 했는데도 에너지 소비가 엄청났나 보다. 그런데도 잠이 오지 않았다. 머릿속에서 계속 웽웽거리는 생각들. 4월 4일 금요일. 유난히 따뜻한 봄 날씨. 재실. 사모님이 웅변하던 조예은의 일기.

"1997년 4월 4일 금요일. 날씨 맑음. 오늘은 현실이랑 경미랑 동섭이랑 재실에서 놀았다. 숨바꼭질을 했다. 나는 재실 벽에 숨었다. 잠깐 잤다. 외계인을 봤다. 아는 척을 하려고 했는데 사라졌다. 정말 신기했다."

월요일엔 날이 꾸무레했다.

마을 사람들은 비 오기 전에 할 일을 끝내느라고 새벽부터 바빴다. 논두렁을 살펴보고 고추를 따고, 콩밭을 매고…… 종갓집 차종손이 사라졌지만 일은 일인 거다.

홍간난 여사와 나는 점심 먹기 전까지 반나절 동안 들깨밭을 맸다. 들깨는 모종을 옮겨 심는데, 심다가 남은 모종을 고랑에 버렸나 보다. 그 모종이 죄다 살아 있다. 어떤 모종은 부러진 줄기에서 뿌리가 나기도 했다.

"들깨는 보통 질긴 게 아녀. 꺾어 꽂아도 뿌리가 나니께."

들깨의 '들'자가 야생을 말하나 보다. 버려졌는데도 살아난 들깨 모종을 보면서 꽃돌이를 생각했다. 생긴 건 온실 속 화초처럼 생겼어도 생명력만은 들깨를 닮았으면 하고 바랐다.

오후에는 비가 왔다. 재경이 할머니네 마실갔다 온 홍간난 여사가 마을에 돌아다니는 소문을 전했다.

"즈이 누나가 데려갔단다."

이성으로 설명이 안 되면 초자연적인 설명이 나오나 보다.

화요일엔 늦게 날이 갰다. 비 때문에 일을 못 나간 홍간난 여사는 이른 저녁을 지었다. 하루 종일 집 안에 있다보면 생각이 날뛴다. 몸을 움직이면 생각이 잠잠해질까 싶어 밖으로 나갔다.

"날 어둡는디 어디 간다니?"

홍간난 여사가 걱정했지만 곧 드라마가 시작할 시간이다.

삼거리까지 나오긴 했는데 막상 갈 데가 없다. 버스 정거장 표지판이 걸린 기둥에 기대서서 세 갈림길을 바라봤다. 꽃돌이는 어디로 간 걸까? 무얼 하는 걸까? 날은 어두워지는데 왜 돌아오지 않는 걸까?

다임개술 같은 건 찾는 게 아니었다. 땅속의 보물은 땅속에 두어야 하고, 비밀은 비밀대로 묻혀뒀어야 하는 건데…….

아무짝에도 소용없는 후회를 하고 있는데, 고 실장이 자전거를 타고 나타났다.

"뭐허여?"

"그냥요."

남이야 뭐하거나 말거나 상관하지 말라는 오라aura를 꽉꽉 풍겼다. 누구하고도 이야기하고 싶지 않았다. 고 실장은 자전

거를 세우더니 부흥슈퍼로 들어갔다가 잠시 후 음료수 두 개
를 들고 나타났다. 오렌지 주스와 사이다! 두 개를 내민다. 쳐
다봤더니 고르라는 시늉을 한다. 누가 음료수 먹고 싶댔나? 눈
치 없는 고 실장. 되는 대로 오렌지 주스를 골랐다. 음료수만
건네주고 갈 줄 알았는데, 고 실장은 자전거에 걸터앉아 사이
다를 홀짝홀짝 마신다. 안장이 높지도 않은데 까치발을 섰다.

"뜨름따름…… 지금 우는 저게 참매민가?"

매미 우는 흉내를 낸다.

"여름도 다 갔어."

그러는 고 실장 목덜미에 땀이 주르륵 흐른다.

저쪽이 갈 생각을 안 하면 이쪽에서 퇴장하는 수밖에. 음료
수를 원샷하는데,

"내가 말주변이 참 없어."

고 실장이 웃는데 입이 삐뚤어진다. 웃는 얼굴은 다 이쁘다
는데…….

"별일 없을 겨. 창희 말여. 어디 있다가 부스스 나오겠지."

위로? 꽃돌이의 실종에 내가 위로받아야 할 입장은 아니니
까 스스로한테 하는 말일지도 모르겠다. 그런데도 이상하게
위로가 된다. '예'라고 간신히 대답했다.

고 실장은 빈 캔을 찌그러뜨려 슈퍼 앞 상자 안에 던져넣었
다. 출발하려는 듯 페달을 밟은 발에 힘을 주다가 멈췄다.

"그러고 있는 걸 보니께 유선희 생각이 나는구먼."

"예?"

"버스 정거장에 혼자 있는 걸 보니께. 해질녁이기도 허구. 겁먹은 것처럼 보이는 것도 그렇구."

"내가 겁먹은 것처럼 보여요?"

"아니, 그냥. 내 생각에……. 아니면 말구."

사실은 겁이 났다. 꽃돌이에게 무슨 일이 생긴 것만 같았다. 어느 골짜기에 꽃돌이 시체가 누워 있을 것만 같았다. 어느 나무에 꽃돌이가 목매달려 있을 것만 같았다. 망할 놈의 상상력.

울지 않으려고 눈을 크게 떴다.

"허긴 그때도 내가 오버한 건지도 몰러. 유선희는 암시렁도 안 했는디 괜히 나 혼자 그러고 있었던 건지도 모르고. 내가 말주변도 없고 눈치도 없어. 참나."

"유선희가 어쨌는데요?"

"이이? 어쨌냐면 버스 정거장에 혼자 서 있었어. 꼭 너처럼. 딱 이맘 때쯤여. 날이 어둑어둑헐 때. 왜 그랬는지 나 혼자 늦게 학교를 나왔어. 아마 무슨 벌을 받다가 그런 거 같은디. 자전거를 타고 교문을 내려오는디, 학교 앞에 버스 정거장이 있거든. 거기 유선희가 혼자 서 있더라구, 걔는 왜 늦었나 몰라. 간부회의나 뭐 그런 게 있었을 게여. 아마두. 근데 어쩌다가 나랑 눈이 마주쳤어. 근디 뭔가 이상한 거여. 잔뜩 겁을 먹은 것 같은 게. 어쩔까, 그냥 갈까 싶기도 했지. 그전에 나랑 유선희랑 뭐 말을 한마디 해봤나, 걔는 날 알지도 못할 텐디. 내가 잘못 봤나 싶기도 허구. 그래도 그냥 가기는 뭣해서 반대 길인디도 그쪽으로 가봤어. 가차이 가보니께 술 취한 아저씨랑 같이 있더라구. 그 아저씨가 유선희한테 자꾸 말을 시켜쌌는디 유선희는 못 들은 척 버스 오는 쪽만 쳐다보구. 입을 이렇게 꾹 다물고 있더라구. 어떻게 보면 화가 난 것 같기도 헌디, 내가 보기엔 되게 겁먹은 거 같더라구. 유선희가 겁먹고 그런 애가 아닌 줄은 아는디, 그래도 내 눈에는 그렇게 보였다니께."

추운 날, 날은 저물고 술 취한 아저씨와 유선희라.

"그래서 어떻게 하셨어요?"

"응?"

"그날 버스 정거장에서……."

"이이, 허긴 뭘 허여. 아무것도 못했어. 유선희랑 아는 사이면 뭐 허냐? 어디 가냐? 말이라도 걸 텐디. 그럴 주변도 안 되구, 술 취한 아저씨한테 뭐라고 할 주변은 더더욱 안 되고. 그렇다고 그냥 가기도 그렇고. 그래서 그냥 서 있었어, 버스 올 때까지."

또다시 찌그러진 웃음을 웃는 고 실장.

"유선희가 속으로 그랬을 겨. 이상한 놈이라고. 자전거 타고 다니는 놈이 괜히 버스 정거장에 서 있다가 버스 오고 나니께 그냥 가버렸잖어……. 미친놈이라고 했을라나."

"그게 언제예요?"

그런 걸 왜 묻지 싶나 보다. 고 실장은 '이이?' 하더니 잠깐 생각했다.

"아마 3학년 초일걸. 봄방학 전인가 후인가. 아무튼 겨울은 아닌디, 되게 추울 때였어."

내가 너무 빤히 쳐다봤나 보다. 고 실장이 손바닥으로 얼굴을 쓸었다. 뭐 묻었나 닦아내듯이.

"그만 들어가. 아무리 시골이래도 깜깜헌디 돌아다니는 거 아녀."

자전거를 타고 여문콩된장 사무실 쪽으로 사라지는 고 실장을 바라보며 '자전거와 소년'을 생각했다. 목각 인형의 소년의 키가 작았던가, 컸던가? 꽃돌이에게 해줄 얘기가 생겼다. 해줄 얘기는 있는데 들어줄 사람이 없다.

그날 밤에 다시 비가 왔다. 빗소리에 섞여 우주와 교신을 하는 소리가 들렸다. 정말이지 우주 저 멀리에 누군가 있었으면 좋겠다. 거기 누가 있어서 그 소리를 들었으면 좋겠다. 듣고 대답해줬으면 좋겠다. 제발 좀……. 이렇게 간절하면 하느님이든 부처님이든, 아무나 좀 들어줬으면 좋겠다.

수요일 아침, 꽃돌이가 돌아왔다.

사라진 지 닷새째 되던 날 새벽, 재실로 올라가는 언덕길에

쓰러져 있는 걸 우주와의 교신을 끝내고 돌아오던 사모님이
발견해 종갓집에 연락한 것이다. 먹든 안 먹든 아침상을 차리
던 종부가 밥주걱을 든 채 달려나왔다. 같은 마을에서 30년 넘
게 살았는데 마을 사람들은 종부가 달리는 걸 그때 처음 봤단
다. 방에서 뉴스를 보느라 조금 늦게 출발한 종손이 곧 종부를
추월했다.

　쓰고 버린 휴지처럼 길바닥에 널브러진 꽃돌이를 봤을 때
는 죽은 줄 알았단다. 이름을 부르자 꽃돌이는 눈을 떴고, 희
미하게 중얼거렸다고.

　"죄송해요, 아버지."

　종부가 뛰는 걸 처음 본 마을 사람들은, 그날 종손이 소리
내 우는 것도 처음 보았다. 아들을 업고 가느라 가리지도 못하
고 눈물을 뚝뚝 흘리더란다. 곧이어 119구급차가 꽃돌이를 실
어갔다.

　다음 날 아침 전화가 왔다.

　"아줌마! 병문안 안 와?"

　망할 놈의 꽃돌이. 젊은 몸뚱아리라 회복이 빠른가 보다.

　아침을 먹고 병원에 갔다. 홍간난 여사가 따라가고 싶어했
지만, 꽃돌이가 불편해할 것 같아 떼놓고 갔다. 어른스럽게 음
료수 한 상자 들고 갔다. 내가 좋아하는 오렌지맛으로.

　종부가 침대 옆에 붙어 있었는데, 마침 간호사가 불러서 자

리를 비웠다.

꽃돌이는 링거 주사를 맞고 있었다. 어쩐지 투명해진 느낌. 뭔가 다 빠져나가서 가벼워진 느낌. 그때 그렇게 헤어지고 나서 내내 굶었단다. 비몽사몽 간에 비가 오기에 그 물을 받아 마신 게 전부란다. 단식이란 게 피부미용에 탁월한 효과가 있다더니 사실인가 보다.

"살 만해?"

"대충."

"어디 있었냐?"

"맞춰봐."

"한 대 맞고 대답할래?"

"재실."

"거기 다 찾아봤는데?"

"조예은이 숨바꼭질했다던 데 생각나?"

"어?"

"벽 속에 숨었다고 했잖아."

"어……."

"벽이 아니라 다락이었어. 창고 쪽 누다락. 거기 있었어."

"거기서 뭐 했냐?"

"그냥, 이것저것. 철학적인 고민을 좀 했지."

"나는 누군가? 어디서 와서 어디로 가는가? 나무아미타불 이런 거?"

"응. 그런 거."

"쫄쫄 굶어가면서?"

"배부르면 철학을 못하거든."

"그래서 깨달았냐? 해탈했어?"

"어……."

"웃기고 있네."

"왜 이래? 난 석가모니랑 동급이거든."

"나 잘 아는 스님 있는데 일러준다."

"계속 누워 있었거든. 밤낮으로……. 나중엔 오줌도 안 나오고, 배가 고픈지 아픈지도 모르겠고, 시간이 얼마나 갔는지도 모르겠고, 그러다 보니까 내가 붕 떠 있는 거야. 내려다보니까 바닥에 내가 누워 있고."

"유체이탈?"

"그렇지. 아, 죽는구나…… 이런 생각이 드는데, 살아온 날이 주마등처럼 스치지는 않더라구."

"그 등급까진 안 갔나 보지, 뭐."

"그게 어제 오후 두 시쯤? 세 시쯤? 묘하게 기분이 좋더라구. 그때 나 봤어. 그 외계인."

"뭐?"

"외계인 말야. 조예은이 봤다는 그 외계인."

아, 외계인!

"어이, 아줌마, 왜 그래?"

"말해. 듣고 있어."

"분명히 유체이탈이었나 봐. 내가 몸을 돌린 기억이 없는데 재실 마당이 보이더라구. 근데 외계인이 있는 거야. 머리는 똥 그렇고 커다래가지구 팔다리는 긴 외계인이 마당에 서 있었어."

"……."

"리액션이 왜 이따위야?"

"포커페이스라 그래. 그래서?"

"그 외계인이 누구였는지 맞춰봐."

"그냥 말해."

"오늘 아줌마 맘에 안 드는데."

"그래서 외계인이 누구였어?"

"우편배달부. 아줌마가 성냥개비라고 했던 우편배달부 있잖아. 재실 다락에서 보니까 햇빛이랑 그림자랑 그런 거 때문에 헬멧이랑 팔다리가 외계인처럼 보이더라구. 진짜 대박이지?"

"아……."

"왜?"

"그 우편배달부, 19년 동안 이 마을 담당했다고 그랬지?"

"아직 내 얘기 안 끝났거든. 어젯밤에 들었어? 조예은 엄마가 또 우주랑 교신을 했잖아. 밤새. 그 소리를 듣는데 갑자기 뭔가 확 오는 거야. 아마 보리수 밑에 있던 석가모니도 그런 느낌이었을 거야. 햇빛이 조금만 다르게 비쳤어도 우편배달부라는 거 알아챘을 텐데, 조예은은 죽을 때까지 외계인이라고 믿은 거잖아. 조예은 엄마까지 믿게 만들고. 진실이란 건 참 별거 아니구나 하는 생각이 들더라고."

"그래⋯⋯. 그렇지."

"그랬더니 아빠가 누구든 엄마가 누구든 별거 아니더라구. 그래서 기어 나온 거야. 누다락에서. 근데 기운이 딸려서 집까지 갈 수가 있어야지. 길바닥에 누워 있는데, 조예은 엄마가 오더라고. 교신을 끝내고. 그래서 얘기해줬지. 외계인의 진실에 대해⋯⋯."

그 시간.

범죄 없는 마을 두왕리에서는 경찰의 공식 기록이 시작된 이래 처음으로 살인 사건이 일어났다. 사모님이 우편배달부를 칼로 찌른 것이다. 햇볕이 제일 따갑다는 오후 3시. 사건 현장은 교회 마당이었다.

이제껏 수많은 소녀를 만났지만 영원히 소녀로 남은 건 그 아이뿐이다. 소녀인 채로 사라진 아이.

그 후 나는 재실을 피했다. 그곳에 가면 누군가 숨어 있다가 뒷덜미를 잡을 것 같았다. 그 사건 이후 나는 다른 지역으로 발령을 신청했다.

다시 두왕리로 돌아왔을 때 두왕리는 소녀를 잊은 것처럼 보였다. 마을 사람들은 사라진 아이들의 이야기를 하지 않았다. 아이들 이름을 입에 올리는 걸 두려워했다. 그렇게 소녀는 잊혔다.

종갓집 양자가 사라진 후 사람들은 수군거렸다. 15년 전의 사건과 이번 종갓집 양자 실종 사건에 무슨 연관이 있는 걸까 궁금해했다. 유선희! 유선희! 이제 사람들은 그 이름을 말하는 데 두려워하지 않는다. 유선희! 다른 사람의 입을 통해 그 이름을 들으면 온몸에 전율이 인다. 마치 내가 만든 상상 속 인물이 실재했다는 느낌을 준다.

내가 중얼거리는 '유선희'라는 이름을 듣는 것하고는 다르다. 다른 사람의 목소리를 통해 소녀의 이름을 듣다보면 걷잡을 수 없는 그리움이 몰려왔다.

어제 그 사건 이후 처음으로 재실에 가봤다.

재실 마당에 서서 그날을 생각했다. 문득 누군가 있다는 기분이 들었다. 둘러보았지만 혼자였다. 혹시 유선희, 그 아이였을까? 그 아이의 영혼의 일부가 이곳에 남아 있는 건 아닐까? 아아, 유선희는 어디에 있을까? 그 모습 그대로 한 번만 볼 수 있다면…….

눈앞이 어두워진다.

나는 죽는다.

13

여
름
,

늦더위는
짧은 게 예의

두왕리 살인 사건이 세상에 알려진 건 사건이 일어나고 3일 후였다. 두왕리로서는 마을이 생긴 이래 가장 끔찍한 사건이었지만, 엽기적인 사건이 흔한 세상. 가해자의 이력만 아니라면 세상은 이 사건에 관심을 두지 않았을 것이다.

뉴스도 피해자보다는 가해자를 주인공으로 삼았다. 특히 피 묻은 칼을 들고 쫓아온 가해자가 했다는 말에 주목했다.

"내 딸 내놔. 네가 내 딸 데려간 거 다 알어. 내 딸 내놔!"

최초 목격자의 인터뷰도 내보냈다. 가해자가 평소에도 정신이 온전치 못했다는 말, 칼을 내려놓으라고 설득하자 순순히 따랐다는 말, 왜 이런 일이 일어났는지 모르겠다는 말을 하며 최초 목격자는 울었다. 모자이크도 하고 목소리 변조도 했지만 외국인의 억양은 숨겨지지 않았다.

안길웅 우편배달부는 병원으로 가던 구급차 안에서 숨을 거뒀다. 19년 동안 그에게 편지를 받던 3개 면의 주민들 모두가 그의 죽음을 슬퍼했단다. 뉴스에 나온 말이다.

홍간난 여사와 재경이 할머니는 안길웅 우편배달부 이야기를 하며 눈물을 찔끔거렸다. 꽃돌이는 죄책감에 빠졌다. 쓸데없는 걸 말했다고. 나는 아무 말도 하지 않았다.

"위로 안 해? 네가 괴로워할 건 없다, 그건 우연이 가져온 비극이었다, 응?"

"잘 아네. 내가 말 안 해도."

나는 비밀 하나를 또 등에 얹게 되었다. 누구에게도 말하지 않을 생각이다. 임금님의 이발사처럼 식욕부진, 불면증, 두통, 치통, 생리통에 시달린다고 해도 죽을 때까지 침묵할 거다. 사모님은 유치장 대신 병원에서 재판을 기다리고 있다.

산에서 우는 것 좀 가지고 미쳤다고 하냐면서 펄펄 뛰던 홍간난 여사는,

"법에도 인정이라는 게 있겄지. 목사댁이 미쳤다는 건 온동네가 다 아는디 그런 사람을 감옥에 가두겄어, 설마허니."

감옥이든 병원이든 이제는 딸이 그리워도 산으로 올라가지는 못할 것이다. 감도가 조금 떨어질진 몰라도 실내에서 하는 우주와의 교신에 익숙해지기를 바랄 뿐이다.

조하은은 아예 짐을 싸갖고 목사관으로 내려왔다. 병원과 경찰서를 들락거리고, 변호사를 만나러 다닌다고 했다. 삼거리에서 조하은을 만난 홍간난 여사가 그렇게 오래 신랑하고 떨어져서 어쩌냐고 했더니 그냥 웃더란다. 이혼 이야기가 오간다는 게 사실인가 보다며 걱정했다.

유미숙네 부모는 집과 땅을 내놨다. 보러 오는 사람도 없고, 팔리려면 시간이 좀 걸릴 것 같단다. 며칠 전에도 딸을 보러 공주에 다녀왔다고 했다. 유미숙네 미용실은 아직 영업을 하지 않는다고. 그래도 곧 문을 열 생각이란다. 다른 곳으로 가게를 옮기라는 충고도 들었지만 그냥 밀어붙이기로 했단다.

종손, 종부는 꽃돌이에게 출생의 비밀을 말해주지 않을 작정인가 보다. '이왕 여기까지 밝혀진 거 속시원하게 털어놓는 게 나을 텐데'라는 게 내 생각이지만, 진짜 내 문제라면? 으음…… 잘 모르겠다.

다락방의 해탈을 경험한 뒤로 꽃돌이는 '그까짓 거'주의다. 어떻게 보면 진심 같고 어떻게 보면 허세 떠는 거 같고. 내가 꽃돌이라면 어떨까 생각해봤는데 역시 잘 모르겠다.

그리고 또 뭐가 남았지?

아, '자전거와 소년'!

고 실장이 자전거를 끌고 가는 소년이라는 얘기를 했을 때 꽃돌이의 첫 반응.

"미쳤냐? 유선희가 그 난쟁이 똥자루를? 그것도 짝사랑을?"

펄쩍 뛰더니 다음 날,

"아줌마 말이 진짜라면 난쟁이…… 고 실장한테 줘야 하나?"

글쎄다.

"아줌마가 유선희라면 어떨 거 같아?"

"언감생심, 삼수생이 아기씨 마음을 어떻게 아나?"

"생각 좀 해봐. 유선희도 그냥 애였을 거잖아. 보통 여자애."

하긴……. 누군가에게는 온실 속의 화초 같았고, 누군가에게는 지루하고, 누군가에게는 단순히 이쁜 여자애고, 또 누군가에게는 괜히 미운 마음이 들게 하고, 또 누군가에게는 별거 아닌 일로 겁먹을 것 같은 유선희. 여러 사람이 본 유선희라는 조각을 맞춰보면 꽃돌이 말대로 보통 여자애일지도 모르겠다.

"내가 유선희라면, 고 실장에게 전해주길 바랐을 것 같아."

흐음…… 고민하던 꽃돌이.

"아줌마는 보통 이하라서 참고가 안 돼."

매를 번다.

어제 저녁, 그러니까 목요일 저녁 여문콩된장 사무실에서 고 실장을 만났다. 꽃돌이는 '자전거와 소년'을 포장까지 해왔다.

"왜 웃어?"

포장지가 연분홍색이다.

귀여운 꽃돌이, 첫사랑 소녀의 선물은 분홍색이어야 한다고 생각했나 보다. 우리가 운동장에 도착했을 때, 고 실장은 트럭을 닦고 있었다. 생뚱맞게 양복 차림인데, 남의 옷 빌려 입은 것처럼 되게 안 어울렸다.

"어디 가세요?"

물었더니,

"이이, 그게…… 오늘 소개팅허기로 해서…….""

활짝 웃는데, 이빨만 하얗다. 얼굴이 까매서 더 하얗게 보이는 건지도 모르겠다. 그나마 다행인 건 슬쩍 웃을 때와는 달리 활짝 웃으면 입이 삐뚤어지지 않는다는 것. 여자 앞에서는 활짝 웃는 게 낫지 싶다.

내가 꾹 찔렀더니 꽃돌이가 연분홍색 선물 상자를 불쑥 내밀었다. 어찌나 인상을 쓰고 있던지 선물 전달이라기보다는 자객이 칼로 찌르는 느낌. 아니나 다를까, 고 실장은 움찔 뒤로 물러섰다.

"이게 뭔데?"

꽃돌이 녀석, 나보고 이야기하라고 턱으로 지시를 내린다.

이제까지 몇 번을 반복한 관계로, 아주 간단하고 요령 있게 상황을 정리 설명했다.

고 실장은 연분홍색 선물 상자를 보고, 꽃돌이를 보고, 나를 봤다가 하늘을 잠깐 보더니, 두 손을 바지에 쓱쓱 문지르고 조심스럽게 상자를 받아들었다. 무슨 말인가 하려는 듯 '어……' 해놓고는 더 이상 말을 하지 않았다.

"미안. 시간이……."

키가 작은 고 실장은 다리가 아니라 팔 힘으로 트럭에 타는 것 같다. 트럭이 운동장을 빠져나가기 전 고 실장은 꽃돌이와 나를 향해 다시 한 번 고개를 숙여 인사했다.

내일 엄마 아빠가 올 것이다. 한 달 보름가량의 두왕리 생활이 끝나는 셈이다.

홍간난 여사의 드라마도 오늘이 마지막회란다.

"에에, 저렇게 끝나는 거여? 끝이 뭐 저렇다니?"

홍 여사는 결말이 마음에 들지 않는 모양이다. 엔딩 음악과 함께 '지금까지 시청해주신 시청자 여러분, 고맙습니다'라는 자막이 지나가고, 다음 주부터 시작할 새로운 드라마 예고편이 나왔다.

찌르륵찌르륵. 저 소리가 귀뚜라미 소린지 다른 벌레 소린지 모르겠다. 밤바람이 서늘해졌다. 아침저녁으로는 쌀쌀하다고 홍간난 여사는 벌써 양말을 찾아 신었다. 올 여름도 다 갔나 보다.

추신

인디언섬머나
늦더위나

아이고, 덥다. 오늘은 변으로 덥네. 아침저녁으로 쌀쌀허길래 올 여름도 다 갔구나 그랬는디, 오늘은 왜 이렇게 찐디야. 꽃샘추위에 중늙은이 얼어 죽는다더니. 늦더위에 팔순 노인네 쓰러지겠네. 어디 시원헌 거 하나 줘봐, 시지 않은 걸로.

이게 뭐랴? 달고 맛있네. 아알, 로에? 알로에…… 알로에가 뭐랴?

이이, 고구마밭에 댕겨오는 길여. 고구마가 밑이 들었나 어쨌나 보러 갔는디, 아직 덜 들었더라구. 다음 주나 캐야 할라나 봐.

쟤들이 누구랴? 일영이허고 공기 집는 쟤들 말여. 난실이 딸이여? 머리를 깎어놔서 못 알아봤네. 저것도 저만헐 때는 일영이랑 얼굴 맞대고 공기 집다가, 나중에 크면 무섭다고 도 망가고 그럴라나.

손녀딸? 갔어. 간 지가 언제라구…….

아닌 게 아니라 늙은이 혼저 먹을라고 밥상 차리다 보면 한 숨이 더럭더럭 나기도 허는디, 어떡헌댜? 그러려니 혀야지.

애들은 그려. 일이 지겹지도 않냐구. 이제 일 안 해도 먹고 사는디 뭐 하러 밭에 나가구 풀 뽑구 그러냐구. 그래도 그게 아니여. 사람이 일이 있어야지. 안 그려? 내일 당장 숨이 뚝 끊 어지더라도 오늘은 꿈지럭거려야 하는 거여. 거기도 돈벌라고 가게 열어놓구 있는 건 아니잖어?

요구르트 있지? 그거 세 개만 줘봐.

쟤 이름이 뭐지? 송이? 송이야! 일루 와봐. 이거는 너 먹고, 이거는 네 동생 주고, 이거는 일영이 주구. 근디 네 손에 그게 뭐냐? 단추? 그건 왜 들고 있어? ……일영이가 줬어? 그려, 길 한복판에서 놀지는 말구 한편짝에서 놀아야 쓴다.

단추는 왜 준디야? 반짝이는 건 뭐든 주워 모았다가 애들헌 티 나눠준다구? 저 복주머니에 든 게 다 그런 것들이여? 나 원 참, 까마귀도 아니구 별일이네. 가만, 저기 혹시 다이아도 있는 거 아니여?

일영아, 네 주머니에 든 거 구경 좀 허자.

어려? 저눔 눈 흘기는 것 좀 봐. 그놈 참. 쥐도 안 갖는다, 이 놈아.

아이고, 다 마셨으니 나는 또 밭으러 가야 쓰겠네. 나 가네.

여름,
어디선가 시체가

초판 1쇄 발행 2016년 7월 22일
초판 16쇄 발행 2024년 1월 22일

지은이 박연선
펴낸이 김선식

부사장 김은영
콘텐츠사업본부장 임보윤
콘텐츠사업3팀장 이승환   **콘텐츠사업3팀** 김한솔, 권예진, 이한나
마케팅본부장 권장규   **마케팅2팀** 이고은, 배한진, 양지환   **채널2팀** 권오권
미디어홍보본부장 정명찬   **브랜드관리팀** 안지혜, 오수미, 김은지, 이소영
뉴미디어팀 김민정, 이지은, 홍수경, 서가을, 문윤정, 이예주
크리에이티브팀 임유나, 박지수, 변승주, 김화정, 장세진, 박장미, 박주현
지식교양팀 이수인, 염아라, 석찬미, 김혜원, 백지은
편집관리팀 조세현, 김호주, 백설희   **저작권팀** 한승빈, 이슬, 윤제희
재무관리팀 하미선, 윤이경, 김재경, 이보람, 임혜정
인사총무팀 강미숙, 지석배, 김혜진, 황종원
제작관리팀 이소현, 김소영, 김진경, 최완규, 이지우, 박예찬
물류관리팀 김형기, 김선민, 주정훈, 김선진, 한유현, 전태연, 양문현, 이민운
외부스태프 빨강머리N(최현정)일러스트

펴낸곳 다산북스   **출판등록** 2005년 12월 23일 제313-2005-00277호
주소 경기도 파주시 회동길 490
전화 02-704-1724   **팩스** 02-703-2219   **이메일** dasanbooks@dasanbooks.com
홈페이지 www.dasan.group   **블로그** blog.naver.com/dasan_books
종이 IPP   **인쇄 및 제본** 상지사   **후가공** 평창피앤지

ISBN 979-11-306-0894-5 (03810)